KB082583

거품시대 ❺

거품시대 ❺

홍상화 소설

한국문학사

벌거벗은 비리… '증언의 소설'

김승옥(소설가, 『무진기행』의 작가)

   소설에 대해서 문학 전공 교수들은 여러 가지 기준을 가지고 분류하고 있습니다만, 저로서는 고 김붕구(金鵬九) 교수에게 배운 대로 소설을 크게 '증언(證言)의 소설'과 '구제(救濟)의 소설' 두 가지로 나누어보고 있습니다.

   증언의 소설이란 그동안 여러 지면에서 충분히 얘기해온 참여문학이라는 것이고, 구제의 소설이란 윤리 중심의 내성(內省)소설이라고 하겠습니다.

   홍상화 씨의 『거품시대』는 말할 것도 없이 증언의 소설에 속합니다.

   증언의 소설에도 여러 가지가 있습니다. 요즘 많이 쓰여지고 읽히는 대하역사소설들도 있고, 어떤 사건이나 인물을 추적한 소설도 있고, 한 시대의 풍속을 그림이 아니라 글로써 섬세하게 묘사하고 있는 풍속소설 등이 있습니다. 『거품시대』는 지난 제6공화국 시대의 풍속을 섬세하게 증언하고 있는 소설이라고 저는 봅니다.

하청 금액에서 매번 얼마씩 정기적으로 떼어주는 데도 불구하고 여차하면 세무서 관리 대접해야 되겠다느니, 퇴직하는 동료 환송회 비용이라느니, 외국 여행 보조비라느니…… 명목이란 명목은 있는 대로 붙여 뜯어가, 2백 명 정도의 직공으로 봉제업을 하는 이진범으로서는 견딜 재간이 없었다.

특별 자금이란 수출용 원자재 일부를 내수시장에다 팔아 마련한 비자금을 의미했다. 비자금 없이는 되는 일이 없으니 좀 위험하긴 하지만 다른 도리가 없었다.

"하청 단가는 안 오르는데 임금을 턱없이 올려달라니, 배길 재간이 있어야지."

백인홍이 한숨을 쉬었다.

"다 마찬가지야."

"나쁜 놈들. 공무원들은 손이 더 커지고, 은행놈들은 담보 내놓으라고 지랄이고, 이제는 노동운동한다는 놈들이 한술 더 뜨니 말이야……."

백인홍이 화난 목소리로 말했다.

"할 수 없지 뭐. 지금은 과도기야. 시간이 가면
해결될 거야."

백 사장은 입을 다물었다.

이러한 『거품시대』 속의 몇 줄만 가지고도 짐작할 수
있듯이 이 소설의 주인공은 중소기업가들입니다.

중소기업가들(옛날식으로 말하자면 부르주아)이 한국소
설의 주인공으로, 그리고 제6공화국 시대의 전형적 한
국인 모습으로 등장하고 있다는 점이 바로 『거품시대』가
이전의 모든 한국 소설들이 아직 할 수 없었던 일을 처
음으로 해내고 있다는 매우 중요한 의미가 되는 것입니
다. 이 소설은 바로 지금이기에 태어날 수 있는 소설이
고, 이 시대에 반드시 나와야 할 소설입니다.

이 소설을 읽는 독자들은 줄거리가 어떻게 전개되고
있는지에 너무 집착하지 말고, 소설 속 대사와 지문을
통해 작가가 얼마나 우리가 살아왔던 시대를 빠짐없이
기록으로 남기려고 애쓰고 있나 하는 점에 관심을 가지
고 읽으시면 참 재미있게 읽힐 것입니다.

우리가 살고 있는 세상의 중심에서 한때 기세등등했던

비리의 벌거벗은 모습 때문에 『거품시대』는 세월이 갈수록 더욱 우리 민족의 교훈으로서 뜻깊어질 소설입니다.

차 례

제5부

1. 권력을 좇는 사람들 : 백인홍

- 권력을 향한 맹렬한 질주.
- 이른바 초일류 골프장과 최고급 살롱에서는 '무엇이든지 가능하다'. 그래서 그런 곳에 자주 들르는 자들은 어디서나 남자를 보면 골프장 직원처럼 대하고, 여자를 보면 살롱의 술집여자라고 착각한다. 이런 자들은 언젠가 한번은 망신을 당하거나 쥐어박히게 되어 있다.
- 영양과잉으로 건강을 해치는 것보다 더 어리석은 짓은 없다. 부자들은 대개 음식을 좋아하고, 가난한 사람들은 술을 좋아한다. 그래서 가난한 사람은 행복할 수 있다. 승리할 때는 술 마실 자격이 생기고, 패배할 때는 술이 필요하기 때문이다.

　　백인홍은 권혁배 의원, 그리고 정치적인 목적으로 권혁배와 근래에 가까워진 우병선 의원과 삼인조가 되어 골프를 막 끝냈다. 백인홍은 라커룸에서 골프복을 벗으면서 바지주머니에 있던 수표를 꺼내 세어보았다. 10만 원권 수표가 여덟 장. 골프를 시작하기 전 원래 서른 장을 가지고 있었으니 스물두 장이 우병선과 권혁배 의원의 주머니로 간 것으로, 그럭저럭 두 정객들에게 섭섭지 않을 일당은 만들어준 셈이라 할 수 있었다. 12월 중순경의 좀 쌀쌀한 초겨울 날씨이기는 했지만, 그리고 돈을 눈치 못 채게 잃어주기란 그렇게 쉬운 일이 아니었지만,

골프로 돈 몇 푼 따고 어린아이처럼 좋아하는 꼴을 보니 잃은 돈의 수백 배 가치를 한 것 같아 백인홍은 기분이 좋아졌다.

백인홍은 속옷만 입은 채 옷가방을 들고 욕실에 붙어 있는 탈의실로 들어서며 한쪽에 있는 텔레비전에서 나는 소리에 자연스레 귀를 기울였다. 6시 저녁 뉴스가 진행 중이었다. 민족음악회 공연을 위해 서울에 체류 중인 북한 음악인들의 동정을 보도하다가, 곧이어 이틀 전부터 시작된 대통령의 소련 방문 보도로 이어졌다. 세상은 그야말로 화합의 장으로 옮겨진 것 같았다. 남북 음악인이 서로 만나 우의를 다지고, 대통령이 공산주의의 종주국을 방문하기에 이르렀으니 몇 년 전만 하더라도 상상조차 할 수 없던 일이 엄엄한 현실로 다가온 것이다.

그러나 한반도의 아래 반쪽은 이러한 화합과는 달리 용광로 안처럼 분노로 들끓고 있음이 다음 텔레비전 화면에서 드러났다. 화면이 바뀌면서 손수건으로 얼굴을 가린 노동자들이 강철 파이프 등 흉기를 들고 경찰과 대치하고 있는 모습이 보였다. 빌어먹을! 도대체 이 나라가 어찌되려고…… 나라의 기둥이 뿌리째 흔들릴 정도로 전체 국가 산업이 마비되고 있는데……. 그는 화면을 보면서 속으로 투덜거렸다.

그는 텔레비전에서 시선을 거두어 속옷을 마저 벗은 후 탈의실 실내를 힐끔 둘러보았다. 고개를 갸우뚱거리며 저울대 위에 올라 있는 뚱보는 돈 잘 먹기로 둘째가라면 서러워할 현직 경제부처 장관이고, 이발용 의자에 앉아 머리카락 하나 흐트러지지 않도록 머리 손질을 받고 있는 사람은 권력자의 먼 인척으로 정부 요직의 인사에 가장 말발이 서는 신참 정치인이며, 긴 소파에 앉아 눈을 감은 채 덜덜거리며 전기 마사지를 받고 있는 작자는 정권이 바뀔 때마다 장관 자리를 거치는 정치계의 오뚝이 '얼굴마담'이었다. 그리고 '어이, 이봐. 면도기 새것 없어? 뭐 일류 골프장이 이 모양이야' 하고 벌거벗은 채 욕실 문을 열고 나와 소리치는 친구는 어디에서나 기죽기 싫어하는 권력자의 군 동기이고, 소리치는 그를 매서운 눈초리로 흘겨보는 중년의 친구는 정보기관의 요직에 있는 자라는 것을 한눈으로도 훤히 알 수 있었다.

욕실로 들어서서 나무의자에 앉아 따뜻한 물을 머리 위로 뒤집어쓰면서 백인홍은 쿡쿡 하고 웃었다. 방금 전 탈의실에서 본 그자들의 행동이 그들의 심보와 멋지게 어울린다는 생각이 들어서였다. 경제부처 장관은 돈을 너무 먹다 보니 몸무게가 느는 것이 걱정일 것이고, 신참 정치인은 또 오늘 저녁도 정부 요직을 차지하려는 자들에 의해 방석집에 초대되어 갈 것이니 멋을 내야겠고, '얼굴마담' 정치인은 또다시 장관 자리를 차지하기 위해 건강에 신경을 써야 될 것이고, 권력자의 군 동기 친구는 권력자가 아직도 옛 동료에게 한 자리 주지 않는다고 불만에 차 있으니 큰소리라도 쳐야 기분이 좀 풀릴 것이 분명하고, 정보기관의 요직에 있는 자는 '짜식들, 하룻강아지 범 무서운 줄 모르고' 하는 식으로 한번쯤은 유세를 부릴 만도 했다.

백인홍은 샤워를 간단히 끝내고 온탕 속으로 들어갔다. 온탕에 앉아 얼굴만 내밀고 있는 앞쪽의 사람과 눈이 마주쳤다. 사이비 야당의원 생활을 오랫동안 하다 정계에서는 은퇴한 후 지금은 원래 소유하고 있던 큰 업체를 뒤에서 움직이고 있는 거물이었다.

백인홍은 탕 속에서 알몸을 반쯤 일으키며, '안녕하십니까? 오랫동안 못 뵈었습니다. 아주 건강이 좋아 보이십니다' 하고 정중하게 인사를 했다. 거물이 '아, 안녕하시오. 요새 골프 잘 맞으시오?'라고 백인홍의 인사를 거물답게 굵직한 바리톤 목소리로 받았다.

욕실에 앉아 있던 서너 사람이 백인홍에게 시선을 보냈다. 언뜻 보기에 재계의 거물, 사정 기관의 장, 정계를 넘나드는 원로 경제학자가 눈에 띄었다. 백인홍은 무조건 그들을 향해 몸을 반쯤 일으키며 고개를 숙였다. 재계 거물은 정다운 미소를 지어주었고, 원로 경제학자는 온화한 미소 속에 겸손하게 인사를 받아주었으며, 사정기관의 장은 엄숙한 표정에서도 고개를 까딱 해주었다.

백인홍은 얼른 온탕에서 나와 좀 떨어진 냉탕으로 들어갔다. 그는 차가운 물 속에 머리까지 푹 담그고 터져 나오려는 웃음을 참느라 헉헉거렸다. 방금 전 온탕에서 본 은퇴한 정객을 포함해 모두가 한 번도 만난 적이 없는 사람들이기 때문이었다. 얼굴을 물 밖으로 내놓으면서 백인홍은 그들의 행동이 전혀 이상할 것이 없다고 결론지었다.

최고의 일류 골프장으로부터 토요일 1시경의 예약을 얻어내기란 돈으로도 할 수 없는 몇 가지 일 중의 하나라는 것을 그는 잘 알고 있었다. 지금 골프를 끝내고 샤워를 하는 자들은 모두 1시경에 골프를 시작한 자들이었다. 그들은 모두 권력이 있거나 권력에 끄나풀을 대고 있는 자들이고, 그런 의미에서 물론 권력자의 인척인 우병선 의원의 도움이 있긴 했지만, 백인홍 자신도 그들 중의 한 사람이라고 해도 가히 틀린 말은 아니었다. 그러니 내 인사를 누가 무시할 수 있겠는가! 까짓것, 모두가 이런 판국에 이제 나이가 마흔이나 되는데 나라고 기죽고 살라는 법 있나! 그는 기분이 몹시 좋아졌다.

늦게서야 욕실로 들어서는 권혁배의 모습이 보였다. 권혁배 특유의 분주함을 발휘하여 탈의실에 있는 사람들과 너절한 잡담으로 인사를 건네는 데 긴 시간을 보냈음이 상상이 가고도 남았다.

백인홍은 냉탕을 나와 온탕에 들어갔다. 목까지 푹 담그고 눈을 감은 채 느긋한 마음으로, 일주일 동안 몸속에 쌓인 스트레스가 봄눈 녹듯 녹아내리는 기분을 만끽했다. 필요 이상의 시간낭비를 요하는 골프를 그는 좋은 운동이라 생각하지 않았지만, 아니 좋아하기는커녕 순전히 사업 목적을 위한 사업의 연장으로밖에 여기지 않았지만, 골프장의 푸르른 초원을 걷고 난 후 욕실에서 몸을 푹 담그고 있는 그 시간만큼은 매우 흡족했다.

"이진범은 요즘 잘 지내고 있어?"

온탕에 들어서는 권혁배의 말에 백인홍은 눈을 떴다.

"잘 있어. 다음 주 월요일 미국에 출장 가는데 그때 만나볼 거야. 뭐 전할 말이라도 있어?"

"곧 좋은 소식이 있을 거라고 전해줘. 미국 대사관에서 이진범 가족에게 비자를 내줄 것 같아."

"그래? 이진범이 아주 고마워하겠네."

이진범이 앞으로 5년은 지나야 7년의 공소시효가 만료되는 까닭에 그때까지는 미국에 피해 있을밖에 다른 뾰족한 수가 없는 상황인지라 가족이 미국에 갈 수 있으리라는 소식은 정말로 희소식이었다.

"그 친구 지금도 백 사장 회사 일 보고 있나?"

"아니. 김영수라는 친구와 덜레스 공항 근처에서 조그마한 모텔을 경영하고 있어."

그들 두 사람은 똑같이 온탕에 몸을 푹 담근 채 입을 다물었다.

"이진범이 이혼한 진 사장 여동생을 데리고 논 게 사실인가?"

권혁배가 눈을 감은 채 백인홍에게 물었다.

"누구한테 들었어?"

"풍문에 들려오데. 그래서 진 사장이 이진범 회사를 작살냈다면서?"

"나도 풍문에 그렇게 들었어."

"진 사장 여동생의 전남편이 백 사장 고향 친구라면서?"

"이성수라고, 나하고 아주 가까운 사이지."

사실인즉 이성수는 서울에서 활동하고 있는 몇 안 되는 고향 친구 중의 한 사람이었다. 고향에서는 신동이 났다고 떠들썩했던 친구가 자살을 기도한 후 정신병원에 입원한 경력까지 있다는 사실이 믿어지지 않았다.

"고향이 어디야?"

권혁배가 백인홍에게 물었다.

"동촌이라고, 대구에서 조금 떨어진 곳이야."

동촌, 동촌의 한 마을, 이씨(李氏)들이 1백여 호 옹기종기 모여 사는 시골 동네에 백씨(白氏) 성을 가진 할아버지와 할머니가 살고 계셨으니 그곳은 분명히 백인홍 그의 고향이었다. 비록 아버지가 청년 시절 그곳을 떠나 만주로 도망갔어도, 그는 할아버지 할머니가 살고 계시는 동촌을 고향으로 여겨 유년 시절 그곳에서 많은 시간을 보냈고, 초등학교 때까지 방학이면 내려가 있곤 했다. 그런 의미에서 분명 그의 고향인 그곳은, 그러나 그의 어린 마음에 따뜻한 정을 불어넣기보다 아픔을 가져다준 곳이기도 했다.

이씨 동네에서 백씨 성을 가진 할아버지와 할머니가 술을 파는 주막을 하고 있던 관계로 자신이 주막집 손자라고 불리었을 때, 그리고 아버지의 독한 성정이 동네

아주머니들의 입에 오르내릴 때, 그는 아픔을 느꼈다. 그러나 그런 고향도 그에게는 더없이 소중한 곳이었다. 시골의 훈훈함 때문에, 할아버지 할머니의 사랑 때문에, 이성수와 같은 고향 친구 때문에.

"이성수란 자는 왜 진 사장 여동생과 이혼했어?"

권혁배가 물었다.

"글쎄, 나도 잘 모르겠어. 성격 차이겠지 뭐."

백인홍은 그렇게 얼버무렸으나 그것은 사실이 아님을 알고 있었다. 1년 전 어느 날 이성수가 입원한 병원으로 문병 갔을 때 이성수가 털어놓은 고백이 그의 머릿속에서 재생되었다. 이성수의 아버지가 진 회장과 사업상 극심한 경쟁관계에 있었다는 사실. 진 회장의 모함으로 이성수 아버지의 회사가 파산했다는 사실……. 결혼 2년째 되던 어느 날 잠시 귀국해서는 우연히 발견한 아버지의 일기장에서 이러한 사실을 알게 되었을 때 이성수의 심정이 어떠했을까? 백인홍은 그다음에 이성수에게 일어난 일을 떠올리면서 으스스 한기를 느꼈다.

더구나 아버지의 죽음에 대해 복수하려는 대상이 사랑하는 아내의 아버지임을 알았을 때 이성수의 심정이 어떠했을까? 백인홍은 한 남자의, 이성수란 남자의 고뇌가 가져다준 자학을 이해할 수 있었다. 사랑하는 아내와 혜어져야 했고, 자식마저 버려야 했던 남자가 무슨 행동인들 하지 못할까? 그는 세상을 비웃으며 살아야 하는 운명을 저주했고, 이데올로기에서 구원을 찾으려고 허둥댔으며, 세상을 잊으려고 폭음도 해보았으나 그 어느 것도 그를 절망의 구렁텅이에서 구할 수 없었다. 그래서 그는 마침내 목숨까지 끊으려고 했던 것이 아닌가?

"이성수는 참 기구한 운명을 타고난 사람이야."

백인홍이 혼잣말처럼 중얼거렸다.

"무슨 소리야? 재벌 사위가 됐으면 좋은 운명을 타고난 거지. 그 친구가 괜히 찾아온 복을 내팽개친 거야."

권혁배가 말했다. 살아 있을 동안 영원히 계속될 이성수의 아픔을 권혁배가 어떻게 이해할 수 있겠는가! 백인홍은 그 순간 진 회장의 외화 도피 사실을 가지고 과거 2년 동안 관계 기관에 투서를 한 이성수의 고뇌를 생각했다.

"진씨 형제는 투서자를 찾아내는 것을 이제 포기했나?"

백인홍이 매우 조심스럽게 물었다. 대하실업에 대한 세무사찰이 투서 때문이었다는 사실은 업계에 널리 알려진 사실이라 진씨 형제가 모를 리 없었고, 또한 진 회장이 뇌졸중으로 쓰러져 식물인간이 된 것이 세무사찰 때문이라고 진씨 형제가 믿고 있다는 사실과 그들 형제가 그동안 투서자를 찾는 데 혈안이 되어 있었다는 사실을 백인홍은 알고 있었기 때문이었다.

"아니야, 포기하지 않았어. 아직도 투서한 자를 찾아 꼭 복수하겠다는 마음은 변함이 없대."

진 회장이 쓰러진 이유가 세무사찰 때문이었다고 단정을 내릴 수도 없는 상황에서, 더구나 충분히 예상할 수 있었던 일이지만, 정치자금 듬뿍 집어주고 세무사찰을 무난히 넘긴 처지에, 구태여 투서자를 찾아 복수하겠다는 진씨 형제의 집념이 안타까웠다.

"누가 투서했는지 백 사장은 감잡히는 데 없어?"

권혁배가 혼잣말처럼 다시 물었다.

"아니, 전혀……."

그러나 물론 그것은 사실이 아니었다. 그런데 문득 이상한 느낌이 들었다. 권혁배가 자신을 의심할지도 모른다는 생각이 퍼뜩 그의 뇌리를 스쳐갔다.

"권 의원, 혹시 나를 의심하는 거 아니야? 그렇다면 섭섭한데……. 나는 그런 비열한 짓은 하늘이 두 쪽이 나도 못해."

권혁배가 눈을 뜨고 옆으로 돌아앉으며 놀라는 표정을 지었다.

"무슨 소리 하는 거야? 그런 생각은 한 번도 해본 적이 없어……. 진 사장이 백 사장을 좀 의심한다는 느낌이 들어서……."

"개새끼! 멀리만 보지 말고 자기 주위를 좀 돌아보라고 그래."

백인홍이 벌컥 화를 내었다.

"무슨 얘기야?"

"아무것도 아니야."

권혁배의 의아해하는 질문에 백인홍이 얼버무렸다. 사실인즉, 아무것도 아닌 게 아니었다. 그 순간 백인홍은 자살을 기도한, 추락할 대로 추락한 처참한 한 천재를 머릿속에 그리고 있었고, 동시에 잔인한 장사꾼 진 회장의 술수에 희생된 한 노인의 비참한 말로를 상상하고 있었다. 이성수와 이성수의 아버지…….

"대하실업의 진성호란 자는 어떤 인물이야?"

옆에 앉은 권혁배에게 백인홍이 물었다. 며칠 전 측근을 통해 들어온, 이진범이 소유했던 청천물산의 공장과 대지를 구입하고 싶다는 진성호 측의 제안과, 확실한 구입 이유는 모르겠으나 사업상 탐이 날 만한 것도 아닌데 공장과 대지를 구입하려는 진성호의 집요함이 떠올랐기 때문이었다.

22

"그 친구, 나도 잘 모르지만 진 사장이 못 당할 거라고는 해. 하기야 진 사장 본인이 이제는 과거처럼 사업에 집착하지 않고 있긴 하지만 말이야."

"그럼 진 사장은 지금 뭐에 집착하고 있는 거야? 골프장에 미쳐 있나?"

"아니, 그게 아닌 것 같아. 여자에 미쳐 사업을 등한시한다는 풍문이 있어."

"어떤 여잔데?"

"잘 모르지만 이혜정이라는 배우한테 미쳐 영화 만드는 데 정신이 없나봐. 모스크바 국제 영화제 출품작이라나."

미친놈! 이제는 여우한테 홀려 사업을 팽개치고 아예 딴따라 판으로 나섰군. 배우 년이란 다 그렇단 말이야. 백인홍은 속으로 진성구를 비웃었다.

"이성수가 영화 시나리오를 다시 쓴 거 알고 있어?"

백인홍이 권혁배에게 물었다.

"진 사장한테 들었어. 이혜정과 이성수를 데리고 모스크바에 가기로 되어 있대."

권혁배가 말했다. 잠시 침묵이 흘렀다.

"진 회장은 좀 차도가 있나? 식물인간이 된 지 벌써 1년이 넘었지?"

"희망이 없나봐. 지금처럼 식물인간으로 있다가 끝나

겠지 뭐. 그 영감 평상시 보약을 많이 먹어서 쉽게 죽지는 않을걸. 진성구 여동생이 아버지 곁에 쭉 붙어 있나봐."

두 사람은 똑같이 온탕에서 얼굴만 내놓고 눈을 감았다. 백인홍은 온몸이 나른해옴을 느꼈다. 그는 항상 이 순간을 좋아했다. 일주일 동안 쌓인 정신적 스트레스가 몸 밖으로 빠져나가는 짜릿함을 느껴서만이 아니었다. 그것은 또한 어떤 한 여성을 느긋하게 생각할 수 있는 시간을 누릴 수 있기 때문이었다. 그는 김명희의 모습을 머릿속에 떠올렸다. 자신의 완전한 창조물이 이제는 빛을 발해 뭇 남성들의 눈을 부시게 한다는 생각이 들자, 너무나 당연한 일인 듯 스스로에게 찬사를 보냈다.

백인홍과 권혁배는 욕실을 나와 탈의실로 갔다. 그때서야 탈의실로 들어오는 우병선 의원과 마주쳤다. 백인홍은 그사이 우 의원이 무엇을 했는지 궁금했다.

여기저기 인사를 나누는 권혁배를 뒤로하고 혼자 탈의실을 나선 백인홍은 잠시 후 라커룸에서 옷을 갈아입고 클럽하우스 식당에 들어섰다. 그는 입구에서 인사하는 직원을 대하면서 어깨를 쭉 펴고 '세 사람인데 전망 좋은 창가로……' 하고 말했다. 그리고 창문 옆 테이블에 안내되어 그곳에 앉으면서 옆의 사람들이 들으라는 듯이 좀 큰 소리로 웨이트리스에게 '우병선 의원을 이쪽으로 모셔'라고 말했다.

그는 주위를 둘러보았다. 어디서든 한 번이라도 안면이 있는 사람, 특히 신문지상으로 낯이 익은 사람이 앉아 있는 곳을 눈으로 찾아 상체를 일으키며 공손히 인사를 했다. 한쪽 구석에 그의 사업과 직접적으로 관계가 있는, 차관 출신인 섬유공업협회 회장이 몸을 움츠리고 앉아 있는 모습이 눈에 들어왔다.

좀 멀리 떨어져 있긴 하지만, 그는 그곳으로 가 특별히 공손하게 인사를 했다. 같이 앉아 있는 사람들의 눈에 협회장의 위상을 한껏 높여준 것 같아 그는 기분이 좋았다. 더군다나 우병선 의원과 같은 거물 중의 거물과 골프를 친다는 사실을 협회장이 알게 되면 자신을 보는 눈이 달라지리라는 것도 쉽게 예상이 되었다. 하지만 그것보다는 그런 거물과 골프를 치면서도 겸손을 잃지 않고 있다는 인상을 주위 사람들에게 심어주는 것이 더 중요했다. 그는 자리로 돌아와 손을 들어 웨이트리스를 불렀다.

"오늘 괜찮은 메뉴 뭐가 있지?"

"전복 요리도 좋고, 왕새우 요리도 괜찮아요. 송이버섯과 인삼을 볶은 것도 괜찮고요."

"송이버섯 진짜가?"

"그럼요."

웨이트리스가 미소 속에 말하자 백인홍은 아차, 했다. 이곳 음식값도 시내 호텔 음식 값을 뺨칠 정도이고, 또 실제로 이곳이 시내 일류호텔에서 경영하는 식당인지라 그런 질문을 할 필요가 없었다. 이류 골프장 식당에서나 할 법한 질문이 입에서 무의식중에 튀어나왔다는 생각이 들어서, 얼른 그런 버릇을 버려야지, 내가 황무석 같은 자들과 비슷할 수는 없지 않은가, 하고 자신에게 말했다.

"새우는 콜레스테롤이 많아 좋지 않을 거고, 전복하고 송이버섯만 먼저 시키지. 술은 일행이 오면 그때 시키기로 하고. 아직 10분 정도는 있어야 올 테니 그때 요리 가지고 와요."

백인홍은 7~8분 정도 있어야 올 권혁배와 최소한 10분 정도는 더 있어야 나타날 우 의원을 생각하며, '×같이! 장사하는 놈이 항상 먼저 끝내고 기다려야 하는 법이라도 있나' 하고 속으로 투덜거렸다.

시원한 맥주 한잔 생각이 굴뚝같았으나, 그렇다고 맥주 한잔 먼저 마셨다간 예의도 모르는 놈, 다른 말로 하면 눈치 없는 장사꾼으로 취급받기 십상이니 그럴 수도 없었다. 백인홍은 애써 갈증을 참으며 자신이 생각해도

26

좀 한심하다고 생각했다.

❈

이왕 10분 정도를 더 기다려야 하니 이런저런 사업구상으로 시간을 좀더 유용하게 쓰면 되지 않느냐고 자신을 달래며 백인홍은 앞에 놓인 물잔을 들어 입으로 가져갔다. 문득 기업 공개 허가를 얻기 위한 우병선 의원의 도움에 어떻게 보답하는 것이 좋을까, 하는 질문이 떠올랐다. 물론 덥석 한 뭉치 싸다가 갖다주어도 정치하는 사람들이라 정치자금으로 간주해 눈썹 하나 까딱하지 않고 받아 챙길 것이 뻔하지만, 그래도 권력자의 측근이고 또 앞으로 수년 동안이 회사 발전에 매우 중요한 시기라 간주되어 좀더 고차원적인 방법, 다시 말해 시쳇말로 장기적인 안목의 인간적인 유대를 맺을 방법이 없나 하고 그는 머리를 짜내기 시작했다.

그런 인간적인 유대라는 게 별게 아니고, 흔히 있는 파렴치한 범죄자들끼리의 서푼짜리 의리라는 것을 그는 알고 있었다. 앞으로 세상이 어떻게 바뀔지 모르는 상황에서 하루아침에 범죄자로 전락할지도 모르는 그들에게 그런 유의 의리보다 더 중요한 것이 있을 수 있겠는가? 하고 생각하며 쓴웃음을 지었다.

백인홍은 창밖으로 멀리 시선을 보내 어둠 속에 파묻힌 골프장의 코스를 따라갔다. 페어웨이 중간중간에 모래 벙커가 있고, 퍼팅 그린이 있는 초원은 모두가 비슷한 외양을 갖추고 있었으나, 그곳에서 플레이해본 사람이면 누구나 알 수 있듯이 각 홀마다 전혀 새로운 공격 방법을 필요로 하고 있었다. 마치 사람의 마음을 움직이려면 상대에 따라 새로운 전략이 필요한 것처럼……. 우 의원의 마음을 어떻게 움직일까? 하는 질문이 또다시 그의 머릿속에 자리를 잡자마자, 그는 무엇을 깨달았는지 얼른 시선을 거두었다.

그렇다, 바로 그거다. 이왕 기업 공개에 도움을 준다면 그 방법이 좋을 것 같다. 자신이 운이 좋아 돈이 굴러들어온다고 생각하면 그도 뇌물을 받는 것보다 떳떳하게 느껴 좋아할 것이다. 백인홍은 마음이 홀가분해졌다. 사실인즉 아무리 사업상 필요불가결한 요소라고는 하지만 아직까지도 뇌물을 줄 때면 항상 꺼림칙하게 느껴왔던 터였다. 배가 아프다고 할까, 아니면 자신이 좀 치사하다는 생각이 들어서일까?

"늦어서 미안해. 우 의원도 곧 올 거야."

백인홍은 고개를 들어 앞자리에 앉는 권혁배를 보았다.

"권 의원, 우리 회사 주식 좀 사줘."

"그건 또 무슨 소리야? 매달 지역구 관리비도 모자라는데 주식 살 돈이 어디 있어?"

권혁배가 백인홍의 말을 농으로 받아넘겼다.

"만 주만 사. 주당 액면가가 5천 원이니 5천만 원어치만 사면 돼."

권혁배가 어리둥절한 표정을 지었다.

"권 의원, 만 주 사면 기업 공개한 후 6개월 내에 1만 5천 원에 거래가 형성될 텐데, 그때 다시 팔면 1억은 남는 거야."

권혁배가 깜짝 놀라는 표정을 지었다.

"내가 내일 주식을 집으로 보낼 테니 구입 자금은 나중에 주식을 1만 5천 원에 되팔고 난 후 갚으면 돼."

"알았어. 마음대로 해. 나한테까지 꼭 그럴 필요는 없는데……."

권혁배가 고맙다는 표정을 지으며 어물어물 말했다.

"저기 우 의원이 들어오네."

권혁배가 턱으로 입구 쪽을 가리키자 백인홍이 그쪽을 보았다. 테이블에 앉아 있던 사람들이 나이나 직책에 관계없이 모두 자리에서 일어나 우 의원 앞으로 나아가 손을 내밀거나 허리를 굽혔다. 역시 권력이 좋기는 좋구나, 아니 권력 자체보다 권력 부근에 있는 게 좋기는 좋구나, 생각하며 백인홍도 얼른 자리에서 일어났다.

"기다리게 해서 미안하오. 경호실장하고 잠깐 얘기 나누느라고……."

우 의원이 예의 바리톤 목소리로 말하며 자리에 앉자 백인홍도 따라 앉았다.

"경호실장도 왔습니까? 저는 못 봤는데요."

권혁배가 말했다.

"당 의장하고 골프 치고 VIP실에서 샤워한 모양이오……. 나도 거기서 같이 식사하자는데…… 나 참 배알이 꼴려서……."

우 의원의 심사가 뒤틀려 있었다.

"왜, 무슨 일이 있었습니까?"

권혁배가 물었다.

"아니 글쎄, 당 의장이면 뭐고 경호실장이면 뭐야? 자기들이 뭔데 다른 사람들하고는 밥도 같이 안 먹고 샤워도 같이 안 하겠다는 거야? 그러니까 이 양반이 욕을 먹지."

우 의원이 엄지손가락을 들어 보이며 불평을 털어놓았다.

"우 의원님, 당 의장과 경호실장이 고자라는 거 아직도 모르고 계셨습니까? 그래서 다른 사람하고 같이 샤워를 못한대요."

권혁배가 심각한 표정을 지으며 말했다. 우 의원이 너털웃음을 터뜨렸다. 그것으로 우 의원의 화는 가라앉은 듯했다.

백인홍, 권혁배, 우 의원 세 사람은 맥주로 일단 갈증을 없앤 후 잠시 골프를 화제로 즐거운 시간을 보냈다. 미국 골프 선수 누구누구는 스윙 폼이 어떻다느니, 동료 의원 누구누구의 폼은 찌그러진 깡통 폼이고, 원로 정치인 누구누구는 몰래 공을 자주 옮겨 상대방 신경을 건드리고, 한때 야당 대표를 지냈던 어느 야당 의원은 스페어 공을 주머니에 넣고 다녀 공을 찾지 못하면 주머니에 있는 공을 몰래 내놓고는 공을 찾았다는 거짓말을 눈썹하나 까딱하지 않고 한다느니…… 허튼소리를 지껄이며 나름 유쾌한 시간을 보냈다.

"우 의원님, 저희 회사 주식 좀 사십시오."

웃음이 가라앉자 백인홍이 권혁배에게 한 것처럼 우 의원에게 불쑥 말했다. 권혁배는 의미심장한 미소를 입가에 흘렸다.

"백 사장 회사 그거 건실한 거요? 괜히 돈 없는 정치가 등쳐먹는 거 아니오?"

우 의원이 미소 지으며 말했다.

"한 만 주만 사십시오. 6개월 내 액면가의 세 배는 오른다고 제가 보장하지요."

"그런 보장이 있는데 왜 만 주만 사라고 하시오?"

우 의원이 정색을 하는 체했다. 백인홍은 그런 우 의원이 역시 거물답다고 속으로 탄복했다.

"그럼 2만 주 사십시오."

"……."

"제가 내일 댁으로 주식 보내드리겠습니다. 기업이 공개되고 6개월 후 주식을 되팔 때 현재 액면가인 5천 원으로 계산해주십시오. 공개 후 6개월 뒤면 시가가 최소한 1만 5천 원은 될 겁니다."

우 의원이 다소 경계의 빛을 띠며 옆에 있는 권혁배에게 시선을 보냈다.

"권 의원도 좀 사기로 했습니다."

백인홍이 말하자 그제서야 우 의원은 긴장된 빛을 풀었고, 이제는 권혁배가 다소 긴장하는 것 같았다.

웨이트리스가 전복 요리와 송이버섯 요리를 가지고 와서 대화는 잠시 중단되었다.

"우 의원님, 드시고 싶으신 요리를 시키시지요."

백인홍이 말했다.

"아, 이거면 됐소. 저녁 약속이 있어 많이 먹진 못하고 맥주나 한두 잔 하면 돼요."

우 의원이 말했다.

"어제 신문 봤소? 나 참 분통이 터져서…….."

식사가 끝날 때쯤 우 의원이 갑자기 열을 올렸다.

"남북 고위급회담 취재차 온 북한 기자들이 이북 갔다 온 여대생 집에 들르고, 여대생이 다니던 대학에 가서 학생들한테 대환영을 받았다는 기사 말이오. 북한 기자들이 혁명기지 다녀왔다고 평양에 전문을 쳤다고 하니, 이거 나라가 어떻게 돼가는 건지…….."

우 의원이 화제를 바꾸며 다시 흥분하기 시작했다. 권혁배는 못 들은 체 고개를 숙이고 있고, 백인홍 역시 아무 대꾸도 하지 않자 우 의원이 말을 이었다.

"아 글쎄, 노동자가 자살하면 열사가 되고 이북 갔다 온 여학생은 갑자기 '민족의 딸'이 되고…… 대학 학생회관은 북한을 찬양하는 현수막이나 화염병을 대량 제

조하는 창고로 둔갑을 했으니 말이야. 나 참, 기가 막혀서……. 권 의원, 도대체 어떤 놈들이 뒤에서 순진한 학생들을 조종하는 거요?"

권혁배가 마지못해하며 고개를 들었다.

"누가 조종하는지는 모르지만 바보 자식들이에요. 그런 짓이나 하니 일반대중이 전부 떨어져나가지요."

"대학에서 교수들은 그런 걸 보고도 왜 가만히 있지요?"

백인홍이 잠자코 있기도 뭐해 한마디 거들었다.

"누가 아니래? 대학 교수들이 너무 책임감이 없어. 학생들을 그냥 둬도 자기들한테 나쁠 게 없다는 거지 뭐. 정부에서 학생들 때문에 자기들한테 잘해줄 거라는 속셈인지. 도대체 대학 학생회가 돈이 그렇게 많다니 말이야. 학생회에서 자판기를 운영해 그 수입으로 데모 비용, 화염병 만드는 데 쓴다니 말이나 되는 거요?"

우 의원이 다시 입에 거품을 물자 권혁배가 더이상 참지 못하겠다는 듯이 우 의원을 한심하다는 눈으로 잠시 쳐다보다간 입을 열었다.

"반드시 그런 것만은 아니에요. 학생들이라도 떠들어야 정부가 정신 차리지. 그것도 없으면 현 정부가 못할 짓이 뭐가 있겠어요?"

백인홍은 속으로 권혁배의 말에 전적으로 동의했다. 저희들끼리 싸고돌면서 자기네들 속셈만 챙기는 판이니, 학생 세력이라도 없었다면 세상은 그야말로 요지경 속, 인류 역사상 전례가 없는 사회가 한반도 남쪽에서 탄생할 뻔했다는 생각이 들었다.

"그래도 과거 정부에 비해 현 정부가 제일 청렴하고 민주적이잖소?"

우 의원이 지지 않고 받아치자 권혁배가 '5·16 전 정부도 민주적이었지요' 하면서 쓸데없는 얘기는 그만두자는 태도로 얼른 잔을 비우고 우 의원에게 권했다.

"5·16 전이라면 두 사람은 초등학교 다녔을 나이니까 잘 모르겠지만, 그때는 더 엉망이었소."

우 의원이 맥주로 목을 축이고 '그땐 어땠는지 아시오?' 하면서 다시 입을 열었다.

"4·19가 나고 어디서나 민주주의 바람이 불어, 심지어 고등학교에서도 학생회장 선거철에 대형 현수막이 학교 건물 옥상에서 1층까지 내려오고, 회장 후보자 벽보가 학교 건물을 뒤덮었는데, 말이나 되오? 고등학생들이 말이오……. 공무원들의 부패는 말할 것도 없고 게다가 군대와 언론계가 어땠는 줄 아시오? 군 당국이 언론을 무마하기 위해 군 장성 진급 해당자로 출입 기자단에 매년 한두 명씩을 할당했다는 거요. 그대로 갔으면 남한은 옛날에 벌써 김일성 손아귀에 들어갔을 거요."

우병선 의원의 시끌벅적한 지껄임은 한참 동안 계속되었다. 그동안 권혁배는 못 들은 척 딴청을 부리고 있었고, 백인홍은 동의의 표시로 몇 번 고개를 끄덕여주었다. 그사이 송이버섯 요리는 반쯤, 전복 요리는 4분의 1쯤 비워졌다.

우 의원이 얼마 후 혼자 떠드는 데 지쳤는지 자리에서 일어나자, 백인홍과 권혁배 두 사람은 반가운 마음에 따라 일어났다.

"오늘은 내가 땄으니 내가 돈 내지."

계산대로 가면서 우 의원이 말했다.

"무슨 말씀을……. 우 의원님을 모시게 된 것만도 저로서는 영광입니다. 빠른 시일 내 다시 한 번 모실 기회를 주십시오."

계산대에 10만 원짜리 수표 다섯 장을 내놓으면서 백인홍이 말했다. 계산원이 수표 한 장을 되돌려주고 만원짜리 한 장, 동전 몇 개를 거슬러주었다.

클럽하우스 앞에서 우 의원을 배웅한 후 권혁배와 함께 차를 기다리는 사이 백인홍이 입을 열었다.

"권 의원, 진 사장한테 단단히 얘기해줘. 공연히 내가 투서했다고 의심하면 가만두지 않겠다고……."

"신경쓰지 마. 퇴사한 회사 중역들이나 경쟁자들은 말할 것도 없고 조금이라도 투서 동기가 있겠다 싶은 사람은 한번씩 의심을 해보는 걸 거야."

"내가 무슨 동기가 있어?"

"경쟁자라고 생각하는 거겠지 뭐."

백인홍이 어이없다는 표정을 지었다. 그들은 곧 도착한 각자의 차에 올라탔다.

차가 잘 포장된 시골길을 빠져나와 고속도로에 들어서자 백인홍은 담배를 꺼내 입에 물면서 차창을 반쯤 열었다. 12월의 겨울바람답지 않은 선선한 바람이 차 안을 가득 채웠다. 그는 담배에 불을 붙여 물고 연기를 폐부 깊숙이 들이마셨다. 비록 자신이 투서를 하지는 않았으나 투서한 자가 느끼고 있을 고뇌가 그의 가슴을 짓눌러 왔다. 분명 복수의 달콤함을 기대했던 그는 견딜 수 없는 고뇌에 시달리고 있을 것이고, 견딜 수 없는 고뇌는 과격한 자학적인 행동으로 이어질 수밖에 없으리라.

혼자서 간직한 비밀의 아픔 때문에 그는 사랑하는 아내와 이혼을 했나? 그리고 자신이 저지른 행동에 대한 죄책감 때문에 이데올로기에 빠졌나? 그래서 그는 자살을 기도했나? 질문이 그의 머릿속에서 꼬리에 꼬리를 물

고 이어졌다. 순간 그는 무슨 생각이 들었는지 허리를
꼿꼿이 세워 자세를 고쳐 앉으며 담뱃불을 비벼 껐다.
그래서 그는 시나리오 쓰기를 자청했나? 모스크바에 가
기 위해서…… 그리고 모스크바에 가서는, 그곳에서 북
한으로 망명? 그는 얼른 고개를 저었다. 그럴 리가 없다
고, 엉뚱한 상상을 한 자신을 탓했다. 돌이켜 생각해보
니 근래에 와서 이성수 생각이 날 때마다, 그리고 진미
숙의 모습이 떠오를 때마다 자신이 공연히 싸구려 감상
에 빠지곤 했던 것 같았다.

　이거 내가 뭐하는 짓이야? 갑자기 이성수를 닮으려고
하나? 물고 물어뜯기는 세상이라면 무는 쪽이 되고, 쫓
고 쫓기는 세상이라면 쫓는 편이 되고, 돈 놓고 돈 먹는
세상이라면 살아 있는 동안은 왕창 먹어보는 거지…….
뭐 쓸데없이 너절한 일로 골치를 썩이며 살려고 하나.
백인홍은 어리석은 사랑놀음을 한 이진범, 끝없이 방황
해야 하는 이성수, 또 영화에 미쳐 있는 진성구를 속으
로 비웃었다.

2. 환멸과 희열 : 진성구

- 영화 제작자로서의 새로운 생활.
- 종교적인 내세를 믿지 않더라도, 사람은 누구나 단 한 번밖에 살 수 없는 게 인생이라는 사실을 알고 있다. 그런데 단 한 번밖에 살 수 없는 인생인 줄 알면서 일생 동안 쓰고도 남을 돈을 벌기 위해 생의 대부분을 희생하는 것은 어리석다. 더구나 돈을 더 벌려다 죽게 되는 인생은 미친 짓이라 할밖에.
- 남자는 나이가 들면 '시간의 횡포'에 시달리게 되어 있다. 그러나 예술가는 예술행위를 통해 이길 수 없는 '시간의 횡포'로부터 도망갈 수 있다. 그래서 노년을 위해서도 누구나 예술가가 되어야 하고, 나무 한 그루 가꾸는 것도 '예술적'으로 할 수 있어야 한다.

을지로 쪽 남산 어귀에 위치한 영화진흥공사 내 영화시사실을 나와 차에 올라탄 진성구는 흥분을 감추지 못했다. 모레 월요일 아침 모스크바로 떠날 때 가지고 갈 영화 〈젊은 대령의 죽음〉은 훌륭한 영화라는 확신이 섰다. 원래의 계획대로 적어도 주연상을 목표로 하고 있으나 다른 부문에서의 수상도 전혀 불가능한 일은 아닐 것 같았다. 그는 누구보다도 시나리오를 써준 이성수와 박대령 부인 역을 훌륭히 소화해낸 이혜정에게 감사하는 마음이었다.

그는 손목시계를 보았다. 오후 6시 15분밖에 안 됐는

데 차창 밖으로 보이는 남산의 수목들은 어둠 속에 몸을 숨기고 대낮 서울의 매연과 소음을 이겨왔음을 다행스럽게 여기고 있는 듯했다. 언뜻 국립극장 쪽으로 남산 횡단도로의 입구가 그의 눈에 비쳤다.

"여기 차 세워."

진성구가 기사에게 말했다.

"횡단도로를 걸어서 갈 테니 국립극장 주차장에서 기다리고 있어."

진성구가 트렌치코트를 들고 차에서 내리면서 말했다.

"거기까지 걸으시려면 한 50분은 걸릴 텐데요."

"시간은 충분해. 7시 20분까지 신라호텔로 가면 돼."

권기수 소장, 정용택 경호실 차장과 신라호텔 일식집에서 만나기로 한 시간이 7시 30분이므로 그때까지 남산의 시원한 공기를 마시며 걷고 싶었다.

얼마 후 그는 횡단도로의 한 곳에 서서 심호흡을 서너 번 한 후 고층빌딩에서 새어나오는 불빛, 자동차의 헤드라이트, 가지각색의 네온사인, 가로등 불빛 등이 뒤엉키며 밤을 맞이한 서울의 중심부에 시선을 주었다. 지저분하게 불야성을 이루고 있는 서울의 야경은, 어떤 기막힌 상상력을 동원해도 그 안에 살고 있는 창의적인 사람이 독창적인 재능을 발휘하여 생산적인 예술작품을 만들 수 있으리라고 믿을 수 없게 했다.

그러나 사실은 그렇지 않았다. 이성수와 이혜정이 그 안에서 살고 있고, 그들 두 사람과 자신의 힘이 합쳐져 〈젊은 대령의 죽음〉이라는 빼어난 예술작품을 세상에 탄생시켰다는 사실을 누가 부정할 수 있겠는가! 진성구는 혼탁한 서울의 야경에 보냈던 시선을 거두어 희미한 가로등 불빛이 비추는 횡단도로를 따라 걷기 시작했다.

보도 옆 쉼터에 놓인 벤치에 나란히 앉아 있는 젊은 연인 한 쌍의 모습이 보였다. 여자의 어깨를 감싸고 무언가 얘기하고 있는 남자와 고개를 다소곳이 숙이고 듣고만 있는 여자……. 그들의 모습이 몹시 아름다워 보였다. 나도 저런 때가 있었나? 분명하게 기억이 나지 않았다. 그러나 13년 전 결혼하기 전 연애 시절 그런 때가 있었음이 틀림없었다.

문제는 거기에 있었다. 가슴속에 오랫동안 소중히 간직해야 할 그런 기억들이 무엇인가에 묻혀 자취를 감추어버린 것이다. 도대체 그 '무엇'이 어떤 것이었나? 각박한 현실? 계속되는 위기감? 치열한 경쟁? 어떤 것이 진정한 이유인지는 모르나 자신은 과거를 잃어버린, 과거 속의 미아가 되어 현재만 살아왔다는 느낌이 들었다. 그렇다고 그가 살아온 현재는 미래를 준비하는 현재도 아

닌 것 같았다. 현재는 항상 현재로서만 존재하고 미래는
현재가 되었을 때만 의미가 있는 것이 아닐까? 그리고
자신이 살아온 그런 현재는 오로지 숫자로만 표현된 게
아닐까? 한 해의 영업이익, 회사 자산의 규모, 시장 점
유율, 외형의 순위 등 숫자, 숫자, 숫자……. 자신은 숫
자의 지시에 따라 숫자를 먹고 숫자를 좇아 숫자의 세월
을 살아왔다는 사실을 진성구는 깨달았다.

그렇다면 지금까지는 숫자 속에서 살아왔으나 남은 인
생마저도 숫자 속에서 살며 보낼 필요가 있을까? 두 번
도 아니고 한 번만, 딱 한 번만 사는 일생이라면……. 진
성구는 깊은 회의에 빠졌다. 사업을 그만두면 무엇을 하
지? 얼른 답이 떠오르지 않았다. 하지만 그는 한 가지
결론만은 자신있게 내릴 수 있었다. 무슨 일을 하든, 어
떤 인생을 보내든 사업에서 손을 뗄 수만 있다면 그것이
사업을 계속하는 것보단 나으리라는 결론이었다. 그는
더이상 비굴하고, 반복적이고, 무엇엔가 쫓기기만 하는
인생을 살고 싶지 않았다.

커브길을 돌자 가로등 불빛이 밝아지면서 한쪽 팔과
다리를 잘 못 쓰는 노인이 고개를 한쪽으로 갸우뚱 기울
인 채 걸어오고 있었다. 마주 오는 노인의 옆을 지나치
면서 진성구는 그의 가쁜 숨소리를 들었고, 그의 때늦은

의지를 느꼈다. 그리고 노인이 가슴속에 뼈저리게 느끼고 있을 후회를 상상했다. 내가 과연 무엇 때문에 내 몸을 그렇게 혹사했나 하는 후회, 그런 회한이 자신의 미래에 도사리고 있을지도 모른다는 생각이 문득 진성구의 뇌리를 스쳐갔다. 빨리 결정을 내려 새로운 인생을 시작하지 않는다면…….

진성구는 남산의 횡단보도를 걸으면서 자신의 과거를 되돌아보고 있었다. 내 몸을 아무리 혹사했어도 한 가지만은 결코 후회하지 않을 일이 있다고 진성구는 자위했다. 그는 영화 〈젊은 대령의 죽음〉의 탄생을 가능케 한 이성수와 이혜정, 그리고 자신을 단단하게 이어준 어느 날을 머릿속에 떠올리고 있었다.

사라질 듯 사라질 듯하면서 사라지지 않는 봄과, 올 듯 올 듯하면서 오지 않는 여름이 서로 맞물리는 5월 중순 어느 날이었다. 그렇게 두 계절이 다툼을 벌이던 즈음, 진성구는 아버지 소유의 별장에서 퇴원 후 휴양을 하고 있는 이성수와 뜰에 마주 앉아 있었다. 정신병원에서 퇴원한 지 3개월 정도 되어 이제 평소의 건강을 회복한 이성수를 보며 진성구는 흐뭇한 기분에 젖어 늦은 봄의 한가로움, 늦은 오후의 고요함, 호숫가의 차분함을 만끽했다.

"영화 촬영은 잘되어가고 있어?"

이성수가 지나가는 말처럼 물었다.

"그런대로……. 영화라는 게 생각처럼 쉬운 게 아닌 것 같아. 혜정이가 어머니 역을 하느라고 고생이 많아."

진성구가 자신 없는 표정으로 말했다. 사실인즉 촬영에 들어간 지 1개월이 지난 시점에서 돌이켜보면 영상화된 〈소년과 어머니〉는 처음 영화 대본을 읽었을 때의 감동을 전혀 담고 있지 않았다. 더군다나 어머니 역을 소화해내느라 애를 먹는 이혜정을 보고 있노라면 애처롭다 못해 불쌍한 생각이 들 때도 있었다.

"어머니 역이 혜정에게 안 맞을지 몰라."

이성수가 혼잣말처럼 중얼거렸다.

"그럼 혜정에게 맞는 역을 알고 있어?"

"글쎄, 뭐 딱 맞는다고 자신은 할 수 없지만 아마…… 이런 역이면 혜정의 개성이 뚜렷이 드러날지도 몰라."

"무슨 역인데?"

"박홍주 대령이라고 들어봤어?"

"……."

"박 대통령 시해사건으로 총살형을 당한 육사 출신 현역 대령이야. 중앙정보부장 수행비서였고, 39년생으로 만 40세에 형장의 이슬로 사라진 인물이야."

진성구가 의아해하는 시선을 보내자 이성수는 말을 이었다.

"그는 자신이 살고 싶은 삶을 살았어. 사는 동안 누구도 원망하지 않았고, 명예와 부를 좇지도 않았지. 그는 가족을 무척 사랑했지만 생명에 애착을 갖지 않았어. 그래서 끝내 명예를 지킨 셈이지. 그런 그의 부인 역에 혜정이 맞을 것 같아."

"어떻게 박 대령에 대해서 그렇게 잘 알지?"

"박정희에 관한 책을 읽다가 알게 된 거야. 박 대령은 미친개들 사이에서 눈부신 광채를 발하는 보석과 같았거든."

"박 대령의 부인 역에 왜 혜정이 맞을 것 같아?"

"직감이야. 논리로는 설명할 수 없어."

"……."

잠시 침묵이 흘렀다.

"논리는 이용만 당하고 있어. 머리 좋은 놈들한테, 권력 잡은 놈들한테, 돈 있는 놈들한테……. 아직도 쓸모가 있는 건 직감뿐이야."

이성수가 다시 말했다. 그리고 말을 이어나갔다.

"첫 번째 신은 이렇게 하는 거야. 법정 안이야. 재판장이 포승에 묶여 있는 허름한 군 작업복을 입고 고무신을 신은 박 대령에게 묻는 거야. '박홍주 피고인, 피고인 가족이 열다섯 평짜리 전세방에서 산다는 것이 사실인가?' 박 대령이 대답하지. '재판장님, 저의 사생활에 대해서는 얘기하고 싶지 않습니다.' 법정 안을 비추던 카메라가 박 대령을 클로즈업하면서 스톱 모션, 다음에 타이틀이 올라가지."

손짓까지 하며 얘기하는 이성수의 모습에 진성구는 어이없다는 시선을 보냈다.

두 번째 신, 하며 이성수가 혼잣말처럼 입을 열었다.

"방바닥에 깐 이불 속에서 자고 있는 어린 두 딸을 슬픈 표정으로 내려다보고 있는 박 대령 부인의 모습. 박 대령 부인의 독백이 내레이션으로 나오지. '당신은…… 당신은…… 너무 잔인한 사람이에요'라고 부인이 남편을 원망하지."

잠시 깊은 생각에 잠겨 있는 듯하던 이성수가 다시 입을 열었다.

이성수가 입을 연 순간 진성구는 그가 박 대령의 부인

이 되어 있다는 것을 알았다. 놀라운 감정 몰입이었다.

"당신은 곤히 잠든 어린 두 딸의 숨소리를 들을 수 없었단 말이에요? 당신은 제 옆 텅 빈 자리에 꽂아둔 제 힘없는 시선을 상상할 수 없었나요? ……당신은 텅 빈, 갈기갈기 찢어진 제 가슴속을 들여다볼 생각도 하지 않았단 말인가요? 당신은 어린 두 딸의 숨소리 때문에, 어린 두 딸의 너무나도 순진한 모습 때문에 목숨을 끊을 수 없는 제 안타까움을 알고도 모른 척했단 말인가요? 당신은…… 당신은 너무나도 잔인한 사람이에요."

이성수의 독백, 아니 박 대령 부인의 독백을 듣고 있던 진성구는 그의 독백이 너무나 생생하게 느껴져 온몸에 소름이 돋아나는 것 같았다. 이성수가 다시 말을 이어갔다.

"다음부터는 법정 신과 법정에서의 박 대령 진술을 백그라운드 내레이션으로 한 액션으로 처리하면 돼. 실제 상황과 법정 신을 교체하면서 끌고 가면 되는 거야. 중간중간 감미로운 주제가 음악에 실려 박 대령과 박 대령 부인이 공유한 아름다운 과거를 보여주면서 말이야."

"그럼 실록 영화야?"

진성구가 자신도 모르게 이성수의 말에 끌려들어가 불쑥 물었다.

"아니, 사랑 영화야, 애틋한 사랑 얘기. 역사적 사실을 배경으로 이용할 뿐이야."

"중요한 역사적 사실을 너무 무시하는 거 아니야?"

사랑을 강조하는 이성수의 주장이 선뜻 이해가 되지 않아 진성구가 말했다.

"역사는 반복해. 그리고 필연적이야. 그 자체로 의미를 가질 수는 없어. 같은 역사는 길게 보면 또다시 오게 되어 있어. 반복되는 역사는 의미가 없지. 그런 역사를 예술이 다루어줄 때 그 역사는 다시 반복되지 않는 고유한 역사로서의 의미를 갖는 거야."

진성구는 얼떨떨했다. 그러나 뭔지 모르지만 그의 가슴에 강하게 와닿는 것이 있었다.

"지금 얘기한 것, 언제부터 생각한 거야?"

진성구가 물었다.

"어제 저녁부터."

"성수야, 네가 그 이야기를 시나리오로 쓰면 안 되겠니?"

이성수가 반가워하는 표정을 지었다.

"쓰는 데 얼마나 걸릴까?"

진성구가 다시 물었다.

"2개월이면 충분해."

"건강을 해치지 않을까?"

"무료한 시간이 오히려 건강에 해로운 거야."

진성구가 잠시 생각에 잠겼다.

"정말 그렇다면 〈소년과 어머니〉는 중단하고 지금 구상하고 있는 작품으로 대체하자. 서둘러 시나리오를 써줘. 원고료는 듬뿍 줄게. 물론 좋은 시나리오라는 조건 하에서 말이야."

진성구가 미소 속에 말했다.

"시나리오는 자신이 있어. 내가 쓰고 싶어하던 것이기 때문에……. 그리고 원고료는 필요 없어. 대신 다른 조건이 있어."

"무슨 조건?"

"영화제 참석차 모스크바에 갈 때 나를 데려가준다는 조건."

"그거야 당연하지. 왜, 모스크바가 그렇게 보고 싶어?"

"……."

이성수가 고개를 숙이며 진성구의 시선을 피했다.

회상이 이 시점에 이른 순간 진성구는 자신도 모르게 걸음을 멈추고 그 자리에 섰다. 이성수가 내세운 조건, 모스크바에 그를 데려가준다는 조건이 왠지 모르게 마음에 걸렸다. 이성수의 성정으로 미루어볼 때 요구 조건을 내세운다는 것도 예삿일이 아니었고, 게다가 요구 조건을 내세우는 그의 태도에 어떤 숨은 의도가 서려 있는 것 같았기 때문이었다. 혹시나…… 하고 진성구는 어떤 상상을 순간적으로 해보았으나 곧이어 고개를 저으며 그러한 상상을 지워버리려고 노력했다. 아무리 제멋대로 살고 있더라도, 아무리 터무니없는 이데올로기에 빠져 있다 하더라도, 미숙을 생각해서라도, 또한 자식을 생각해서라도 그런 짓은 할 수 없다고 진성구는 자위했다.

신라호텔 건물이 눈에 비치자 진성구는 갑자기 가슴속에서 분노가 끓어오름을 느꼈다. 식물인간이 되어버린 아버지의 모습이 머릿속에 떠올랐기 때문이었다. 더구나 아버지가 뇌졸중으로 쓰러지기 전 골프장 소유권 문제로 아버지와 의견 충돌이 있었던 일이 상기되자 가슴에 통증이 찾아왔다. 비록 골프장의 소유권을 얼마 전 회사 앞으로 넘겼지만 그 사실을 아버지가 아실 리가 없었다. 아버지가 잠시라도 의식을 회복하시어 아버지에게 이 사실을 말씀드릴 수만 있다면! 진성구는 죄의식에서 벗어나려는 듯 뛰다시피 걸음을 빨리해 국립극장 구내로 들어갔다. 주차장에서 기다리던 차에 진성구가 올라타자 차는 신라호텔 쪽으로 움직였다.

진성구가 신라호텔 내 일식집 방에 들어가 한 10분 정도 기다렸을 때 권기수 소장과 정용택 경호실 차장이 같이 나타났다. 그들은 악수를 나누고 테이블 주위에 앉았다.

"바쁘신데 시간을 내주셔서 고맙습니다."

진성구가 테이블을 사이에 두고 차장에게 인사치레를 했다.

"천만에요. 일찍 만나뵈었어야 하는데……. 춘부장께서는 좀 차도가 있으신지요?"

"별로 차도가 없으십니다. 그러나 아직 희망을 잃지 않고 있습니다."

진성구가 말했다.

"건강하신 분이었는데 워낙 사업에 몰두하시다가……."

권기수 소장이 한마디 거들었다. 분홍색 한복을 곱게 차려입은 아가씨가 물수건을 가지고 들어와서 정 차장 옆에 살며시 꿇어앉아 건네고 물을 따라준 다음 권 소장을 쳐다보았다.

"생선회 좋은 것하고 로열 살루트 가지고 와. 주방장

한테 내가 특별한 손님을 모시고 왔다고 얘기해. 자, 우리 양복저고리 벗읍시다."

권 소장이 말하자 아가씨가 정 차장의 양복저고리를 받아 걸기 시작했다.

권기수 소장이 주선한 모임이고 그가 단골로 드나드는 일식집이라 생선회도 싱싱하고 로열 살루트도 진짜라고 믿어져 진성구는 마음이 놓였다. 권 소장의 말마따나 정용택 경호실 차장이 특별한 손님임에는 틀림없었다. 권 소장이 경호실장과 특별한 관계가 있는 것을 알고 권 소장에게 정 차장과의 만남을 주선해줄 것을 부탁했으나, 뭐 그렇다고 정 차장을 의심하는 것은 아니었다. 단지 정 차장이 무슨 이유로 아버지를 불러냈고, 아버지가 쓰러지셨을 때의 상황이 어떠했는지, 그 당시 현장에는 아버지 진 회장과 정 차장 두 사람만이 있었으므로 정 차장에게 직접 듣고 싶었다.

그러나 한 가지, 누가 국세청과 유관 기관에 대하실업의 외화 유출 문제를 가지고 투서질을 했느냐 하는 의문은 꼭 답을 찾고 싶었다.

오늘 이 모임도 답을 얻는 데 어떤 실마리를 잡을 수 있지 않을까 하는 희망에서 권 소장을 통해 어렵게 마련한 것이었다. 누가 투서질을 했는지 모르지만, 그자의 투서가 세무사찰을 유발했고, 또 세무사찰이 아버지를 식물인간으로 만들었으니, 결과적으로 그자가 아버지를 그렇게 만들었다고 결론짓지 않을 수 없었다. 6개월간 끌었던 회사의 세무사찰도 요로에 정치자금을 후하게 집어주고 몇 개월 전에 별탈 없이 무마되었지만, 진성구는 무슨 짓을 하더라도 그자를 꼭 찾아내고 싶었다.

"권 소장님도 이제 다시 입각하셔야지요?"

정용택 차장이 권기수 소장에게 말했다.

"한번 해먹었으면 됐지, 늙은이가 뭘 또 하겠어요?"

권 소장이 너스레를 떨었다.

"저희 실장님께서 권 소장님은 스케일이 큰 분이라고 늘 말씀하셨습니다."

"저희 재계에서도 권 소장님 같은 분이 일선에 나서기를 은근히 바라고 있습니다. 요새 장관들은 너무 몸을 사려서요. 실수만 하지 않으려고 하지 일을 만들 줄은 모릅니다."

진성구가 거들어주었다. 그렇게 말하면서 그는 과거와는 달리 어색함을 느꼈다.

"아따, 이 사람. 누굴 비행기 태우는 거야, 그러다가 공연히 골짜기에 추락하게 하려고……."

권 소장이 싫지 않은 표정을 지었다.

진성구는 갑자기 이런 식의 대화에 환멸을 느꼈다.

그렇게 진담 반, 농담 반으로 서로가 서로를 치켜세우
던 차에 주문한 회와 술이 들어왔고, 두 아가씨가 들어
와 자리를 채우면서 방 안의 분위기가 무르익어갔다. 술
잔이 몇 순배 돌면서 대화는 자연히 정치·사회 쪽으로
흘러, 다음번 대권 후보자들을 한 사람 한 사람 거명하
다가는 도마 위에 올려놓은 생선처럼 갈기갈기 토막을
내는가 하면, 사회를 어지럽히는 재야인사들을 한데 싸
잡아 김일성 주체사상 추종자로 몰아붙이다가, 취기가
오르면서 궁극에 가서는 정부의 유약함에 그들 모두 마
음속의 울분을 속 시원히 털어놓았다.

기쁨보다 울분이 여자를 생각나게 한다는 누구의 말이
실감나듯이 한껏 울분을 털어놓은 후 정 차장은 다리를
주물러주고 있는 옆에 앉은 아가씨의 치마 위로 그녀의
허벅지를 만지기 시작했다. 술이 더 취하기 전에 정 차
장의 얘기를 듣고 싶어 초조해진 진성구가 권 소장에게
눈짓을 보냈다.

"아, 참. 정 형, 그때 진 회장님과는 어떻게 만나게 됐
어요?"

권 소장이 물었다.

"뭐 별일 아니었습니다. 제가 아는 중소 건설회사 사

장이 진 회장님을 한번 만나뵈라고 해서 만나게 됐지요. 만나뵙고 진 회장님께 부탁을 하려던 참에 그만……."

"어떤 부탁인데요?"

진성구가 바짝 긴장해 물었다.

"건축비를 좀 빨리 지불해달라는 진정서가 들어와서요. 회사가 부도 직전이라 자금이 몹시 달렸나봐요. 그러잖아도 이게 궁금하신 것 같아 가지고 왔습니다."

정 차장은 속주머니에서 복사된 진정서를 꺼내 권 소장과 진성구 앞에 내밀었다. 진성구가 진정서를 급히 읽어내려갔다. 그의 시선이 커미션 지불 얘기가 언급된 곳에 잠시 머물렀다가 진정서의 작성자 성명에 붙박였다. 김인곤 사장! 이런 나쁜 놈! 진성구가 속으로 울부짖었다. 김인곤 사장 회사를 공장 건설 계약에 끌어들인 자가 그자의 사촌이 되는 황무석임을 상기했다. 근래에 황무석이 성호에게 달라붙어 있는 걸로 봐 무슨 음모를 꾸미고 있는 것 같아 진성구는 불안해졌다.

"사실 진정서에 명시된 커미션 문제도 밑에서 문제 삼자고 했으나 회사 거래 관계에 흔히 있을 수 있는 일이라 국세청에 연락을 취하지 않고 그냥 묻어두자고 했습니다."

정 차장이 생색을 냈다.

"저희 아버님이 쓰러지셨을 때 정 차장님과 무슨 대화를 나누셨습니까?"

진성구가 물었다.

"글쎄요. 뭐 서로 인사를 나누고 세상 돌아가는 얘기를 하다가 그만……."

정 차장이 진성구의 시선을 애써 피하며 어물어물했다. 그 점으로 미루어보아 진성구는 정 차장이 거짓말을 하고 있다는 것을 눈치챘다.

그는 정 차장에게 불쾌감을 느꼈다.

"혹시, 세무사찰 문제를 말씀하시지 않았던가요?"

진성구가 물었다.

"전혀 없었습니다. 그런 얘기를 꺼낼 만한 시간적 여유도 없었으니까요. ……세무사찰 문제는 잘 해결되었다지요?"

진성구가 머뭇거리자 권 소장이 나섰다.

"뭐 별것 아닌 것 가지고…… 회사를 운영하다 보면 그 정도는 어느 회사나 있는 법이지요."

"저희 경호실에도 여러 차례 투서가 들어왔습니다. 저희들이야 모른 체했지만요……. 혹시 누구 소행인지 알아냈습니까?"

"그까짓 건 알아내서 뭐할 거요? 세상에는 그런 못된

놈도 있게 마련이오. 그런 놈들 투서만 믿고 세무사찰을 결정하는 당국도 문제가 있지요."

권 소장이 참견했다.

"백방으로 노력했습니다만 도저히 알아낼 수 없었습니다. 정 차장님께서 혹시 누가 투서했는지 알아봐주실 수 없을까요? 평생 그 은혜를 잊지 않겠습니다."

진성구가 애원조로 말했다.

"한번 생각은 해보겠습니다마는…… 제가 그런 데까지 관련한다는 게……. 구태여 찾으려는 이유가 뭔지……?"

정용택 차장이 머뭇거리며 진성구에게 말했다.

"그자가 아버님을 식물인간으로 만든 장본인입니다. 아버님이 쓰러진 건 분명히 세무사찰 때문이었습니다. 아들 된 도리로서 그자를 찾아내 응당의 대가를 치르도록 해야 합니다."

진성구의 말에 정 차장이 언짢은 표정을 지었다.

"정 형, 진 사장은 아주 취미가 다양한 사람입니다. 영화 제작도 하고 있지요."

정 차장의 기분을 눈치챈 권 소장이 대화를 바꾸려고 정 차장에게 말했다.

"진 사장, 영화 다 만들었어요? 모스크바 영화제에 출품한다면서요?"

권 소장이 물었다.

"다 끝났습니다. 모레 모스크바에 가서 영화제 당국에 비공식으로 시사회를 가질 예정입니다."

"이성수 교수가 시나리오를 썼다면서요? 그 사람은 참 재주가 많은 사람이야. 연극 대본도 썼지요?"

권 소장이 말했다.

"네, 이성수 교수가 썼습니다."

"영화 내용은 뭡니까?"

정 차장이 대화가 영화 쪽으로 바뀌자 언짢은 기분을 풀고 미소를 지으며 끼어들었다.

"박흥주 대령 아시죠? 박 대통령 시해 사건 때 김재규의 수행비서관으로 총살형을 당한 사람 말입니다. 그 사람에 관한 이야기입니다."

"잘 알지요. 육사 2년 후배예요. 청렴하고 아주 아까운 사람이지요. 김재규가 참 아까운 사람 희생시켰습니다."

"영화 제목은 뭡니까?"

"〈젊은 대령의 죽음〉이라고 했습니다."

"진 사장."

권 소장이 두 사람 대화에 미소를 지으며 끼어들었다.

"진 사장, 영화판에 뛰어든 예쁜 여배우하고 가끔 술이나 하도록 합시다. 그런 재미도 없으면 뭣 때문에 영화 만드느라 고생하는 거요?"

권 소장의 농지거리가 진성구의 귀에 몹시 거슬렸다. 진성구는 자리를 고쳐 앉으며 자못 진지한 표정을 지었다. 그 순간 그는 아버지 진 회장에 관한 오늘 목적도 잊었다. 그만큼 그는 영화예술과 그 사회적 중요성에 공감하고 심취해 있었다.

"영상예술은 매우 중요합니다. 지금도 그렇지만 앞으로 한 국민의 정신문화 수준을 나타내는 가장 중요한 척도가 될 겁니다. 한 민족의 우수성을 인정받으려면 세 가지 요소를 겸비해야 합니다. 첫째 그 민족이 만든 자동차가 세계의 도로를 달릴 수 있어야 하고, 둘째 그 민족의 소설가가 쓴 소설이 세계의 지성인에게 읽혀야 하고, 셋째 그 민족이 만든 영화가 세계의 유수한 극장에서 상영될 수 있어야 합니다. 우리나라의 경우 첫 번째 요소, 즉 자동차 문제는 해결되었으나 두 번째와 세 번째 요소는 아직 요원합니다."

"그 이유가 어디에 있다고 생각하십니까? 한 가지 조

건이나마 충족할 수 있었던 것도 박정희 덕이라고 생각하지 않습니까?"

정 차장이 의기양양하게 말하자, 그건 그렇다고 봐야지, 하면서 권 소장이 맞장구를 쳤다.

"그건 분명히 박정희 덕입니다. 반면 나머지 두 분야에서는 박정희가 발전을 저해했습니다. 세계 어느 나라에서도 천재가 가장 많이 모인 곳이 영화계입니다. 하지만 우리나라는 그렇지 못합니다. 문학계도 마찬가지고요."

"영화 제작은 보통 깡패나 딴따라들이나 하는 일이지……."

정 차장의 말에 진성구의 얼굴이 상기되었다.

"오랜 군사문화 때문에 그렇게 인식된 겁니다."

정 차장이 그렇게 말하는 진성구를 치뜬 눈으로 보았고, 권 소장은 놀란 표정을 지었다.

그때 방 안의 전화벨이 울렸다. 아가씨가 전화를 받은 후 '정 선생님 찾으십니다'라고 하자 정용택 경호실 차장이 수화기를 받아들었다. 정 차장이 잠시 저쪽 얘기를 듣더니 '알았어, 30분 내로 간다고 해'라고 말했다.

"이거 죄송하게 됐습니다. 각하가 모스크바에 체류 중이시라 청와대 직원들이 급히 소집되어서요. 그럼 두 분이서 마저 얘기 나누시지요."

정 차장이 자리에서 일어서면서 말했다.

"괜찮습니다. 저희들도 같이 일어나지요."

권기수 소장이 일어나자 진성구도 따라 일어났다.

"저도 모레 모스크바로 떠나는데, 다녀와서 영화예술의 중요성에 대해 제대로 한번 설명드릴 기회가 있었으면 좋겠습니다."

진성구가 말하자 정 차장이 진성구의 어깨를 툭툭 쳤다.

귀가하는 차의 뒷좌석에 앉아 있는 진성구는 우울한 기분을 떨쳐버릴 수가 없었다. 정 차장이 한 말, 영화 제작은 깡패나 딴따라들이나 하는 일이라는 말이 물론 기분 좋은 말은 아니었다. 그러나 그런 말 때문에, 사업을 하는 자신의 입장에서 정 차장을 언짢게 했다는 것은 과거에는 상상조차 할 수 없는 일이었다.

자신이 갑자기 이성수와 같은 이상주의자처럼 멋대로 떠들고 멋대로 마시는 자가 되어버린 것도 아닌데, 엄연히 대기업의 대표로서 세련되게 행동했어야 할 자신이 권력의 핵심 부근에 있는 막강한 자에게 실속도 없이 반감을 사게 되었다는 것은 너무나 큰 실수였다.

'아, 내가 왜 이렇게 되었지?' 진성구는 자신에게 질문을 던지면서 차창 밖으로 시선을 보냈다. 시선이 잠시 머문 곳에서 그는 쉽사리 답을 찾을 수 있었다. 문제는 영화였다. 영화가 지난 8개월 동안 자신을 변모시켰음을 깨달았다. 반복되는 생활에 길들여진 자신에게 지난 8개월 동안의 변화는 실로 놀라운 것이라 할 수 있었다.

멋모르고 뛰어든 〈소년과 어머니〉의 제작 현장에서 겪은 초기 1개월간의 시행착오…… 원래의 기대와는 달리 실망을 가져다준 〈소년과 어머니〉의 영상화…… 완쾌되어 병원에서 퇴원한 이성수의 의견에 따라 영화 대본을 다시 쓴 일…… 밤낮을 가리지 않고 강행군을 했던 4개월간의 촬영 기간…… 편집, 녹음, 영어 자막 삽입 등으로 정신없이 보낸 지난 1개월…….

돌이켜 생각해보면 지난 8개월간은 자신의 생애 중 한 가지 일에 가장 몰두한 기간이었음에 틀림없었고, 가장 행복한 시간이었다고 봐야 할 것 같았다.

행복한 몰입! 그것은 이전에 그가 알고 있던 세계와는 전혀 다른 새로운 세계였다. 어떻게 표현할 수 있을까? 시간의 흐름을 느끼지 못하는 세계, 현실과 완벽히 차단된 환상의 세계, 환상을 먹고 환상을 마시고 환상을 꿈꾸는 세계, 과거와 현재와 미래를 마음대로 넘나들 수 있는 세계, 절망과 환희가 끊임없이 교차되는 세계, 그리고 무엇보다 세상의 모든 것을 아름다움으로 승화시키는 세계……. 인간이면 겪어야 하는 슬픔과 비참함, 그리고 인간의 가슴속에 숨겨진 증오심까지도 품어야 하는 세계……. 그러한 세계에서 그는 젊음의 열정을 되찾았고, 그러한 세계에서 그는 불행을 느낄 여유를 잃어버렸고, 그러한 세계에서 그는 현실세계의 추악함을 볼 수 있었다. 그것은 분명히 창작의 세계였고, 창작의 세계에는 희망이 존재하고 있었다.

그리고 그러한 세계는 자기만이 독점한 것이 아니라 이혜정·이성수 두 사람과 공유한 것이었기에 그에게는 특별한 의미가 있었다. 이제 그들 세 사람은 불가분의 관계로 맺어졌다는 생각에 진성구는 마음이 흐뭇해졌다. 그들 세 사람이 만든 영화가 이 세상에 존재하는 이상, 그들이 만든 영화가 사람들의 가슴을 울리는 이상, 영화를 만드는 동안의 흐뭇한 기억이 그들의 뇌리에 남아 있는 이상, 그들은 분리될 수 없었다. 한 여자를 두고 두 남자가 사랑하는 것이 숙명이라면, 다시 세 사람이 한데 묶인 것도 또 다른 운명이랄 수밖에 없었다.

3. 겨울 속의 여심 : 진미숙

- 이성수를 향한 연민의 감정.
- 1917년 러시아에서 볼셰비키 혁명이 성공한 후부터 1990년 구소련이 붕괴
  할 때까지 대부분의 지식인들은 결국에 가서는 공산주의가 자본주의를 정복
  하리라 믿었다. 노동자의 수가 자본가의 수보다 월등히 많았기 때문이다. 이
  사실만을 보아도 지식인의 판단을 믿는 것은 어리석은 일이다.
- '예쁘기만 한 바보'로 태어난 여자가 행복할 가능성이 가장 높다. 자신의 남자
  에게 쉽게 속고, 자신의 남자가 최상이라고 확신하기 때문이다.

　한 해를 마감하는 마지막 달은 매서운 겨울바람을 동
반하지는 않더라도, 겨울이라는 계절 자체가 내포하는
의미 때문에 이토록 가슴을 얼어붙게 하는가? 그리고 또
한 아쉬움과 기다림을 나의 가슴속에 불러일으키는가?
다른 사람들도 나처럼, 흘러가버린 가을을 향한 아쉬움
과 봄에의 기다림 속에 옷깃을 여미고, 지난 세월을 돌
이켜보며 덧없이 흘려보낸 세월에 대해 또 한 번의 후회
를 하고 있을까? 진미숙은 중앙병원의 병실 창가에 서서
한 주일이 시작되는 월요일 이른 아침의 햇살을 온몸으
로 듬뿍 받으며, 병원 내 주차장을 오가는 사람들을 무

심히 내려다보고 생각에 잠겨 있었다.

진미숙은 뒤를 돌아보았다. 고혈압으로 쓰러져 1년이 넘도록 의식을 회복하지 못하고 있는 아버지의 모습에 그녀의 시선이 잠시 멈추었다. 비록 영원히 의식이 회복되지 않는다 하더라도, 비록 하나밖에 없는 딸의 정성 어린 간호를 알아보지 못한다 하더라도, 목숨만이라도 오래오래 유지하시기를 바랐다.

그녀는 우울함에서 벗어나려고 창밖으로 고개를 돌려 화사한 아침 햇살에 은빛 자락으로 맞서고 있는 한강에 시선을 멈추었다. 그렇지 않아도 상심 속에서도 성심성의껏 아버지를 간호하고 있는 새어머니에게 우울한 표정을 보이고 싶지 않았다.

그녀는 문득 자신과 연루된 사건 때문에 빼앗긴 회사를 이진범에게 되돌려줄 수 있으리라는 생각이 들자 우울함에서 다소간 빠져나올 수 있었다. 비록 원상회복은 아니더라도 이진범에게 도움이 되리라고 믿었다. 이진범 회사의 공장을 소유하고 있는 백인홍 사장과 만나 공장 인수에 관해 상담하기로 한 동생 성호로부터의 소식이 몹시 기다려졌다.

따르릉, 하고 전화벨이 울렸다.

"여보세요?"

"미숙이니? 나 지금 모스크바로 떠나기 전 공항에서 전화하는 거야."

성구 오빠의 목소리가 전화선을 타고 들려왔다. 진미숙은 '잠깐만 계세요'라고 말하곤 무선 전화기를 가지고 병실에 붙어 있는 욕실로 얼른 들어가 문을 닫았다. 들을 수도 말할 수도 없고, 생각조차 할 수 없이 침대에 누워 숨만 쉴 수 있는 아버지지만, 그런 아버지와 옆방에 계시는 새어머니의 수면을 방해하고 싶지 않았다.

"잘 다녀오세요. 아버지 걱정은 마시고요."

진미숙이 조용히 말했다.

"미숙아, 병실에만 그렇게 있으면 너도 병날 거야."

"괜찮아요. 산책도 자주 하니까요."

"그러지 말고 어머니와 간병인이 있으니까 너는 집에 가 있어. 하루에 한 번씩 들르면 되잖아."

"걱정 마세요. 제가 알아서 할게요."

"그리고 영화 일이 3~4일이면 끝나니까, 내가 얘기한 대로 4~5일 후 모스크바로 건너와 우리와 같이 지내. 우리가 모스크바에 열흘은 있을 테니까. 혜정이도 그러길 바라고, 성수도 좋아할 거고……."

"성수 씨나 잘 보살펴주세요. 아직 완쾌되었다고 볼 수 없어요. 거기다가 시나리오를 쓰느라 고생을 많이 했을 거예요."

"성수는 걱정 마. 아주 건강해 보여. 자기가 하고 싶은 일을 하니까 오히려 건강해진 것 같아."

"그래도 긴장의 끈을 놓지 마세요."

"내가 직원을 시켜서 비행기표와 모스크바 연락처를 너에게 주라고 했어. 꼭 오도록 해."

"노력해볼게요. 그럼 잘 다녀오세요. 혜정이와 성수 씨한테도 재미있게 지내라고 하고요. 좋은 소식 기다릴 게요."

"그럼 다시 전화할게."

진미숙은 전화 스위치를 끄고 욕실 밖으로 나왔다.

진미숙은 가슴이 뿌듯해왔다. 1년 3개월 전만 해도 정신병원에 입원해야만 할 정도로 병세가 악화됐던 이성수가 그사이 완쾌되어 퇴원하고, 거기다가 모스크바 국제영화제에 출품할 영화의 시나리오까지 쓰고, 이제는 노력의 결실을 거두어들이기 위해 모스크바로 떠난다는 사실이 믿기지 않았다.

바로 1년 3개월 전 어느 날 대구 정신병원에서 이성수의 비참했던 모습을 처음 보았던 때를 회상해보면 그의 회복은 기적이라고밖에 할 수 없었다.

그날 그녀는 한 여자로 태어나서 죽기 전까지 보지 말아야 할 모든 것을 보았다.

한때 그녀의 귀에 달콤한 사랑의 밀어를 속삭여주던 사람이었다는 것을 상상할 수도 없는 한 남자가, 서로의 피를 나누어주어 태어난 자식을 공유하고 있다는 사실이 믿어지지 않는 한 남자가, 쭈그리고 앉아 두 무릎 사이에 고개를 파묻고 어린아이처럼 노래를 흥얼거리고 있었다. 그뿐만이 아니었다. 한때 젊음의 이상을 지녔었다고는, 놀라운 감성으로 훌륭한 희곡을 썼다고는 도저히 믿어지지 않는 한 남자가, 행동이 아니면 지성으로, 지성이 아니면 글로 여자의 마음을 빼앗을 수 있었던 남자가…… 팔을 움직이지 못하도록 만들어진 환자복 속에 몸을 감추고 쭈그리고 앉아 멍한 눈을 치켜뜨고 있었다.

그녀가 그 남자의 멍한 눈에서 본 것은 절망이었고, 자신의 가슴속으로 뼈저리게 느낀 것은 죄의식이었다. 영원히 지울 수 없는 죄의식, 아니 점점 깊어지기만 하는 죄의식이 험한 파도가 되어 그녀를 덮쳐왔을 때, 그녀의 죄의식은 그 죄의식을 가져다준 상대방을 향한 동정심으로 변했고, 동시에 그것은 그녀에게 오래전에 잃어버렸던 애정을 순간적이나마 되찾아주었다. 그녀는 철창 사이로 남자를 향해 두 팔을 뻗었다.

‘이리 와요, 저한테 와봐요, 제발 저한테 와봐요’ 하고 그녀가 멍한 눈을 치켜뜬 남자에게 애원했다. 남자가 천천히 상체를 일으켜 세우더니 잠시 그 자리에 서 있다가 철창 앞으로 발걸음을 옮기기 시작했다. 진미숙이 철창 사이로 내민 팔에 닿기 바로 전 남자가 멈춰 섰다. 진미숙이 몸을 옆으로 돌리며 오른팔만 철창 사이로 내밀어 남자의 몸에 닿으려고 했다. 그녀의 손끝이 그의 몸에 닿는 순간 남자가 움찔하며 물러났다. 힘껏 내밀어진 그녀의 오른팔 손끝이 파르르 떨렸다. 남자가 그녀의 떨리는 손끝을 응시하다 획 뒤돌아서더니 반대편 벽 철창 창문을 올려다보며 ‘아침은 빛나라 이 강산……’ 하고 나직이, 그러나 엄숙하게 노래를 부르기 시작했다.

"오늘은 그냥 가시지요."

진미숙 뒤에 서 있던 의사가 말했다.

"미숙아, 이제 가자."

이혜정이 옆쪽으로 와 미숙의 허리를 감싸안으며 말했다.

철창 안으로 내밀었던 오른팔을 거두어들인 후 진미숙은 이혜정의 가슴에 얼굴을 파묻고 흐느끼기 시작했다.

이혜정이 진미숙을 껴안은 채 한 발짝 뒤로 물러서자 의사가 철문을 닫으려고 했다. 진미숙이 돌아서 철창으로 다가가 창살을 두 손으로 잡고 그 안에 무심히 서 있는 남자를 응시했다. 그 순간 그녀는 결심했다. 세상이 두 쪽이 나는 한이 있더라도, 자신의 목숨을 내던지는 한이 있더라도, 그 차가운 방 안에 갇힌 착하디착한 남자를 철문 밖으로 꺼내주겠노라고.

"의사 선생님 말씀이 병을 고치는 데 시간이 오래 걸리지는 않을 거래."

이혜정이 진미숙에게 말했다. 진미숙이 의사에게 시선을 주었다.

"앞으로 빠르면 3개월, 늦더라도 1년이면 완치될 수 있습니다. 너무 걱정 마십시오. 자주 면회 오시면 치료에 도움이 될 겁니다."

의사가 말했다.

진미숙이 다시 철창의 창살을 잡았던 손을 놓고 물러서자 의사가 철문을 천천히 움직였다. 철문이 닫히기 전 진미숙이 마지막으로 들은 소리는 이성수의 노래였다.

'삼천리 아름다운 내 조국, 반만년 오랜 역사에……'

회상이 이 시점에 이른 순간 진미숙은 벼락을 맞은 사람처럼 소파에서 벌떡 일어났다. 철문이 닫히기 전 들려왔던 노래와 노래를 부른 남자와 모스크바라는 도시 이

름이 머릿속에서 한데 뭉쳐진 순간 그녀의 가슴은 도리
깨질을 하듯 두근거렸다. 혹시나…… 혹시나 성수 씨가
월북하겠다는 엉뚱한 생각을 하고 있는 게 아닌가?

<hr />

　진미숙은 병실의 소파 옆 탁자 위에 놓인 무선 전화기
를 들고 서둘러 버튼을 눌렀다.
　"여보세요?"
　진성호의 목소리가 들려왔다.
　"성호야, 나야. 바쁜데 미안해."
　"아니야, 괜찮아."
　"다름이 아니라, 성수 씨가 곧 모스크바로 떠나려고
공항에 있을 텐데 연락할 수 있는 방법이 없을까?"
　"왜, 무슨 일이 있어?"
　"아니야. 급히 통화할 일이 있어서."
　"회사에 부탁해서 공항 대합실에 페이징하도록 해볼
게."
　"꼭 부탁해."
　"비행기가 떠나지 않았으면 통화할 수 있을 거야."

"고마워, 이곳 전화번호를 알려주고 전화해달라고 해."

"알았어, 걱정 마."

진미숙은 전화를 끊은 후 소파 등받이에 몸을 기대고 눈을 감았다. 진호 아빠가 한 가지 진실만은 꼭 믿어주기를 바라는 마음이었다. 여자란, 남자를 사랑하지 않고는 아이를 낳을 수 없다는 진실을! 두 사람의 마음이 후에 어떻게 변했든 아이를 가질 때만은 서로가 서로를 사랑했다는 진실을! 그리고 두 사람이 공유한 핏줄이 존재하는 한 두 사람은 남남이 될 수 없다는 진실을!

옆방 대기실로 통하는 문이 열리며 새어머니가 근심스러운 표정을 지으며 병실로 들어섰다.

"옆방에서 들으니까 성호하고 통화를 하는 것 같던데, 왜 이 교수한테 무슨 일이 일어났니?"

진미숙 앞 소파에 앉으며 새어머니가 물었다.

"아니에요, 그냥 궁금해서요."

진미숙이 아무것도 아니라는 듯 가볍게 대꾸했다.

"이 교수가 원래 참 착한 사람이야. 그러니까 그런 병이 몇 개월 만에 완치가 되지. 누가 그러는데 영원히 고치지 못하는 사람이 허다하다는구나."

"네, 아주 착한 사람이에요. 너무 착해서 세파를 견디지 못하는 사람이지요."

"그래, 맞아. 네 아버지도 이 교수를 아주 좋아했어. 너하고 헤어지고 나서도 말이야. 그래서 아버지가 이 일을 당하기 전에 성호 장인을 통해 대학 교수 자리를 단단히 부탁했었지. 성호 장인이 지금도 힘쓰고 있을 거야."

"그렇겠지요. 잘 해결될 거예요."

"이 교수는 글도 잘 쓰고 참 재주가 많은 사람이야. 요즘도 글을 쓰냐?"

"요즘은 잘 모르겠지만 오빠가 만든 영화의 시나리오를 썼어요. 마음도 안정시킬 겸 성수 씨한테 좋았던 것 같아요."

"그런데 성구는 사업이나 하면 되지 영화는 무슨 영화야? 다른 사람 보기에도 그렇고……."

"이제는 영화도 훌륭한 예술이에요. 옛날하고는 달라요."

"오빠하고는 자주 만나지?"

'예' 하고 대답하면서 진미숙은 새어머니가 얼마 전까지 소원했던 오빠와의 사이를 걱정하고 있음을 알아챘다.

"형제지간도 자주 만나야 하는 거야. 성호는 뭐가 그렇게 바쁘기에 어제도 병원에 안 온 건지."

"사업 때문에 정신없이 바쁜 것 같아요."

"성호는 너를 어떻게 그렇게 따르는지 모르겠다. 그놈 낳았을 때 내가 젖이 부족해 잘 못 먹였는데…… 그래서 그런지 지 에미 말보다 누이 말을 더 잘 들으니 말이야."

진미숙이 미소 지어 보였다. 새어머니 역시 미소로 받으며 자리에서 일어나 욕실로 들어갔다.

'따르릉' 전화벨 소리가 울렸다. 진미숙은 수화기를 얼른 들었다.

"여보세요?"

진미숙이 통화 버튼을 누르고서 말했다.

"진호 엄마? 나요."

이성수의 어정쩡한 목소리가 들려오자 갑자기 말문이 막혔다.

"저…… 다름이 아니라…… 여행 중 조심하라는 말을…… 하고 싶어서요."

잠시 사이를 두었다가 진미숙이 띄엄띄엄 말했다. 그녀는 매우 어색하게 느껴졌다.

"고맙소. 진호 엄마도 건강에 조심해요. 진호한테도 잘 있으라고 전해주고……."

"진호는 하루가 다르게 아빠를 닮아가는 것 같아요."

불쑥 튀어나온 말이었으나 평소 느끼고 있던 바였다.

"진호는 절대로 아비를 닮으면 안 돼요."

이성수의 단호한 목소리가 들렸다.

"아뇨. 진호는 절대로 아빠를 닮아야 해요."

잠시 전화가 끊어진 듯 침묵이 흘렀다. 진미숙이 침묵을 깼다.

"기억해요? 언젠가 나한테 '절대로'라는 말을 절대로 하지 말라고 했잖아요."

"그랬던가?"

이성수의 나지막한 웃음이 들려왔다. 그녀는 갑자기 자신이 생겼다.

"절대로 엉뚱한 일은 하지 말아요. ……절대로요……. 진호를 생각해서라도요."

그녀는 상대방의 반응을 잠시 기다렸다. 아무런 반응이 없자 그녀는 갑자기 불안해졌다.

"4~5일 후 저도 그리로 가겠어요."

진미숙은 자신이 한 말에 자신이 놀랐다.

"그럼 모스크바에서 봐요."

그녀는 자신의 마음이 변할까봐 얼른 전화를 끊었다. 그녀는 정신이 멍해졌다. 전혀 마음속에 없던 말, 4~5일 후 모스크바에 간다는 말을 내뱉은 자신이 이해가 되지 않았다. 그러나 그런 말을 한 자신이 밉지는 않았다. 적어도 자신이 모스크바에 도착할 동안은 이성수가 일을 저지르지 않으리라는 확신이 들었기 때문이었다.

새어머니가 욕실을 나와 아버지가 누워 있는 침대로 갔다.

"대기실에서 눈 좀 붙여."

새어머니가 말했다.

"네, 조금 있다 그럴게요."

"지금 가라니까."

"알았어요. 그럴게요."

진미숙이 소파에서 일어나 대기실 쪽으로 발을 옮겼다. 대기실 문을 열기 전 아버지가 입고 있는 환자복을 조심스럽게 벗기고 새 환자복으로 갈아입히는 새어머니의 모습에 진미숙의 시선이 머물렀다.

그녀는 대기실에 있는 긴 소파에 피로한 몸을 눕힌 후 담요를 덮고 눈을 감았다. 그녀는 새어머니 생각을 떨쳐버릴 수가 없었다.

여자의 일생은 고통과 연민의 연속이라지만, 새어머니가 측은하게 느껴졌다. 처녀 시절 처자식이 딸린 한 남자를 믿어 일생을 맡긴 후 본처가 세상을 떠나자 본처 소생 남매를 자신의 자식처럼 키워왔고, 이제는 감정을 표현할 수도 느낄 수도 없는 식물인간이 되어버린 남편을 밤잠도 자지 않고 옆에서 돌보아주어야 하는 새어머니의 운명이 너무나 기구한 것 같았다.

모든 것이 새어머니의 운명이랄 수밖에. 어떤 이유에서든 아버지의 눈에 든 것이 그녀의 운명이고, 그 남자를 받아들인 것 또한 그녀의 운명이고, 숨 쉬는 시체가 되어버린 남자를 마지막으로 돌보아야 하는 것도 그녀의 운명이랄 수밖에. 애정이라는 이름하에……

애정? 정말로 새어머니가 지금 아버지에게 애정을 느끼고 있을까? 진미숙은 자신에게 질문을 던졌다. 어쩌면 지금 과거 어느 때보다도 더 깊은 애정을 느끼고 있을지 몰랐다. 사랑하는 남자를 입혀주고, 씻어주고, 덮어주고, 걱정해주고……. 진미숙은 갑자기 그런 새어머니가 부러워졌다. 갑자기 피로가 몰려오면서 진미숙은 깊은 잠 속으로 빠져들어갔다.

꿈속에서 진미숙은 누워 있는 아버지 옆에 앉아 다리를 주무르고 있는 돌아가신 어머니를 보고 있었다. 아버지가 다리를 빼내려고 몸을 뒤틀자 어머니가 말썽을 부리는 어린아이를 다루듯 얼굴을 찡그리며 아버지의 무릎을 탁 하고 쳤다.

그녀는 그런 어머니의 행동을 이해할 수 없었다. 아버지가 싫다는데 왜 다리를 주무르세요? 묻고 싶었으나 말이 나오지 않았다. 어머니는 아버지에게 원망하는 눈초리를 보내며 더 세게 다리를 주물렀다. 그때서야 어머니가 왜 그러는지 이해가 되었다. 생전에 여자 문제로 속을 썩인 아버지를 어머니가 원망하고 있다는 것을 알아챘다. 진미숙은 어머니에게 다가가 두 손을 잡았다. 그리고 마음속으로 어머니에게 말했다.

'어머니, 모든 게 운명이에요. 아버지를 원망하지 마세요. 아버지도 자신의 운명은 어쩔 수 없었을 거예요. 어머니도 운명론자가 되세요. 저처럼 말이에요. 왜 제가 운명론자가 되었냐고요? 사랑하는 사람을 잃어버리면 여자는 운명론자가 될 수밖에 없어요.'

어머니가 듣기 싫다는 듯 딸에게 잡힌 손을 뿌리쳤다. 어머니가 저고리 안에서 무엇인가 꺼내 보더니 옷소매로 눈물을 닦았다. 진미숙이 어머니가 들고 있는 것을 보았다. 진미숙 자신의 결혼식 사진이었다. 진미숙이 눈물을 흘리고 있는 어머니를 쳐다보았다. 진미숙이 애원하듯 마음속으로 말하기 시작했다.

'어머니, 왜 이러세요? 제가 애아빠와 헤어진 것도 운명이랄 수밖에 없어요. 하지만 지금 저는 불행하지 않아요. 혼자서도 진호를 잘 키울 수 있어요.'

어머니가 침대에서 내려와 화난 표정을 지으며, 그녀의 손을 잡고 병실 문 쪽으로 향했다. 어머니의 손에 이

끌려 병실 문을 나서 긴 복도를 걸어나갔다. 사람의 그림자도 보이지 않는 기나긴 복도가 점점 좁아지면서 컴컴해지다가 갑자기 칠흑 같은 어둠으로 변했다. 어둠 속을 어머니의 손에 잡힌 채 그녀는 끌려가듯 걸어나갔다. 어머니가 한 곳에 멈춰서더니 어둠 속에서 철문을 철컥 열었다. 철창 사이로 햇살이 비쳐와 눈이 부셔 손으로 눈을 가렸다. 잠시 후 눈에서 손을 떼자 어머니가 손으로 철창 안쪽을 가리켰다. 그녀는 철창으로 다가섰다.

맞은편 철창 사이로 들어오는 강한 햇살이 머문 곳에, 두 팔을 움쭉달싹 못하도록 한 환자복으로 몸을 감싼 한 남자가 쭈그리고 앉아 겁에 질린 시선을 그녀에게 주고 있었다. 어머니가 그녀를 철창 쪽으로 밀어붙이며 '저게 네 아들의 아버지야' 하고 눈으로 그녀에게 말하는 듯했다. 그때 남자가 꿇어앉은 채 뒷걸음을 치며 무슨 노래인지 흥얼거리기 시작했다.

'아침은 빛나라 이 강산 은금에 자원도 가득한 삼천리 아름다운 내 조국……'

진미숙은 희미하게 들리는 그 노래 속에서 한 남자를 삼켜버린 절망을 느꼈다. 누가 그에게 그런 절망을 안겨다주었나? 그녀는 숨이 막혔다. 다음 순간 상처받은 웅크린 사자가 단말마의 고통을 내지르듯 그 남자가 갑자기 그녀에게로 펄쩍 뛰어와 그녀 앞을 막고 있는 창살에 머리를 부딪쳤다. 퍽 하는 소리가 나더니 그녀의 눈앞에 피가 뿌려졌다. '악' 하는 소리와 함께 그녀는 눈을 번쩍 떴다.

소파에서 상체를 일으킨 자세로 잠시 어리벙벙해 있던 그녀는 악몽을 꾸었다는 것을 알았다.

'아침은 빛나라 이 강산……' 하고 꿈속에서 들었던 노래가 환청인 양 그녀의 귀에 다시 들려왔다. 그것은 완전히 허물어져버린 한 남자가 삶에 지쳐 토해내는 소리였고, 또한 처참하게 허물어진 한 남자가 내는 통곡의 소리였다. 그녀는 여러 가지 고약한 악몽에 시달려왔으나 오늘처럼 소름 끼치는 악몽은 처음이었다. 그녀는 손목시계를 보았다. 9시 20분. 두 시간 가까이 잤다는 것을 알았다.

진미숙은 악몽을 꾼 것이 왠지 불안했다. 더구나 얼토당토않게 꿈속에서 성수 씨를 돌아가신 어머니와 함께 보았다는 사실이 예사스럽지 않았다.

진미숙은 소파에서 일어나 병실 문을 살그머니 열었다. 순간 그녀는 깜짝 놀랐다. 아버지 다리 쪽에 앉아 아버지 다리를 주무르고 있는 돌아가신 어머니의 젊은 시절 모습이 순간 그녀의 눈에 비쳤기 때문이었다. 정신을 가다듬고 다시 보니 아버지 다리를 주무르고 있는 간병인의 모습이 거기에 있었다.

"언제 오셨어요?"

진미숙이 간병인에게 미소 지으며 말했다.

"방금 왔어요. 이제 들어가셔서 쉬세요. 어머니께서 조금 전 가시면서 꼭 집에 가서 쉬라고 말씀 전하라고 하셨어요."

"괜찮아요. 조금 있다가 가지요. 동생이 온다고 해서 만나고 가려고요."

진미숙은 잠시 동안 얼이 빠진 사람처럼 멍하니 간병인을 바라보았다.

"아주머니가 누구를 꼭 닮았는지 아세요?"

진미숙이 말하자 40대 초반의 간병인은 미소로 답했다.

"돌아가신 저희 어머니와 꼭 닮았어요. 누가 보면 쌍둥이라고 해도 믿을 정도예요."

"그래요? 언제 돌아가셨는데요?"

"20년 전에요. 제가 열네 살 때 돌아가셨어요."

잠시 사이를 두었다가 진미숙이 간병인에게 다시 말을
걸었다.
　　"일은 고되지 않으세요?"
　　"뭘요. 이력이 붙어서 괜찮아요."
　　"가족이 많으세요?"
　　"고등학교 다니는 아들하고 살아요."
　　"남편은요?"
　　"10년 전 자동차 사고로 돌아갔어요."
　　미소 속에 말하는 간병인의 표정에 구김살이라고는 찾
아볼 수 없었다.
　　"생활하기 힘드시겠어요."
　　"괜찮아요. 아빠 보상비의 이자로도 아이 학비와 두
식구 생활은 돼요. 집에 있기도 심심하고, 간병하는 일
이 좋은 일인 것 같아서 하는 거예요."
　　그렇게 말하는 간병인의 마음씨마저 어머니를 닮았다
고 진미숙은 생각했다.
　　"아이가 몇이에요?"
　　간병인이 물었다.
　　"저도 사내아이 하나 있어요. 다섯 살이고요."
　　"아버지가 있으니 얼마나 좋아요. 저는 아이 키울 때
아버지가 없는 게 가장 고통스러웠어요."

"왜요?"

"아들은 꼭 아버지가 있어야 해요. 아들은 아버지를 보면서 자라야 해요. 그렇지 않으면 너무 내성적이 되고, 야망이 없어지는 것 같아요."

"성격 나름이겠지요."

"그렇지 않아요. 어릴 때는 몰라도 커가면서는 꼭 아버지가 있어야 해요."

진미숙은 간병인에게 미소 지어 보인 후 슬그머니 자리를 떠 대기실로 갔다. 소파에 앉아 머리를 뒤로 젖히고 눈을 감았다. 그녀의 머릿속에서는 간병인과의 대화 내용이 맴돌고 있었다.

그녀는 소파 앞 탁자에 놓인 핸드백을 집어들고 안을 뒤지기 시작했다. 핸드백 밑바닥 깊숙한 곳에 접어두었던 편지를 꺼내 들었다. 1년 3개월 전 미국에서 싸구려 호텔방에 만신창이가 되어 누워 있는 이진범을 만난 후, 귀국하는 비행기 안에서 자신이 쓴 편지였다. 서울에 도착하자마자 부치려고 했던 편지, 그러나 결국 부칠 용기를 낼 수 없었던 편지, 외로울 때면 꺼내 보던 편지, 슬플 때면 머릿속에서 몇 구절을 외워보곤 했던 편지, 자신을 운명론자로 변모시킨 편지, 주어진 인생을 느긋한 마음으로 저항 없이 받아들이도록 한 편지…… 그 편지를 그녀는 펼쳤다.

진미숙은 편지를 읽기 시작했다.

저는 당신으로 해서 '운명의 힘'을 믿게 됐어요.
나이 서른이 조금 지나 벌써 운명론자가 되어버렸
다는 건 너무 빨리 늙어버린 건가요? 결혼을 했다
는 것, 아이를 낳았다는 것, 이혼을 했다는 것, 그리
고 아버지를 볼 수 없는 아이의 천진난만한 눈동자
를 대해야 한다는 것, 이 모든 것이 여자를 늙게 하
겠지요.
늙는다는 것이 여자에게 슬픔일까요? 그렇지 않아
요. 적어도 저에게는 그렇지 않아요. 당신이 저에
게 회상할 추억, 느긋이 음미할 추억을 남겨주었으
니까요. 황혼을 바라보며 미소 속에 회상하는 추
억, 비록 그 추억이 무분별한 사랑, 갈등, 오해, 슬
픔, 미움, 그리고 환희로 이루어졌다 해도, 먼 훗날
그런 추억을 회상하는 저의 늙은 모습을 당신이 좋
아하리라 믿어요. 그런 믿음이 저에게 삶의 힘을 주
고, 쓰라린 과거를 망각으로 밀어넣을 거예요. 아름
다운 과거만을 우리 사이에 남기고.
아침에 눈뜨면서 당신을 생각하고, 밤에 잠들면서

도 당신을 생각하던 때가 있었어요. 그때 저는 당신의 노예가 되어 있었고, 당신과의 만남을 포기해야 한다는 건 저를 질식시키는 거나 다름없었어요. 실제로 당신을 만나지 말아야 한다는 생각만으로도 숨이 막혀옴을 느꼈으니까요. 그것은 우리들의 아름다운 과거예요.

당신을 바라볼 때, 당신의 눈과 마주칠 때, 제 몸이 온통 생명의 기운으로 충만한 때도 있었어요. 가만히 거기 계시는 것만으로도 당신은 어쩌면 제게 그렇게도 다정한 사람이었을까요. 그것은 고이 간직하여야 할 우리들만의 과거예요.

어느 날 당신이 홀연히 떠나가면서 저에게 남긴 것은 잔인한 배신감뿐, 그러한 배신감을 남긴 당신의 심장에 칼을 꽂기 위해 저의 삶이 존재했던 때도 있었어요. 그것은 망각의 늪으로 밀어넣어야 할 과거예요.

우리는 아마 운명적으로 서로의 체취에서 마음의 평온을 찾을 수는 없게 되어 있는가봐요. 그렇다면 남은 것은 서로의 공허한 마음뿐. 저는 당신의 공허를 채우고, 당신은 저의 공허를 채워요. 비록 그것이 생각의 채움뿐이라 할지라도 상관없어요. 생각할 상대가 이 세상에 존재한다는 것이 중요하니까요. 멀리 떨어져서나마 우리 서로가 서로의 아픔을 어루만지며 세상 살아가는 기운을 얻어요.

견디기 힘든 외로움이 찾아오면 저는 당신의 모습을 머릿속에 그리며 외로움을 쫓아낼 거예요. 그건 축복이라 생각해요. 당신이 저를 생각한다면 그건 저에게 더 큰 축복일 거예요.

그래요, 우리가 다시 제자리로 돌아가야 한다는 건 슬픈 일이에요. 하지만 당신이 남자고 제가 여자인한, 우리 둘이 공유한 기억은 누구도 우리에게서 앗아갈 수 없을 거예요.

수많은 긴긴 밤 외로움에 몸 떨며 세월은 무심히 흘러갔고, 또 흘러가야겠지요. 그러나 그것이 사랑의 기쁨을 맛본, 어머니의 포근한 가슴을 찾은 대가라면, 이를 악물고라도 견뎌야지요.

우리 서로를 기억하고 싶을 때는 하늘을 봐요. 서울의 하늘이든 어느 낯선 도시의 하늘이든, 하늘은 항상 거기 그렇게 열려 있잖아요. 하늘을 보며 우리가 나누던 대화를 기억하고, 나누고 싶은 얘기를 주고받아요.

당신이 세파에 시달려 지칠 대로 지친다 해도 결코

마음만은 쓸쓸하지 않기를 바랄게요. 당신이 있는 곳에 하늘이 열려 있고, 하늘을 통해 저의 마음이 항상 당신 곁에 있으니까요.

당신을 만나 행복했고, 헤어져 불행했고, 다시 만나 희망을 찾았고, 그로써 세상을 살아갈 용기를 얻었어요. 모든 것이 위대한 운명의 힘이었어요. 당신과 저의 운명, 그리고 우리 두 사람의 합친 운명.

진미숙은 편지를 다 읽고 난 후 접어서 핸드백에 넣으려다가 다시 펴 들었다. 잠시 물끄러미 보다가 편지를 둘로 찢었다. 둘로 찢은 편지를 다시 포개어 둘로 찢었다. 또다시 같은 방법으로 서너 번을 더 찢은 후 휴지통에다 버렸다.

4. 대결 : 진성호

- 사업을 사이에 두고 벌어진 백인홍과의 팽팽한 대립.
- 모든 동물은 먹이(영역)와 짝짓기 상대를 두고 싸운다. 인간도 마찬가지로 부
  와 여자 때문에 대결하게 되어 있다. 국가도 크게 다르지 않다. 항상 영토 다
  툼을 한다. 국가가 다른 점이 있다면 그 싸움에서 이긴 국가가 역사를 새로 쓴
  다는 것이다.
- 좋은 노년의 비결은 고독과 명예로운 평화협정을 맺는 것이다. 마찬가지로 부
  부간에도 서로 같이 있는 시간이 적을수록 행복한 결혼생활을 누릴 확률이
  높다.

    호텔 커피숍에 앉아 있는 진성호는 손목시계를 들여다
보았다. 9시 15분. 약속시간에서 벌써 15분이 지나고 있
었다. 그는 약속시간보다 15분 이상 기다리지 않는 것을
원칙으로 삼아왔으나 오늘은 백인홍을 한 시간이라도 기
다려볼 각오가 되어 있었다.

    병원에서 결과를 기다리고 있을 미숙 누이를 실망시키
고 싶지 않았고, 이진범의 소유였던 청천물산의 인수 문
제를 빨리 매듭짓고 싶었을 뿐 아니라, 무엇보다도 백인
홍을 직접 만나 도대체 어떤 인물인지 알아보고 싶었다.

    주로 황무석 이사를 통해 얻은 정보이긴 하지만 여러

통로를 거쳐 수집한 정보에 의하면 백인홍이 쉽게 다룰 수 있는 인물이 아니라는 것은 짐작하고도 남았다. 진성호는 백인홍에 관한 정보를 머릿속에서 다시 정리하기 시작했다.

1951년생으로 현재 나이 40세. 고등학교·대학교 시절 국가대표 후보선수로 뽑힐 만큼 유능한 야구선수로서 한때 어깨 행세를 했음. 부친은 해방 전 만주에서 일본군을 상대로 유곽을 경영했고, 해방 후에는 서울에서 이름 있는 요정을 경영했던 자로, 50년대 말부터 백운직물이라는 섬유 직물 회사를 경영하다가 독자인 아들에게 회사를 넘겨주고 7년 전 세상을 떠났음. 백운직물을 맡은 백인홍은 대하실업의 하청업체로 일하다가 재작년 봄부터 섬유류 직수출과 외제 여성의류의 수입·판매 사업에 손을 대, 현재 기업 공개 준비를 마쳤을 정도로 사세를 확장시켰음.

백인홍에 관한 정보를 머릿속에서 정리하다 말고 진성호는 갑자기 화가 났다. 경리 부정이 있어 대하실업의 LA 지점장 자리에서 쫓겨난 이현식이 그 후 백인홍한테 붙어 대하실업의 미국 고정 거래처를 백인홍 쪽으로 뽑아내고 있다는 확인된 정보가 떠올랐기 때문이었다.

이 친구 버릇을 단단히 고쳐놓아야지! 이 친구 약점

이 뭘까? 진성호는 속으로 중얼거리며 화를 삭이려고
애썼다.

그는 냉정함을 잃지 않으려고 노력했다. 백인홍 같은
자와 상담할 때 냉정함을 유지하지 못하면 그자의 술수
에 말려들기 십상이기 때문이었다. 그는 창밖으로 시선
을 옮겨 먼 하늘을 바라보며 마음을 안정시켰다. 그러
다 그의 시선이 창 쪽에 있는 테이블에 멈추었다. 외롭
게 홀로 앉아 있는 기가 막힌 미인이 그의 시선을 그곳
에 잠시 묶어두었다. 몸은 육감적이나 얼굴은 순진함을
지니고 있었다. 힘센 사나이의 개척을 기다리는 신천지
라고 할까? 순간적인 황홀감에 빠져 있던 진성호는 이럴
때가 아닌데, 하며 미인에게 보낸 시선을 거둬들였다.
그는 차분한 마음으로 백인홍의 약점을 하나하나 마음속
으로 분석하기 시작했다.

백인홍이 사업을 꾸려나가려면 탈세를 밥 먹듯 해야
한다는 사실은 삼척동자도 다 알고 있으나 대하실업도
그 면에서는 약점이 없는 바 아니니 그것을 문제 삼을 수
는 없고……. 황무석의 말에 의하면 백인홍의 사생활이
지저분하다고 하나 그런 걸 치사하게 걸고넘어지고 싶지
는 않았다. 이리저리 주워들은 이야기를 종합해보면 역
시 그 아비에 그 아들로 피는 못 속인다고, 백인홍이라는

90

자가 천하의 잡놈이라는 사실은 보지 않고도 뻔했다.

이런 잡놈들 때문에 사업하는 사람이 저질 장사꾼 취급을 받을 수밖에! 씨름꾼 출신 깡패를 중역으로 옆에다 데려다놓고 업자들에게 공갈을 치고 다니게 하지를 않나, 권혁배 의원과 붙어다니면서 정치판 물을 흐려놓고 있지를 않나, 거기다가 뭐 어쩌고 어째? 시카고에서 내가 이진범에게 했듯이 내 턱을 부숴놓겠다고! 백인홍이 어느 좌석에서 한 얘기라며 황무석이 전해준 얘기를 되새기며 그는 어이없어했다. 진성호는 날이 갈수록 콧대가 높아지는 이 친구를 더 큰 화가 되기 전에 버릇을 단단히 고쳐놓겠다고 결심했다.

그 순간 커피숍으로 들어서는 175센티미터 정도의 건장한 체구에 검은색 싱글을 걸친 자의 모습이 진성호의 시야에 들어왔다. 그자가 백인홍임을 당장 알아챘다. 진성호는 9시 35분을 가리키는 손목시계에 힐끔 시선을 주며 자리에서 일어났다. 약속시간보다 35분이나 늦게 나타난 친구가 무슨 말을 할지, 어떤 행동을 취할지 진성호는 궁금해졌다.

"백 사장님이시지요?"

진성호가 다가오는 백인홍에게 손을 내밀며 말했다.

"진 실장?"

백인홍이 진성호가 내민 손을 잡으며 짤막하게 답했다. 진성호는 몹시 불쾌했다. 두 가지 이유 때문이었다. 첫째는 비록 나이가 열 살 많다 하더라도 '진 실장?' 하는 반말 비슷한 투가 기분 나빴고, 둘째는 기획실 차장에서 실장으로 승진한 것은 바로 이틀 전 회사 경영층 내부에서 극비리에 결정된 것으로 아직 외부에 발표된 사항이 아닌데 백인홍이 벌써 알고 있다는 듯 말하는 것으로 보아 그가 심어놓은 대하실업 내의 정보망을 과시하기 위한 의도적인 짓거리라는 것을 눈치챘기 때문이었다.

　　"늦어서 미안합니다. 통일음악회에 참가하는 북한 공연단이 지나간다고 쓸데없이 교통 통제를 하니…… ××놈들, 시민들 불편은 생각지도 않고……."

　　백인홍은 자리에 앉으면서 늦은 것에 대한 미안함을 표시하기보다 오히려 통일음악회를 주최한 정부를 탓했다. 진성호는 어이가 없었다.

　　"급하게 약속을 하자고 해 오히려 제가 죄송합니다."

　　진성호가 그래도 예의를 갖추었다.

　　"천만에…… 나도 한번 진 실장을 만나고 싶었소. 권투 실력이 보통이 아니라고 알고 있는데……."

　　"무슨 말씀인지?"

　　"왜 1년 몇 개월 전 시카고에서 이진범 사장이 묵사발

92

되지 않았소? 진 실장이 실력을 발휘했다고 들어서 하는 얘기요."

백인홍이 능청을 떨었다. 진성호가 아연실색했다. 거래를 유리하게 끌어가기 위해 기를 죽이려고 하는 얘기인 줄은 짐작되나 도대체 예의라는 건 눈을 씻고 봐도 찾아볼 수가 없으니…… 공연히 잘못 건드렸다간 큰코다치리라는 생각이 들었다.

"아, 그 얘기군요. 알고 보니 제가 큰 실수를 했던 것 같습니다."

이진범을 미숙 누이가 연출한 희곡의 원작자로 잘못 알고 누이를 보호하기 위해 그랬으나 원작자는 엉뚱하게도 전남편인 이성수였음을 나중에 알게 된 사실을 진성호는 떠올렸다.

"그런 의미에서…… 아마 제가 실수했기 때문에 미숙 누이께서 청천물산에 특히나 관심을 갖는 것 같습니다."

"왜요? 보상비조로 청천물산을 이진범 사장에게 되돌려주시려고?"

백인홍이 야릇한 미소를 입 언저리에 띠며 물었다.

"저도 정확한 이유는 모르겠습니다."

"잠깐만 실례하겠소. 이곳에서 나를 기다리고 있는 사람이 있어서. 교통 통제로 인해 늦지만 않았다면 그 친구를 먼저 만난 후에 진 실장을 보려고 했는데…… 잠깐 만나고 오겠소."

백인홍이 자리에서 몸을 일으키며 말했다.

"그러시지요. 기다리겠습니다."

창가로 가는 뒷모습을 진성호의 시선이 따라갔다. 놀랍게도 아까 본 미인이 앉아 있는 앞자리에 백인홍이 앉았다.

백인홍이 미인과 얼굴이 맞닿을 정도로 상체를 앞으로 내미는가 싶더니, 백인홍이 미인의 머리에 알밤을 주듯 머리를 툭 하고 치곤 서로가 웃는 모습이 보였다. 진성호는 미인의 옆모습을 훔쳐보았다. 어딘가 낯이 익었다. 곧 어느 잡지에서 본 기억이 났다. 그 미인이 엘리베이터걸 출신으로 백인홍이 톱 모델로 출세시켰다는 그 여자일지도 모른다는 생각이 퍼뜩 그의 뇌리를 스쳐갔다.

잠시 후 다시 이쪽으로 걸어오는 백인홍이 보였고, 그자 뒤쪽으로 걸어가는 팔등신 미인의 뒷모습이 보였다. 진성호는 미인의 몸매에 마음속으로 찬사를 보냈다. 그녀의 뒷모습은 카메라 앵글을 잘 잡은 화면에서만 볼 수 있는 완벽함을 갖추고 있었다.

"실례했소."

자리에 앉으면서 백인홍이 진성호에게 말했다.

"자, 그럼 슬슬 얘기를 시작해봅시다. 먼저 진 실장이 제안할 내용을 말해보시오."

"글쎄요. 제가 먼저 제안하기보다 백 사장님께서 어느 정도 선이면 받아들이실 용의가 있느냐가 중요하겠지요. 아무리 가격이 좋아도 싫으면 팔지 않으실 테니까요."

"가격이 좋으면 파는 게 장사꾼 아니오?"

백인홍이 너털웃음을 터뜨렸다. 진성호는 그 웃음이 몹시 거슬렸다.

"그래도 그렇지요. 우리 모두 장사꾼이라고는 해도 마누라야 팔 수 없잖습니까?"

그렇게 넌지시 말하며 진성호는 백인홍이 어떤 반응을 보일까 호기심이 생겼다. 백인홍이 다시 너털웃음을 터뜨렸다. 진성호는 백인홍이 보통내기가 아니라는 것을 다시 한 번 확인했다.

"늙어빠진 마누라야 돈 붙여 가져가라고 해도 안 가져갈 테고……. 값만 맞으면 마누라 말고는 뭐든지 팔아야지 않소?"

"방금 만나신 모델도 팔 수 있습니까?"

백인홍의 눈언저리를 살짝 스쳐가는 놀라움을 진성호는 놓치지 않았다.

"어떻게, 서로 아는 사이요?"

"아니오. 잡지에서 봤습니다."

"그 여자한테 물어보시오. 내 소유가 아니니까. 난 이래봬도 철학이 있소. 내가 소유한 것만 팔지, 소유하지도 않은 것을 팔지는 않소. 진 실장은 소유하지 않은 것도 파는 재주가 있는 모양이오?"

백인홍이 냉정을 되찾으며 유유히 받아쳤다.

"저는 사는 재주는 있어도 파는 재주는 없는 사람입니다."

"그럼 진 실장이 정확히 뭘 사겠다는 건지 설명해보시오. 청천물산이라고만 들었지 다른 얘기는 자세히 못 들었으니까 하는 말이오."

"제가 관심이 있는 건 청천물산의 소유였던 공장과 대지, 그리고 시설입니다. 어느 정도 선이면 파시겠습니까?"

"그거야 뭐, 사는 사람 집 부뚜막이 따뜻하면 많이 받는 거고, 싸늘하면 헐값으로라도 팔 수 있는 거 아니오?"

"부뚜막이 차지 않다는 말씀이시군요?"

"나도 잘 모르겠소. 내가 직접 만져보지를 않았으니까……"

대화를 이끌어가는 백인홍의 말투로 보아 두 사람이

흥정해서는 쉽게 합의될 일이 아니라는 것을 진성호는 알았다.

"그럼 값이 맞으면 백 사장님께서 처분하실 의향이 있는 걸로 알고 실무선에서 접촉을 해보면 어떨까요?"

"그렇게 합시다. 오늘 1시 비행기로 미국에 출장 갔다가 4~5일 후에 돌아올 거요. 그때 다시 연락하도록 합시다."

"그럼 바쁘신데 시간을 내주셔서 감사합니다. 곧 연락을 취하도록 하겠습니다."

두 사람은 작별인사를 했다.

호텔 현관 앞을 떠나는 차 안에서 진성호는 화를 참지 못해 씩씩거렸다. 지금까지 그런 모욕을 참고 넘기긴 처음이었다. 미숙 누이만 아니었더라면 그 자리에서 백인홍이란 잡놈의 면상을 후려쳤을 터인데 꾹 참고 견디어낸 자신의 인내력이 놀라울 뿐이었다.

도대체 백인홍의 약점이 무얼까? 진성호는 생각에 잠겼다. 들은 바에 의하면 백인홍이 A은행의 엘리베이터

걸을 데려다가 비서로 두면서 데리고 놀다가 1년 전부
터는 모델계에 진출시켜 이제는 김명희라면 모델계에서
모르는 사람이 없을 정도가 되었고, 또한 반년 전부터는
어느 술집 아가씨를 데려다가 비서실에 근무시키고 있다
는 것이었다. 그러나 그따위 사생활을 캐내고 덤벼봐야
백인홍같이 특별한 사회적 지위를 누리고 있지 않는 자
에게는 약점이 될 리 없었다.

그러나 미숙 누이를 위한 일이라면 백인홍 같은 잡놈
에게서 받는 모욕도 참고 견디어야 한다고 진성호는 자
신을 달랬다. 미숙 누이는 언제나 자신의 가슴 한구석에
흐뭇함으로 자리 잡았고, 그 자리는 영원히 지워질 수
없을 뿐 아니라 자신도 그 흐뭇함을 언제까지라도, 어떤
희생을 치르더라도 고이 간직하고 싶었다.

돌이켜보면 미숙 누이의 따뜻한 애정이 없었더라면 자
신이 지금쯤 어떤 깊은 수렁에 빠져 있을지 상상이 갔
다. 아버지의 본처, 그러니까 큰어머니 생존 시 큰어머
니 친정 식구들이 찾아와 어머니에게 행패를 부렸을 때,
할퀴고 찢긴 어린 마음을 미숙 누이가 그날 저녁 집에
찾아와 달래주지 않았더라면, 그래서 그날의 깊은 상처
가 아물지 않고 남아 있었더라면 지금쯤 자신이 어떻게
되었을까를 생각해보면서, 진성호는 어떤 모욕을 당하

더라도, 그것도 백인홍 같은 잡놈한테 당하더라도, 미숙 누이가 원하는 것을 해주어야겠다고 스스로에게 다시 한 번 다짐했다.

미인은 박복하다더니, 그렇게 예쁘고 마음씨 착한 미숙 누이가…… 30대 중반이 되기도 전에 두 남자를 돌보는 데 인생을 허비하고 있다니! 진성호는 가슴이 답답해 왔다.

미숙 누이를 향한 안쓰러움은 다음 순간 아내를 향한 분노로 바뀌었다. 며칠 전 미숙 누이를 모욕한 아내의 말이 떠올랐기 때문이었다.

지난해 그렇게 싸돌아다니다 출산일을 두 달 정도 앞두고 조산하는 바람에 아이를 잃었을 때에도 아버지가 쓰러지신 불행한 일로 집안이 복잡할 때라 모른 체 덮어두었는데 이번만큼은 그대로 넘어가지 않겠다고 진성호는 다짐했다.

그동안 대학강사가 무슨 사회 저명인사나 된 것인 양 텔레비전에 나가는 등 아내가 설쳐대도 어른들 체면을 봐 그냥 모르는 체 참고 넘어갔으나 2주일 전 일어난 일은 도저히 그냥 묵과할 성질의 것이 아니었다.

의식불명 상태인 아버지를 간호하는 일로 어머니와 형수, 그리고 미숙 누이가 밤잠을 설쳐가며 고생하는 것이 안쓰러워, 아내에게 가끔 병원에서 자라고 했다. 그러자 자신은 그곳에서 할 일도 없는데 다른 사람까지 성가시게 그럴 필요가 있느냐고 말하는 아내에게, 그럼 누나나 형수는 왜 그러느냐고 따졌더니, 그건 그 여자들 생각인데 자기가 어떻게 알 수 있겠느냐고 앙칼지게 맞서는 것이었다.

"야, 네가 잘나면 얼마나 잘났다고 그렇게 멋대로야! 너는 미숙 누이 발가락의 때만도 못해!"

그가 소리치자, 아내가 홱 돌아서 빤히 쳐다보았다.

"그 말 사과하세요!"

"내가 미쳤어? 너한테 사과하게?"

그가 다시 소리치고는 덧붙였다.

"교수 집안에서 자랐다는 게 어떻게 그런 예의도 몰라?"

"아니! 교수 집안에서 자라면 남편한테 이런 모욕을 당해도 참아야 한단 말예요? 미숙 누이, 미숙 누이 읊어대는데, 그럼 미숙 누이가 뭐가 그렇게 훌륭하단 말예요? 이혼하고…… 거기다가 유부남하고 놀아나고……."

진성호는 아내의 뺨을 후려쳤다. 아내가 코피를 흘렸다.

"감히 누구를 험담하는 거야?"

"왜? 왜 못해? 당신은 뭐가 그렇게 잘나서 손찌검을

하고 야단이야? 아버지 덕에 먹고사는 주제에……."

"이 망할 년이!"

그가 다시 아내의 뺨을 때렸다. 그는 방을 뛰쳐나왔고 그날 밤 늦게 귀가했을 때 아내는 집에 없었다. 그날 저녁부터 벌써 2주일이 지나도록 아내로부터는 아무 연락이 없는 상태였다.

"호텔에서 김명희 씨 보셨지요? 실물이 더 예쁜 것 같아요."

룸미러를 보며 넌지시 던지는 기사의 말에 진성호는 사념에서 빠져나왔다.

"김명희가 누구야?"

질문을 하면서 방금 전 호텔 커피숍에서 백인홍과 만났던 미인이 김명희라는 것을 진성호는 알아챘다.

"지난주부터 텔레비전 CF에 우리 회사 여성복 광고모델로 나오고 있어요."

그런 잡년을 모델로 쓰면 회사 이미지가 어떻게 되나! 그는 홍보실에 전화해 당장 모델을 바꾸도록 지시하려고 카폰을 들어 버튼을 눌렀다.

"홍보실의 김 실장 좀 바꿔줘요. 진 실장이라고 해요."

진성호는 전화를 받는 여직원에게 말했다.

"여보세요? 김 실장입니다."

잠시 후 김 실장의 목소리가 들려왔다.

"김 실장, 요번 시즌 텔레비전 광고모델은 누가 추천했어요?"

"김명희 말이지요?"

"네."

"황무석 이사님이 강력히 추천해 홍보실에서 카메라 테스트를 해봤는데 좋은 모델 같아서 결정했습니다."

"모델의 이미지와 회사의 이미지가 맞는 것 같아요?"

"무슨 말씀이신지?……"

"황무석 이사실로 전화 좀 돌려주세요."

진성호가 화를 벌컥 내었다.

"여보세요?"

잠시 후 황무석의 음성이 들려왔다.

"황 이사님, 진 실장입니다. 이번 텔레비전 모델을 황 이사님이 추천하셨다면서요?"

"네."

"무슨 이유였습니까? 그 모델과 백인홍과의 관계를 모르셨습니까?"

진성호가 불쾌한 음성으로 말했다.

"바로 그 점 때문에 내가 추천한 거예요."

"무슨 말씀이세요? 이해가 안 되네요."

"김명희가 백인홍에 대해 잘 알고 있기 때문에 그 여자를 통해 백인홍의 약점을 잡아내려고요……."

"아무리 그자의 약점을 잡아내려 했다 해도 회사의 이미지도 있는데 그런 여자를…… 그까짓 우리 바이어 좀 빼간다고……. 나중에 다른 일로 혼내주면 될 것이지……."

진성호는 황무석의 판단이 어리석은 짓이었다는 표시로 혼자서 투덜거리듯 말을 질질 끌었다.

"그렇지 않아도 오늘 저녁 김명희를 만나기로 했어요. 진 실장도 동석하지 않을래요?"

"제가 무슨 이유로?"

"그냥 자연스럽게 만나 김명희의 이미지가 어떤지 직접 판단해보세요. 그리고 다른 중요한 일도 있고요."

"무슨 일이에요?"

"기관에 있는 친구를 그 근처에서 만나기로 했는데 투서자에 대한 정보를 얻을 수 있을지도 몰라요."

진성호는 잠시 주저했다. 회사가 채용한 광고모델과, 그것도 백인홍의 내연녀와 공공장소에서 만난다는 것이 꺼림칙해서였다. 그러나 아버지 진 회장을 식물인간으로 만든 투서자를 찾는 데 자식들 못지않게 열성을 보이는 황무석에게 성의를 보여야 할 것 같아 그는 마음을 바꾸었다.

"기관에 있는 친구를 몇 시에 어디에서 만나기로 했어요?"

"R호텔 옆 커피숍에서 오후 5시 반에 만나기로 했어요. 김명희는 7시에 R호텔에서 만나기로 했고요."

"그럼 제가 6시에 R호텔 로비로 가겠습니다. 거기서 만나지요."

진성호는 전화를 끊었다. 당장 결정적인 정보를 얻을 것을 기대하지는 않았으나 황무석이 그러기를 원하는데 냉정하게 거절할 처지도 아니었다

5. 미지의 세계 : 진성구

- 영화 출품을 위한 모스크바행.
- 러시아 문학은 폭설과 백야와 공무원의 부패에서 잉태되었다는 견해가 있다. 반면 한국의 문학은 해방 전후의 절대빈곤, 해방공간의 갈등과 한국전쟁의 참화, 그리고 산업화 과정의 마찰에서 생성되었다. 세계 10위권의 경제대국이 된 지금부터는 드디어 세계인의 공감을 받는 문학이 나올 수 있을 것이다.
- 연극은 배우의 예술이고, 영화는 감독의 예술이라는 주장이 있다. 그러나 가장의 역할을 배울 수 있는 가장 좋은 방법은 영화 <대부 1>의 말론 브란도나 <대부 2>의 알 파치노 연기를 감상하는 것이다.

　'탑승객 여러분, 지금 막 시베리아 상공으로 들어섰습니다. 구름이 조금 끼어 있긴 하지만 창문으로 내려다보시면 광활한 시베리아 벌판을 보실 수 있을 겁니다. 날씨가 다소 고르지 못한 관계로 기체가 흔들릴지 모르니 안전벨트를 착용하고 계시기 바랍니다.'

　브리티시 항공기의 기내 방송을 통해 기장의 목소리가 들려오자 진성구는 창밖을 내려다보았다. 뭉게구름 사이로 희끗희끗 비치는 시베리아 대륙에 시선을 보내면서 진성구는 흥분을 감추지 못했다. 그는 손목시계를 보았다. 김포공항을 떠난 지 7시간, 일본 나리타 공항을 떠난

지 4시간밖에 지나지 않았다. 그렇게 아득히 먼 것만 같던 소련 땅에 들어섰다는 사실 자체만으로도 흥분할 만하지만, 그것보단 수준 높은 영화예술을 자랑하는 모스크바 영화제에서의 수상을 목표로 제작된 영화 〈젊은 대령의 죽음〉을 가지고 모스크바에 간다는 사실이 더욱 그를 들뜨게 했다. 그는 마치 대군을 이끌고 미지의 세계를 정복하러 가는 장군인 양 어깨가 으쓱해졌다.

그는 창밖으로 주었던 시선을 거두어 반대편 쪽으로 눈길을 주었다. 그곳에 있는 이혜정의 시선과 마주쳤다. 그는 미소를 지어 보이며 그녀 옆 창가에 앉아 창밖을 보며 무아경에 빠져 있는 듯한 이성수를 턱으로 가리켰다. 이혜정이 옆에 앉은 이성수에게 시선을 주었다가 다시 미소를 지어 보였다. 매우 흡족해하는 미소였다.

그럴 수밖에! 자살을 기도한 정신병자였던 이성수가 짧은 기간에 완전히 정신을 되찾은 것을 생각하면 진성구 역시 매우 만족스러웠다. 더군다나 이성수가 2개월이라는 짧은 기간에 〈젊은 대령의 죽음〉이라는 시나리오를 완성하는 어려운 일을 너끈히 해내었다는 사실이 믿어지지 않았다. 누구의 힘일까? 아니, 무슨 힘일까? 이런 질문이 진성구의 가슴속에 자리를 잡았다. 어렴풋이 그 해답이 떠오르는 것 같았다.

106

혜정의 지극한 정성과 미숙의 애절한 기원이 없었더라면 이성수의 회복은 불가능했으리라고 그는 결론짓지 않을 수가 없었다. 결국 사랑의 힘이 아닐까? 한 여자도 아닌 두 여자에게서 받는 사랑? 진성구는 다소 침울해졌다.

왠지 정확히 이유를 댈 수 없지만 이성수를 향한 혜정의 감정이 단순한 동정이 아닐지도 모른다는 느낌이 들자 그는 갑자기 가슴이 답답해졌다. 그는 자리에서 일어나 화장실로 향했다.

잠시 후 화장실에서 나온 진성구는 이성수와 이혜정이 앉아 있는 곳으로 갔다.

"혜정이, 나하고 자리 좀 바꿀 테야?"

이혜정이 돌아보며 미소 지었다.

"성수 씨가 창문 밖으로 뛰어내리지 못하도록 단단히 조심하세요."

이혜정의 말에 이성수가 고개를 돌려 진성구와 이혜정을 번갈아 보았다.

"성수 씨가 시베리아 벌판을 보는 데 너무 심취해 있어서 창밖으로 빨려나갈까봐 겁이 나요."

이혜정이 미소 속에 말했다.

"내가 그랬던가?"

이혜정의 농담에 이성수가 머리를 긁적이며 무안해했

다. 진성구가 이혜정이 일어난 자리에 앉으면서 덧붙였다.

"당연하지. 소련은 성수 같은 작가들에게 마음의 고향이랄 수 있을 테니. 그렇지? 성수야."

"내가 무슨 작가야?"

이성수가 머쓱해하며 말했다.

"작가이고말고. 희곡이 성공리에 무대에 올려졌고, 모스크바 영화제 수상작의 시나리오까지 썼으면 최고의 작가라고 봐야지."

"그런 소리 마. 나는 작가가 아니야. 작가 지망생이라면 몰라도……. 그리고 아직 모스크바 영화제에서 수상을 할지 어떨지도 모르잖아? 세계 수준은 굉장히 높아. 괜히 소련을 깔보지 말라고."

"그건 나한테 맡겨봐. 내가 알아서 할 테니."

진성구가 자신 있게 말했다.

"세계 수준을 따라가려면 우리나라는 아직도 멀었어. 내가 말했듯이 세계의 천재들이 가장 많이 모여드는 곳이 영화계야."

이성수가 진성구에게 말했다.

"너도 천재잖아."

"누굴 놀리는 거야?"

"두 분이서 잘 따져보세요. 저는 저쪽으로 갈게요."

이혜정이 장난스럽게 말하곤 자리를 떴다.

이성수는 다시 창밖으로 아래를 내려다보는 데 정신이 팔린 듯했다. 진성구는 그래도 마음이 다소 편안해졌다. 혜정이 성수 옆에 있지 않다는 사실이 자신을 그렇게 만든 것 같아 그는 씁쓸했다. 진성구는 그런 생각을 떨쳐 버리려고, 거의 몸을 창 쪽으로 향하고 있는 이성수에게 말을 걸었다.

"시베리아 벌판에 뭐 보이는 거라도 있어?"

진성구가 말하자 이성수가 창밖에 시선을 꽂아둔 채 입을 열었다.

"암울함, 우울함, 비참함…… 가혹함……."

"무슨 얘기야? 시베리아 벌판을 보면서 그런 것이 연상된다는 말이야?"

"그것 모두가 슬라브 민족의 상징이야. 그러나 그런 상징어 뒤에는 항상 포근한 인정이 뒤따르게 돼 있어."

"그래서 방대한 러시아 문학이 탄생했나?"

이성수가 고개를 돌려 진성구를 보았다.

"바로 그거야. 누군가 얘기했어. 러시아 문학은 폭설, 백야(白夜), 공무원의 부패에서 잉태되었다고 말이야."

"러시아 문학이 사람들이 말하는 것처럼 그렇게 훌륭한가?"

진성구의 말에 이성수가 어이없다는 표정을 지었다. 이성수가 손에 들고 있는 책을 진성구에게 보였다. 영문판『부활』이었다.

"고등학교 때 읽었던 톨스토이의『부활』을 어제 책방에서 샀어. 방금 전에 다시 읽었는데 너도 여기를 한번 읽어봐."

이성수가 접힌 곳을 펼쳐 책을 내밀며 말을 이었다.

"나는 화류계 여인의 실상에 대해 이만큼 사실적으로 묘사한 글을 아직까지 어느 소설에서도 보지 못했어."

진성구가 책을 받아들고 읽기 시작했다.

아침에는 지난밤의 숙취를 떨쳐버리지 못해 잠을 자면서 보낸다. 오후 서너 시쯤 더러운 침대에서 일어나 위를 안정시키기 위해 탄산수를 마신다. 다음으로 커피 한 잔을 마신 후, 헐렁한 실내복이나 가운을 걸치고 커튼을 조심스럽게 조금 젖힌 다음 커튼 뒤에서 창밖을 내려다보든지 이 방 저 방 돌아다니며 재잘거린다. 그 뒤로 목욕, 머리 손질, 향수 뿌리기, 여주인과의 언쟁이 이어진 후 거울을 한참 동안 멍청히 들여다보다가 얼굴에 짙은 화장을 하고, 기름기 많고 단 음식을 먹는다. 그러고 나서 성적 매력이 가장 잘 드러나도록 기운 비단 가운을 걸치고는 화려하게 장식된 홀을 걸어나온다. 좀 있으면 손님들이 나타나고 음악·춤·술·담배, 그리고 간음이 새벽까지 계속된다. (……) 나이와 직위, 성격에 상관없이 뭇 사람들과. 주말쯤 검진을 받으러 보건소에 가야 되고, 그곳 보건소 의사는 그들을 검진할 때 위엄을 갖추기도 하지만 대부분 익살스럽게 장난기 어린 행동을 취한다. 그 순간 인간은 물론 짐승까지도 태어나면서부터 지니고 있는 수치심, 인간이나 짐승이 사악함에 빠지지 않도록 하는 수치심, 바로 그 수치심은 말살되고 만다. 검진 후, 그들과 그들의 공범자들이 일주일 동안 저질렀던 죄악을 계속해도 좋다는 허가를 정부 관리로부터 받게 된다. 그래서 그런 일은 계속된다. 날마다, 매주마다, 여름과 겨울, 주중과 주말 가릴 것 없이.

"불후의 명작이 100년 가까운 세월을 뛰어넘어 여전히 새로운 감동을 주게 되어 있는 문학의 근본에 변화가 있을 수 없듯이, 그러한 불후의 명작을 창조해낸 민족의 우수성도 변할 수 없는 거야."

진성구가 다 읽고 난 후 전해주는 책을 이성수가 받아들며 말했다.

"그럼 왜 소련이 지금 이 모양 이 꼴이 되었지?"

진성구가 빈정거리듯 이성수에게 물었다.

"새로운 사회제도는 항상 시행착오를 거치게 되어 있어."

"아니, 그럼 시행착오의 한 과정을 거치는 데 70년이나 걸렸단 말이야?"

"역사는 길게 봐야 돼. 70년의 세월은 긴 인류 역사에 견주어보면 순간과 같은 거야."

더이상 대화를 이끌어보았자 이성수의 궤변만 이어질 것 같아 진성구는 입을 다물었다. 아내와 자식을 버린 죄책감에 시달리는 이성수가 탈출구로 택한 이데올로기가 이제는 그에게 헤어날 수 없는 마음의 안식처가 된 것이라고 진성구는 결론지었다. 잠시 후 진성구는 자리에서 일어나 건너편 이혜정이 앉아 있는 곳으로 갔다.

"성수 씨가 매우 흥분해 있지요?"

읽고 있던 책에서 시선을 떼며, 이혜정이 옆 좌석에 앉는 진성구에게 부드러운 목소리로 말했다.

"무슨 성지순례 가는 교인 같아."

"그럴 수밖에 없을 거예요. 그동안 마르크스 · 레닌주의에 푹 빠져 있었으니까요."

"성수가 대학 다닐 때는 학생회 일을 보면서 반정부 데모를 하느라고 설쳐댔지, 마르크스·레닌주의에 빠진 것 같지는 않았어. 성수가 왜 이데올로기에 심취하게 된 것 같아?"

"저도 잘 모르지만…… 성수 씨가 부친의 사망 원인을 알게 된 이후부터인지도 모르겠어요. 성수 씨한테 얼핏 비슷한 얘기를 들은 것 같아요."

"그래?"

진성구는, 섬유 사업을 하다 세무사찰을 받으면서 회사가 몰락했고 그 후 곧 고혈압으로 쓰러져 병석에서 1년쯤 고생을 하다가 세상을 떠난 이성수의 아버지를 떠올렸다.

"아버지가 왜 돌아가셨는지 성수가 혜정에게 말한 적이 있어?"

이혜정이 잠시 생각에 잠긴 듯했다.

"성수 씨가 아버지를 자본주의의 희생자라고 하는 말을 들은 적이 있어요."

워낙 아버지를 따랐던 이성수인지라 아버지의 죽음에 대한 책임을 누구에겐가 전가하고 싶었을 심정이 충분히 이해되었다. 하기야 자본주의라는 총체적인 개념을 탓하는 것이 어떤 특정한 개인을 탓하는 것보다는 현명한 위안이 되리라는 느낌이 들었다.

"그런데 성수 씨 아버지께선 어떻게 돌아가셨어요?"

이혜정이 물었다.

"사업하시다가 고혈압으로 쓰러져 1년여 동안 고생하시다가 돌아가셨지. 왜?"

"그냥 궁금해서요. 성수 씨가 돌아가신 아버지한테는 깊은 애정을 가지고 있는 것 같아서요."

"성수가 하나밖에 없는 아들인 데다가 워낙 똑똑했고, 또 어려서 어머니가 돌아가셨으니 부자 사이가 친구처럼 가까울 수밖에 없었지. 그 나이 또래 친구들이 아주 부러워하는 관계였어."

"여하튼 이제는 성수 씨도 안정을 찾아야 할 텐데. 입원하기 전처럼 무질서한 생활로 되돌아가면 다시는 헤어나지 못할 것 같아요."

"무슨 좋은 수라도 있어? 대학 교수 자리는 곧 마련될 것 같은데……. 미숙이가 열심히 노력하고 있어."

"미숙이는 소련에 오지 않는대요?"

"글쎄, 잘 모르겠어. 우리가 소련에 열흘은 머물 테니 가능하면 이곳에 와서 머리 좀 식히라고는 했는데……. 비행기표도 사주고 우리 스케줄을 알려주었으니 마음이 내키면 오겠지."

"미숙이가 꼭 왔으면 좋겠네요. 한국이 아닌 다른 곳에서 미숙이가 성수 씨와 같이 있는 기회가 마련되었으면 좋겠어요."

"그런데 미숙이가 아버지 곁에서 떨어지려고 하지 않으니 아마 오기 힘들 거야."

진성구는 식물인간이 된 아버지 곁을 잠시도 떠나지 않는 미숙의 모습이 떠오르자 마음 한쪽이 쓰라려왔다.

성수와의 재결합만 가능하다면! 그는 애타는 심정이었다. 그러나 솔직히 말해 미숙이가 이곳에 온다 해도 미숙과 성수의 재결합은 실현 가능성이 없는 것 같았다. 이혼 후 한때 서로 다른 사람, 그러니까 성수는 혜정을, 미숙은 이진범을 사랑했다는 이유 때문만은 아니었다. 성수나 미숙, 양쪽 모두 자살을 기도할 만큼 고통에 빠졌었기 때문에 당분간은 쉽게 과거에서 헤어나올 수 있을 것 같지 않았다. 혹시나 세월이 흐르고 나이가 들면 달라질지 몰라도.

"아버님께서는 좀 차도가 있으세요?"

이혜정이 물었다.

"전혀……. 의식이 돌아올 희망은 없는 것 같아."

"그래도 끝까지 희망을 버리진 마세요. 기적이 일어날

수도 있으니까요."

"의식이 잠시라도 돌아오셨으면 좋겠어. 그래야 내가 아버지께 하고 싶은 말을 할 수 있을 텐데……."

"무슨 말을 하고 싶으신데요?"

"회사를 성호에게 맡기도록 아버지한테 허락을 받고 싶어."

이혜정이 잠깐 놀라는 표정을 짓더니 아무 말 없이 들고 있던 책을 폈다. 이혜정이 진성구의 결정을 의외라고 생각하는 것이 당연했다. 그러나 그로서는 그것이 토요일 저녁 정 차장과 권 소장을 만난 이후부터 이틀 동안 심사숙고해 최종적으로 내린 결론이었다. 물론 지난 한해 동안 막연하게 마음속에 품고 있던 생각이긴 했지만.

회사를 떠나야겠다는 생각이 언제부터 싹트기 시작했는지 진성구 스스로도 정확히 알 수 없었다.

이혜정과의 재회, 그녀와 같이 목격한 이성수의 자살 미수 사건, 그리고 이성수가 정신이상이 되어 병원에 입원한 일. 그 모든 것이 자신의 인생관의 변화에 영향을 미쳤음이 틀림없었다. 그러나 그 무엇보다 결정적인 영향을 준 것은 다름이 아닌 새로운 세계의 경험이라 할 수 있었다. 한번 자연의 진가를 맛본 소년에게서 자연을 그리워하는 마음을 영원히 지울 수 없듯이, 영화 제작은 그에게 무에서 유를 만드는 창조의 희열을 맛보게 했고, 한번 맛본 창조의 희열은 그가 스스로 포기하지 않는 한 다른 사람의 힘으로 포기시킬 수 있는 성질의 것이 아니었다. 진성구는 자신도 모르게 영화 제작에 몰두했던 순간순간을 떠올리기 시작했다.

  레디 고(ready go). 감독의 목소리가 그의 귀에 쟁쟁하게 들려온다. '레디'는 우렁찬 목소리로, '고'는 나직하고 엄숙한 목소리로. 카메라 렌즈가 비추는 곳 이외에는 모든 것이 완벽한 정적 속에 갇힌다. 간간이 들려오는 배우들의 목소리, 숨 막히는 스튜디오 내의 긴장감, 배우에게 집중되는 불을 뿜는 시선들, 훌륭한 연기에 보내는 소리 나지 않는 탄성, 가슴에서 가슴으로 이어지는 기대감……. 이 모든 것은 희열이고, 희열은 가슴 뿌듯함으로 이어지고, 가슴 뿌듯함은 외로움을 몰아내준다. 그리고 그 모든 것이 하나로 뭉쳐 창조의 과정을 이루고, 그 과정이 끝나는 곳에 창조물이 기다리고 있다는 것을 그들 모두 알고 있으며, 하늘 높은 줄 모르는 그런 기대가 성취감을 가져다준다.

'커트(cut)' 하는 감독의 자신에 찬 목소리가 들려온다. 스튜디오 내의 정지된 시간은 다시 흐르기 시작하고, 정지된 호흡은 다시 대기의 공기를 받아들이기 시작하고, 완벽한 정적은 웅성웅성거리는 소리와 함께 갑자기 깨어지면서 모두는 안도의 숨을 내쉬게 된다. 그것은 환상의 세계로부터 현실 세계로의 귀환이다.

그러나 그들의 가슴속에는 잠시 동안 살았던, 아니 영원과도 같은 순간을 철저하게 살았던 환상의 세계가 오랫동안 남게 된다. 강렬한 조명이 꺼지는 것과 동시에 실내등이 켜지면서 다시 돌아온 현실에서의 첫 번째 만남은 연기에 몰두했던 배우들의 지친 모습이다. 그들의 그런 모습에서 현실을 다시 살아야 하는 사람들의 고뇌가 엿보인다.

진성구는 그때 느꼈던 감정을 감당하기 어려운지 심호흡을 몇 번 한 후 다시 회상에 빠져들어갔다.

아쉬움……. 그렇다. 항상 아쉬움이 뒤따른다. 환상의 세계를 빠져나와야 하는 아쉬움, 좀더 감정을 연장할 수 없는 아쉬움, 강렬한 조명 속의 세상이 사라지는 아쉬움…… 아쉬움, 아쉬움…… 아쉬움이 허무감으로 이어지면서, 그랬다, 항상 그랬다, 그들은 배가 고파진다. 그것은 그들이 현실 세계로 돌아왔다는 신호이고, 그러한 신호를 저항 없이 받아들여 그들 모두는 현실을 철저히 살기로 이심전심 각오를 한다.

그리고 동시에 그들은 안도의 한숨을 내쉰다. 환상의 세계에서 빠져나왔다는 안도감……. 언젠가 떠나야 할 환상의 세계이기에, 아니 가슴이 터질 것 같은 환희의 세계이기에 그들은 그것이 계속될 수 없다는 것을 알고, 계속될 것이 아니기에 그곳에서 무사히 빠져나온 자신들에게 찬사를 보낸다.

다음으로 동지애가 그들 사이를 이어준다. 무에서 유를 창조하는 데 모두가 똑같이 참여했다는 동지애, 한 가지 목표를 위해 매진했다는 동지애…… 언제 죽음이 찾아올지 모르는 상황에서 느끼는 전우들 사이의 측은함, 그런 유의 애틋한 동지애…….

"무슨 생각을 그렇게 골똘히 하세요?"

회상에 빠져 있던 진성구는 깜짝 놀라, 미소 짓고 있는 이혜정을 쳐다보았다.

"사업을 동생에게 맡기기로 한 것은 아주 잘한 결정 같아."

진성구가 엉뚱한 대답을 했다.

"사업을 안 하시면 뭘 하시겠어요?"

"아직까지 정하진 못했지만, 여하튼 사업은 다시 하지 않을 거야."

"왜 사업이 싫어지셨어요?"

"싫어졌다기보다 사업가로서 일생을 보내기에는 인생이 아까운 것 같아. 한 번만 살 인생이니까 말이야."

"새 인생을 개척하기에는 너무 늦은 나이 아니에요?"

이혜정이 미소 지었다.

"아니, 절대로 그렇지 않아. 가만히 생각해보니까 말이야, 남자의 인생은 4등분할 수 있을 것 같아. 처음 20년 동안은 삶의 능력을 얻기 위한 훈련 기간이고, 다음 20년은 경제적 자립을 위한 준비 단계이고, 그다음 20년은 살고 싶은 인생을 사는 기간이고, 마지막 20년은 가까운 사람들과 자연을 만끽하며 자연 속에서 인생을 정리하는 시기라 할 수 있어."

"성구 씨는 이제 마흔이니까 세 번째 단계, 즉 살고 싶은 인생을 사는 단계가 시작되는군요."

"그렇지, 바로 그거야. 그런데 나는 내가 살고 싶은 인생이 무엇인지 아직도 감을 잡지 못했어. 지금까지는 그런 걸 생각할 마음의 여유조차 없었던 거야. 사업은 그렇게 사람에게서 생각할 여유를 빼앗아가지."

"그럼 영화감독을 해보시지 그래요?"

이혜정이 진지한 어조로 말했다.

"누구 놀리는 거야?"

진성구가 농담으로 받아들여 미소 지었다.

"놀리다니요? 성수 씨를 보세요. 마흔이 다 되어 훌륭한 희곡을 썼고, 이제는 멋진 시나리오까지 썼잖아요!"

"성수에겐 그럴 동기가 있었어. 능력도 뛰어나고."

"성구 씨도 영화 감각이 뛰어나고 각오도 남다르잖아요."

"영화 감각이라니?"

"이번 영화는 성구 씨가 감독한 거나 마찬가지예요. 한 신 한 신 완성도를 높이려는 집착력이 놀라웠다고요."

이혜정의 '집착력'이란 말이 진성구의 머릿속에 한 장면을 뚜렷이 떠오르게 했다. 진성구로서는 영화의 사활이 걸려 있다고 생각한 장면, 4분가량 '커트' 없이 연속되는 박 대령 부인의 독백, 남편을 면회 갔던 아내가 남편의 사형 집행이 그날 새벽에 있었다는 사실을 알았을 때의 느낌…… 그 장면을 카메라에 담기 위해 밤 11시부터

다음날 새벽 4시 반까지 열 번을 찍고 또 찍었다. 결국 다섯 번째 찍은 것을 사용했지만, 진성구는 작품의 완성도를 조금이라도 높이기 위해 배우·감독·스태프 모두를 잔인할 정도로 밀어붙였다.

'커-트!' 감독의 우렁찬 소리가 스튜디오 안의 정적을, 조명이 집중된 곳에 있는 환상의 세계를, 스태프들의 숨 막히는 긴장감을 허물어뜨렸다. 감독이 만족한 미소를 지으며 몸을 숨기듯 세트 구석에 기대어 있는 진성구에게 시선을 주었다. 진성구가 고개를 저었다. 벌써 그는 다섯 번이나 고개를 저은 셈이었다.

"자, 5분 쉬었다가 다시 한 번 찍읍시다."

감독이 말하자 모두가 어리둥절했다. 이혜정이나 다른 스태프들은 이번 연기가 만족스러웠던 모양이었다.

그러나 진성구의 생각은 달랐다. 이혜정이 아직 사랑하는 남편이 죽었다는 사실을 완벽하게 느끼지 않고 있었다. 즉 이혜정은 그때의 박 대령 부인이 되어 있지 않았고, 박 대령 부인의 감정만 빌리고 있을 뿐이었다. 진성구는 분장사에게 얼굴을 맡긴 채 눈을 감고 있는 이혜정의 모습에 시선을 주었다. 다섯 번의 강렬한 감정 몰입에 이혜정은 진이 빠진 것 같았다. 어느 정도의 현실이 그녀의 감정과 혼합되어 있음을 그는 알고 있었고,

여러 번의 촬영으로 진이 빠지면서 그녀의 현실도 그녀의 감정에서 같이 빠져 사라져주기를 바랐다.

"자, 모두 준비합시다."

감독이 말했다.

"아직 카메라가 준비되지 않았습니다."

촬영감독이 말했다.

큰 스튜디오의 한구석에서 암실용 검은색 부대 속에 두 손만을 집어넣어 새 필름으로 갈아끼우는 두 촬영기사의 모습이 보인다.

잠시 후 새 필름을 담은 카메라가 삼각대 위에 올려지고, 카메라가 올려진 삼각대는 도르래를 단 나무 받침대 위에 올려지고, 나무 받침대는 다시 임시 레일 위에 올려진다. 촬영감독이 받침대 위에 올라서서 카메라에 눈을 대고, 두 촬영기사가 받침대 양쪽을 레일을 따라 아주 천천히 같은 속도로 밀어나간다.

받침대가 원위치로 옮겨지자 촬영감독이 준비되었다는 신호를 감독에게 보낸다. 감독의 신호에 조명이 켜지며 '레디…… 고' 하는 감독의 소리가 들린다.

폭풍전야의 고요함과 같은 숨막히는 정적. 순간 스튜디오 안을 메우고 있는 사람들은 정적에 싸인 채 정적을 마시고, 정적만을 응시한다. 교도소에 면회 갔다가 이미 남편이 죽었다는 소식을 전해듣고 뒤돌아서는 박 대령 부인의 독백이 그 정적을 산산조각 낸다.

"당신이 이 세상에 이미 존재하지 않는다고요? 아니에요. 절대로 그렇지 않아요. 어느 때보다 뚜렷이 존재하고 있어요. 제 가슴속에, 제 머릿속에, 제 몸속에 항상 있어요······ 꼭 있어야 해요. 왜냐고요? 당신이 존재하지 않는다면 저도 존재하지 않으니까요. 제가 존재하지 않는다면 당신의 추억, 당신의 따스함, 당신의 강직함을 어디에 담아두겠어요? 저의 좁은 가슴 이외에는······. 세월이 흐르면서 당신이 남긴 모든 것은 점점 커져 미래의 젊은이에게 희망을 주고, 미래의 자식에게 용기를 줄 거예요. 당신이라는 남자만이 가지고 있는 강직함, 당신의 가슴만이 품고 있는 충성심과 애국심, 당신의 눈동자만이 간직하고 있는 사랑, 그리고 당신의 손길만이 간직하고 있는 다정함······. 그래요. 정말로 그래요. 당신은 불사조예요. 당신은 영원히 존재하는 불사조예요. 존재하지 않는 건 당신을 죄인으로 만든 역사, 더럽고 추악한 음모로 얼룩진 역사예요…….”

회상이 이 시점에 이르렀을 때 진성구는 옆에 앉은 이혜정의 옆모습을 보았다. 화장이 곱게 밴 이혜정의 얼굴 위에, 다섯 번째 촬영이 끝나고 땀방울이 송골송골 맺힌 채 핏대가 도드라져 나와 지칠 대로 지친 이혜정의 얼굴이 겹쳐 보였다. 존경심! 그렇다. 그때 그가 느낀 것은 창조에 몰두했던 예술인을 향한 깊은 존경심이었다. 그러나 놀랍게도 그가 가슴 깊숙이 느낀 존경심은 잔인함으로 이어졌다. 이혜정을 향한 더 큰 기대감 때문에, 박대령 부인을 향한 외경심 때문에, 그리고 예술의 무한한 힘 때문에 그는 감독을 향해 고개를 저었다.

감독의 표정에서 또다시 연기를 해야 함을 눈치챈 이혜정이 세트 뒤쪽 구석으로 걸어가 몸을 숨겼다. 그는 이혜정이 그곳에서 혼자 흐느끼고 있음을 알았다. 그는 혜정이 마음 놓고 울기를 바랐다. 좋지, 울고 나면 아마 연기에 도움이 될 거야. 속으로 중얼거리며 진성구는 이혜정이 다시 카메라 앞에 서기를 묵묵히 기다렸다.

카메라 돌아가는, 소리 없는 소리가 진성구의 귀에 다

시 들려왔다.

'당신이 이 세상에 이미 존재하지 않는다고요?'

이혜정, 아니 박 대령 부인의 목소리가 들려왔다. 진성구의 숨이 가빠졌다. 그때의 이혜정은 완벽하게 남편을 형장의 이슬로 떠나보낸 날 아침의 박 대령 부인이 되어 있었다.

견디기 힘들 정도의 긴장감 속에 1분, 1분, 벌써 3분 가량이 별 탈 없이 흘러갔다. 앞으로 1분, 진성구는 마음속으로 이번 신이 끝날 시간을 재고 있었다. 시시각각이 여름날의 지루한 한나절처럼 느껴졌다. 50초, 40초, 30초…… 그 순간 무슨 소리가 들려왔다. 무슨 소린지 모르지만 그 소리는 주기적으로 점점 커져갔다. 앞으로 20초……. 그 순간 '커트!' 하는 감독의 소리가 시간의 흐름을 정지시켰다. '누구야?'라고 감독이 크게 외쳤다. 동시녹음을 하던 녹음감독이 멀리서 녹음을 모니터하다가 뛰쳐나왔다. '어떤 새끼야?' 녹음감독이 소리쳤다. '무슨 소리였어?' 감독이 녹음감독에게 물었다. '어디서 코 고는 소리가 들렸어요.' 녹음감독이 화가 나서 소리쳤다. '어떤 새끼가 코 골았어?' 감독도 화가 나 소리쳤다. 그러자 조명감독이 죄를 진 사람처럼 구석에서 나왔다.

'저희 팀 중에 한 친구가 코를 골았습니다.'

조명감독이 바라보는 곳으로 모두의 시선이 따라갔다. 스튜디오 구석 높은 천장 바로 밑에 설치된 조명기 옆에 앉아 있는 기사 하나가 고개를 푹 숙이고 있었다. 이혜정의 원망에 찬 시선과 스튜디오 안에 있는 모든 사람의 분노가 그 기사에게 집중되었다. 다음 순간 원망과 분노의 시선이 측은한 시선으로 바뀌었다. 진성구는 시계를 보았다. 새벽 3시 10분. 며칠 동안 밤잠을 설친 조명기사가 잠시 달콤한 꿈나라를 찾은 것이었다는 사실을 모든 사람이 이심전심으로 느꼈다.

'임마, 혼자 자면 어떡해? 다 같이 자야지.'

감독이 말하자 스튜디오 안은 갑자기 웃음바다가 되었다. 그것은 분명 진성구에게는 새로운 세계였고, 그는 그 세계를 잃어버리고 싶지 않았다. 진성구는 회상에서 빠져나오면서 흐뭇한 미소를 지었다.

"조명기사가 코 골던 일 안 잊어버렸지?"

시베리아 상공을 나는 비행기 안에서 진성구가 웃으며 말했다. 이혜정이 읽던 책을 무릎 위에 놓으며 환하게 미소 지었다.

"평생 동안 못 잊을 거예요."

"나도 못 잊을 거야. 코 고는 소리보다 그 후 웃음바다가 된 스튜디오 안의 분위기를……."

진성구가 혼잣말처럼 중얼거렸다.

"분위기가 어땠는데요?"

"흐뭇함·포근함·측은함……. 내가 살던 현실 세계에서는 결코 찾아볼 수 없는 거였어."

"그때 제 기분이 어땠는지 아세요?"

이혜정이 묻곤 곧 이어 덧붙였다.

"겉으로는 웃고, 속으로는 울었어요. 겉으로는 코를 곤 친구가 측은했지만, 속으로는 날 수만 있다면 당장 천장으로 날아가 그자를 목 졸라 죽이고 싶었어요."

이혜정이 이를 악물고 눈을 부릅뜬 채 두 손으로 목 조르는 시늉을 하며 웃었다.

"그 친구 지금 귀가 간지러울걸?"

진성구가 말했다.

"아뇨, 그 친구 지금 마음 놓고 코를 골며 자고 있을 거예요."

진성구가 웃었다. 잠시 침묵이 흘렀다.

"정말로 사업을 그만하실 예정이세요?"

이혜정이 진성구에게 물었다.

"혜정의 말대로 영화감독은 하지 않더라도 사업은 계속하지 않겠어."

"그럼 지금 하고 계신 사업은 어떻게 해요? 그렇게 큰 조직을……."

"성호가 있잖아. 부지런하고, 의욕이 넘쳐흐르고, 때로는 잔인하고, 욕심 많고, 그리고…… 그리고 세월의 흐름을 느낄 여유가 없고……. 조직을 키우는 데 필요한 모든 요소를 갖추고 있어."

"나이가 어리잖아요? 지금 서른 살?"

"그래, 성호는 확실한 젊음도 가지고 있어."

그러고 보니 역시 성호가 회사를 맡으면 좋으리라는 확신이 섰다. 문득 이런 기회가 일생 동안 두 번 다시 오지 않으리라는 느낌이 들었다.

"모스크바에서 서울로 전화를 해야겠어. 당장 이번 주 주총회에서 성호를 대표이사로 선출하도록."

진성구가 너무 자신 있게 말하자 이혜정이 조금은 걱정스러워하는 시선을 주었다. 침묵이 흘렀다.

"혜정은 모스크바의 어디가 가장 보고 싶어?"

진성구가 침묵을 깼다.

"볼쇼이요."

이혜정은 다시 읽던 책을 펼쳤다. 진성구의 상상력은 활짝 나래를 펴 어느새 볼쇼이 극장으로 날아갔다. 웅장한 건물이 그의 눈앞에 그려졌다. 건물 앞에 줄을 서 있는 정장 차림의 모스크바 시민들. 그들이 건물 안으로 들어서면 극장 문 앞에 서서 엄한 시선을 보내고 있는 푸른 제복의 뚱뚱한 중년 여자 안내원과 맞닥뜨리게 된다. 곧이어 극장 문이 안내원에 의하여 굳게 닫히고, 닫힌 문 안에서는 환상의 세계가 펼쳐질 준비가 되어 있다.

관객의 흥분이 빚어낸 소곤거림이 천천히 희미해지는 실내등과 함께 잦아들면서 어느 한 순간 정적, 완벽한 정적이 극장 안을 메운다. 무대 앞쪽 오케스트라 박스에서 나오는 음률이 완벽한 정적을 서서히 깨뜨리면서 관객들의 가슴을 설레게 한다. 곧이어 막이 올라가면서 무대 위에서는 환상의 세계가 펼쳐지고, 관객은 그 환상의 세계 속으로 빨려들어간다. 그들은 자신도 모르는 사이에 모두가 마음속으로 극중 인물이 되어 극중 인물과 함께 웃고 울고 사랑하고 미워하고 기뻐하고 슬퍼하며 환상의 세계 속을 헤맨다.

그사이 모스크바 시가지는 눈으로 덮이고, 크렘린 궁전 탑 위의 붉은 별은 변함없이 어둠에 잠긴 붉은 광장을 내려다보고 있다. 정장을 한 두 젊은 용사의 보호를 받으며 붉은 광장의 한쪽에 조용히 잠들어 있는 '레닌'은 모스크바 시민, 아니 소련 시민, 나아가 전 세계의 무산 대중을 지켜준다.

환상의 세계가 끝나면서 볼쇼이 극장 무대의 막이 내려진다. 관객들의 우레와 같은 박수 소리와 함께 '브라보' 하는 함성에 극장이 진동한다. 커튼이 올라가면서 극중 인물이 인사를 한다. 커튼이 서서히 내려진다. 더 큰 박수 소리와 더 큰 '브라보' 소리가 끊일 줄 모르고 계속된다. 극중 인물이 관중에게 허리를 숙인다. 극장 안 모든 사람이 한 사람이 되고, 한 사람이 모든 사람이 되는 순간, 똑같은 마음, 똑같은 고마움, 똑같은 환희로 그들 모두는 한몸이 된다. 끝이 없이 계속되는 박수와 '브라보' 소리도 다섯 번째 커튼이 내려오면서 아쉬움을 남기는 웅성거림으로 바뀐다.

"모스크바의 서커스도 그렇게 좋다는 말을 들었어요."

이혜정이 문득 생각이 났는지 덧붙였다.

"세계 제일이라는 말을 나도 들었어."

상상에서 벗어나며 진성구가 말했다.

모스크바 시 한곳에 있는 서커스장 안에서 환상적인 공중그네타기 연기에 탄성을 지르는 아이들의 모습이 진성구의 눈앞에 아른거렸고, 동물의 연기를 보는 아이들의 웃음소리가 그의 귀에 들려왔다.

아이들의 탄성과 웃음소리가 서커스장 밖으로 새어나간다. 그리고 그 소리는 서커스장 바깥 대로를 달리는 차 안의 사람들에게 흐뭇한 미소를 자아낸다.

서커스장 안에서 탄성을 지르던 아이들은 자라서 때가
되면 투르게네프의 소설 「아버지와 아들」에 나오는 연인
으로 변모한다. 어색한 첫 번째 만남, 반쯤 표현하다 마
는 구절들, 부끄러움이 배어 있는 미소, 그리고 당혹스
러운 침묵, 그리고 불쑥불쑥 치미는 우울한 감정, 마침
내 힘들게 서로가 서로에게 확인시켜주는 사랑의 감정,
그리고 마지막으로 사랑의 감정이 가져다주는 숨 막히는
행복감…… 이 모든 것을 그들은 때가 되면 경험하게 되
어 있다.

"무슨 생각을 그렇게 골똘히 하고 있어요?"

읽던 책에서 시선을 거두며 이혜정이 진성구에게 물
었다.

"투르게네프의 소설에 나오는 연인들을 생각하고 있
었어."

"어떤 연인들인데요?"

"건방지지 않은 연인들, 부끄러워하는 연인들, 겸손한
연인들……"

진성구가 미소 속에 말했다.

6. 첫 만남 : 진성호

- CF모델 김명희와의 만남.
- 한국 대학의 교수직은 젊은이들의 코를 꿰어 이러저리 잘못된 곳으로 몰고 다니는 직업이라 할 수 있다. 그 대가로 그들은 어느 장소에서나 상좌에 앉혀지고 대접을 받는다.
- 화를 낸다는 것은 순간적으로 미친다는 것이고, 사랑에 빠졌다는 것은 일시적으로 이성을 잃은 정신상태를 의미한다. 일시적이기 때문에 사랑은 영속성이 없다. 영속성을 가지려면 인생을 짓누르는 무겁고 힘든 위선의 짐을 지고 살아야 한다.

황무석과 약속한 R호텔로 가는 차 안에서 진성호는 땅거미가 지기 시작하는 차창 밖으로 시선을 보내며 시름에 잠겨 있었다. 아버지는 식물인간이 되어 누워 있고, 성구 형은 회사 일은 팽개쳐버리고 영화에 미쳐 모스크바에 가버렸고, 미숙 누이는 아직도 이진범이라는 자를 잊지 못하는지 이진범에게 돌려줄 공장 인수를 재촉하고 있고…… 모든 게 잘못 돌아가는 것만 같았다. 거기다가 아내는 2주일 전 아버지 병간호 문제로 다투었을 때 따귀를 두어 차례 맞았다고 집을 나가 아직까지 소식도 없었다. 생각이 아내에게까지 미치자 그는 화를 참느라고 식식거렸다.

'삐―' 카폰이 울렸다. 카폰을 들자 장인인 이인환 교수의 저음이 들려왔다.

"자넨가? 날세."

"그동안 별고 없으셨습니까? 오랫동안 찾아뵙지 못해 죄송합니다. 회사 일로 바빠서요⋯⋯."

성호가 말끝을 맺지 못하고 머뭇거렸다.

"이성수 박사 보직 건인데 말이야. 잘될 것 같아. 재단 이사장이 미국으로 여행을 떠났는데, 돌아오면 결정될 거야."

"고맙습니다. 조건은 뭐지요?"

"뭐 별건 아니고⋯⋯ 교수용 식당을 신축하는데 건축비 정도 보조하면 될 것 같아."

"어느 정도나요?"

"글쎄⋯⋯ 한 2억 정도면 될 거야."

"그럼 기부 형식이니 영수증을 받을 수 있겠네요?"

"그것하고 이사장 비자금으로 5천 정도⋯⋯."

이인환 교수가 어물어물했다.

진성호는 기가 찼다. 자격이 모자라는 것도 아니고 엄연히 좋은 대학에서 학위를 땄는데 조교수 자리 하나 얻으려고 그런 거액을 내야 한다는 사실이 너무나 놀라웠다. 다른 분야면 몰라도 대학까지 이렇게 부패한 줄은 상상 밖이었다. 아무리 정년인 65세까지 본인이 원하면 슬슬 놀고먹을 수도 있고, 사회에서 대접받는 직업이라 해도 너무한 것 같았다.

"그리고 말이야…… 자네도 이제는 가장인데 집안일에 도 신경을 써야지……."

장인의 말에 진성호는 얼굴을 찌푸렸다. 장인이 말한 집안일이 무엇을 의미하는지 감을 잡았기 때문이었다.

"제 처 거기에 있습니까?"

진성호가 물었다.

"여기에 있다가 오늘 오후 친구들하고 지방으로 여행을 갔네. 머리도 식힐 겸 해서 내가 가라고 했어."

장인이 말했다. 이 망할 년! 진성호는 속으로 아내를 욕했다. 2주 동안이나 소식이 없더니 이제는 여행을 갔다고! 이번 기회에 버릇을 단단히 고쳐놓아야지…….

"자네 오늘이나 내일 저녁에 우리집에 좀 들르게."

"걱정을 끼쳐드려 죄송합니다. 제 처 일이라면 저한 테 맡겨주시지요. 시간은 좀 걸리겠지만 잘 해결하겠습니다."

"글쎄…… 부부 싸움은 칼로 물 베는 것과 같다고는 하지만…… 싸움이 너무 잦으면 부부간 금실에 금이 갈 수도 있지."

"장인어른께서 잠시만 모른 체해주십시오. 제가 책임지고 해결하겠습니다."

"해결이야 하겠지. 그러나 남자는 가끔 져주는 체하면서 여자를 컨트롤해야 하는 거야."

이건 또 무슨 엉뚱한 소리야? 가끔 져주라니! 그런 식으로 딸을 키웠으니 그 모양 그 꼴이지…… 건방지고 버릇없고 자기밖에 모르고 멋대로 지껄여대고……. 내가 어쩌다 그런 여자한테 걸려들어 이 지경이 되었나!

"잘 알겠습니다. 아내가 여행에서 돌아오면 저한테 전화하라고 전해주십시오."

"아니네. 그러지 말고 자네가 한 사흘 후에 학교로 찾아가게. 꽤 마음이 상한 모양인데 가서 자네가 좀 달래주면 좋겠어."

진성호는 카폰을 내동댕이치고 싶은 심정이었다.

"알겠습니다. 그럼 안녕히 계십시오."

진성호는 가슴속에서 끓어오르는 분노를 느꼈다. 딴 여자보다 공부를 좀더 했고, 머리가 좀더 좋은 것은 사실일지 모르지만 외모로 따지면 그렇고 그런 처지에, 세상에서 제가 모든 면에서 제일 잘난 여자라고 굳게 믿고 있는 아내가 한심하게 느껴졌다.

문득 김명희라는 모델은 어떤 여자일까 하는 호기심이 일었다. 왠지 모르나, 그녀는 아내와 정반대의 여자일 것 같다는 느낌이 들었다. 그는 갑자기 백인홍이 부러웠다.

그 순간 그는 지금 R호텔로 가는 목적이 김명희를 만나기 위해서인지 황무석을 만나기 위해서인지 정확히 판단이 서지 않았다. 김명희를 이용해 백인홍의 뒤를 캐보겠다는 황무석의 제안은, 아침에 전화 통화했을 때에는 시도해볼 만한 것이라 생각되었으나, 곧이어 황무석 같은 자의 머리에서나 나올 수 있는 비열한 생각이라 판단되어 지금은 별로 염두에 두고 있지도 않은 터였다.

진성호는 R호텔 로비에 앉아 입구 쪽으로 준 시선을 거두어 손목시계를 보았다. 벌써 약속시간보다 10분이 지난 6시 10분을 가리키고 있었다. 회사 밖에서 약속을 할 경우 언제나 먼저 와서 기다리고 있었던 황무석인지라 그는 의아했다. 그가 다시 입구 쪽으로 시선을 주었을 때 헐레벌떡 뛰어오는 황무석의 모습이 보였다.

"진 실장, 늦어서 미안해요."

황무석이 자리에 앉으면서 말했다.

"오늘 아침에 얘기한 그 친구를 바로 옆 커피숍에서 기다리다가 진 실장과의 약속시간 때문에 더이상 기다리지 못하고 왔어요.”

“저는 걱정 마시고 어서 가셔서 친구 분을 만나고 오십시오.”

진성호가 말했다.

“김명희는 이곳 호텔 스카이라운지로 7시까지 오기로 돼 있어요.”

황무석이 자리를 뜨기 전에 말했다.

“황 이사님, 김명희를 통해 백인홍의 약점을 잡으려는 것은 좋은 아이디어가 아닌 것 같습니다.”

진성호가 그렇게 말하자 황무석이 당황해하는 빛을 보였다. 진성호는 미안한 마음이 들었다.

“회사 이미지에 맞는 모델인가 아닌가 확인할 겸 만나는 보겠습니다. 그러나 황 이사님이 정하셨다면 저로서도 별로 반대할 이유가 없습니다.”

“여하튼 한번 만나나 보지요. 나 혼자 만나 판단 내리기도 어렵고…….”

황무석이 섭섭한 표정을 지으며 어물어물했다.

“그럼 그렇게 하지요.”

황무석이 자리를 뜬 후 혼자가 된 진성호는 로비를 지나는 여자들의 모습에 슬금슬금 눈길을 보내며 무료한 시간을 보내고 있었다. 그는 자신도 모르게 그녀들을 아

138

침에 백인홍과 마주 앉아 있던 김명희라는 모델과 비교하고 있음을 알았다. 잠깐 보아서 확신할 수는 없으나 그곳의 어떤 여자도, 그리고 재작년 미국에서 귀국한 후 접해본 어떤 여자도 김명희와는 비교가 되지 않았다. 딱 꼬집어서 그녀 외모의 어떤 점이 그가 그렇게 결론짓도록 만들었다고 단정할 수는 없었으나, 한마디로 그녀의 몸 전체가 카메라 렌즈를 위해서 만들어졌다고 할 수 있을 만큼 모델로서 완벽한 조건을 갖추고 있었다.

그러나 그렇기만 했다면, 자신의 호기심을 그토록 자극하지는 않았을 것이다. 김명희라는 여자는 다른 미모의 여인과 다른 데가 있었다. 자신의 뛰어난 외모를 아예 의식하지 않거나, 비록 다소 의식하더라도 별것 아닌 것처럼 느끼는 태도를 지니고 있는 듯했다. 여자의 미모란 본인이 자신의 미모를 의식하는 만큼 그 가치가 줄어드는 법인데, 그런 맥락에서 보면 그녀의 미모는 줄어들지 않고 오히려 그 이상의 효과를 발휘하는 듯했다.

어느 한계선을 넘은 여자의 아름다움은 여자의 마음이나 과거를 무의미하게 만든다는 누군가의 말이 진리라면,* 김명희는 분명히 그런 미모를 지니고 있었다. 그런 여자를 갖고 싶지 않을 남자가 세상에 어디에 있겠는가! 진성호는 마른침을 꿀꺽 삼키며 김명희를 향한 자신의 집착을 정당화하려 했다.

다시 황무석의 모습이 진성호의 시야에 들어왔다. 예상했던 대로 별 소득이 없는 듯했다.

"투서자의 이름을 알아냈어요."

황무석이 자리에 앉으며 말했다.

"누굽니까?"

예상외의 말에 진성호가 깜짝 놀라며 다그쳐 물었다.

"한데 투서자의 신원을 밝히진 못했다고 해요. 같은 이름을 가진 사람들에 관해 알아본 결과 모두 혐의점이 희박하고……. 투서자가 실명이 아니고 가명을 쓴 것 같대요. 이경찬이란 이름을 썼다는데 짚이시는 데라도 있어요? 공경할 경(敬)자에 빛날 찬(燦)자라는데……."

황무석이 잠시 숨을 돌렸다가 다시 말을 이어나갔다.

"기관에 있는 친구가 신원 조회를 해봤는데 같은 이름을 가진 사람이 열여덟 명이나 된다고 해요. 과거 10년 동안의 사망자 중에서도 네 사람이 있고요."

"가명을 썼다면 신원 조회가 무슨 소용이 있겠어요?"

진성호가 생각에 잠긴 채 건성으로 말했다.

"그래도 2년에 걸쳐 같은 이름으로 투서를 했으니까 만약 가명을 썼더라도 그 이름과 관계가 있을 확률이 높다고 하네요. 예컨대 친구라든지 일가친척이라든

지…….그래서 이경찬이란 이름을 가진 사람들의 신원
관계 서류를 몽땅 다 받아왔어요."

"신원 관계 서류를 이리 주세요. 제가 한번 보지요."

진성호가 서류뭉치를 받았다.

"그럼 시간이 되었는데 스카이라운지로 갈까요?"

진성호는 별것 아닌 정보를 가지고 호들갑을 떠는 황
무석과 더이상 같이 있고 싶지 않았으나 김명희라는 모
델을 향한 호기심은 쉽사리 지울 수 없었다.

"그렇게 하지요."

진성호가 자리에서 일어났다.

얼마 후 진성호와 황무석은 '레인보우'라고 써붙인 스
카이라운지에 들어섰다. 그곳의 직원으로부터 반갑게 인
사를 받은 황무석을 뒤따라 진성호는 대로가 보이는 창
문 쪽 피아노 옆 소파에 자리를 잡았다.

"여기가 프라이빗 클럽입니까?"

진성호가 실내를 둘러보며 물었다.

"네, 조용하고 서비스가 아주 좋아요."

황무석이 의젓하게 말했다.

"멤버십은 비싼가요?"

"2년 전 멤버십을 처음 분양할 땐 천만 원이었는데 지금 시세는 2천5백만 원 정도 된다고 해요. 그래도 팔려고 내놓은 멤버십이 없답니다. 진 실장이 원한다면 내가 특별히 얘기해보겠지만……."

"아니에요. 그냥 궁금해서요."

진성호는 옆에서 피아노를 치고 있는 여자에게 무심한 시선을 주며, 황무석이 하청업체로부터 멤버십을 상납받았을 것이라고 넘겨짚고 있었다. 거기다가 2년 사이에 1천5백만 원을 가만히 앉아서 벌었으니 황무석은 참으로 좋은 세상 만난 거라고 진성호는 속으로 감탄했다.

"황 사장님, 전화 왔습니다."

여직원이 무선 전화기를 들고 와 황무석에게 내밀며 말했다. 황무석이 무선 전화기를 받아들고 귀 가까이 가져가기 전, '아, 글쎄, 아무리 이사라고 부르라고 해도 사장이라고 부르니'라고 중얼거리며 어색한 미소를 지어 보였다.

"여보세요…… 아, 그래? 알았어."

황무석이 전화기의 통화 버튼을 끄고서 내려놓았다.

"김명희를 픽업하라고 기사를 보냈는데 오는 도중 한

남대교에서 차가 밀려 좀 늦을 거래요."

황무석의 말에 진성호는 고개를 끄덕거리곤 조금 전 보았던 피아니스트에게로 시선을 다시 보냈다.

가슴 윗부분이 다 드러날 정도로 깊게 파인 흰 드레스를 입은 피아니스트의 가냘픈 긴 손은 건반을 두드리고 있었고, 긴 드레스에 가려진 발은 음률에 맞춰 사뿐사뿐 발판을 누르고 있었다. 그러나 음률을 내뿜는 그녀의 벌린 입은 살육을 하고 있었다. 〈마이웨이(My Way)〉가 그녀의 입에서 갈가리 씹혀 나오고 있었다.

Yes, there were times, I am sure you knew

When I bit off more than I could chew.

But through it all when there was doubt,

I ate it up and spit it out…….

(그렇다, 너희들도 알겠지만 나도 삼킬 수 없는 것을 입에 물었을 때가 있었다. 그러나 과거를 돌이켜보면, 삼킬 수 없는 것을 입에 물었다고 판단되었을 때는 한 줌의 미련도 없이 과감히 씹어 내뱉어버렸다.)

그녀는 가사의 의미를 전혀 모르는 게 분명했다. 'and spit it out…….' 부분에서 그녀는 'spi……t……' 하고 마치 애틋한 사랑 이야기를 하듯이 길게 질질 끌었다. 프랭크 시내트라라면, 아니 가사 내용을 아는 사람이라면 'spit'을 짧고 강하게, 마치 씹던 것을 내뱉어버리듯이 불렀을 것이었다. 진성호는 피아니스트에게 시선을 꽂아둔 채 어이없어하는 미소를 지었다.

"여기 마담 좀 오라고 해."

지나가는 웨이트리스를 불러세워 황무석이 말했다. 곧 마담이 왔다.

"이 마담, 저 피아니스트 노래 끝나면 여기 좀 오라고 해줘."

황무석이 눈을 찡긋하며 턱끝으로 자신을 가리키는 모습이 진성호의 시선에 순간 잡혔다.

"아니에요. 그러지 마세요."

진성호가 손을 내저으며 황무석과 마담에게 말했다.

"진 실장, 괜찮아요. 잠깐 와서 인사나 하고 가라고 하지요, 뭐."

황무석이 말하자 마담이 거들었다.

"아주 착한 애예요. 〈마이 웨이〉를 어느 가수보다 잘 불러요. 잠깐 인사드리라고 할게요."

"그러지 마세요. 정말 그러지 마세요."

진성호가 다시 손을 내저으며 강하게 거절하자 마담이

그냥 물러났다. 비록 자신의 마음을 거꾸로 읽긴 했어도 황무석의 순발력에 진성호는 감탄했다.

진성호는 주위를 휘 둘러보았다. 대개 황무석의 지적 수준만큼의 고만고만한 자들이 버티고 앉아 있는 듯했다. 현대적으로 보이려는 그들의 노력과 사업가인 체하는 그들의 태도가 똑같이 헛수고를 하고 있었다. 현대적인 체하는 것이 가장 구태의연함을 내보이고 있었고, 의젓한 사업가인 양하는 태도가 서푼짜리 장사꾼의 모습을 드러내고 있었다. 그것이 그때까지 레인보우 클럽을 지배하는 분위기였다.

그러나 다음 순간 스카이라운지의 분위기가 갑자기 바뀌었다. 검은색 투피스에 검은색 하이힐을 신은 김명희가 스카이라운지로 들어서서 그들에게 다가오고 있었던 것이다. 주위를 압도할 만큼 장신이었지만 그녀의 모습에는 전혀 어색함이나 건방짐이 배어 있지 않았다.

"늦어서 죄송해요."

그녀가 두 손을 모으고 황무석에게 고개 숙여 나직이 말했다.

"기사한테 연락 받았어요. 차가 밀렸다고……."

김명희가 황무석이 가리키는 자리에 앉았다. 무릎을 살짝 내보인 그녀의 스커트 아래로 가지런히 모은 두 다리의 쭉 뻗은 각선미가 놀라웠다. 세계 어느 곳에서 본 어느 미녀의 각선미에 비해 조금도 손색이 없었다.

"미스 김, 인사드리지. 우리 회사 기획실을 맡고 계시는 진성호 실장……."

황무석이 김명희에게 반말로 말을 건넸다.

"말씀 많이 들었어요. 시간을 내주셔서 감사해요."

"아닙니다. 오히려 김명희 씨가 시간을 내주어서 고맙습니다."

진성호는 어물거리듯 화답을 하며, 몇 살이나 됐을까? 스물하나? 스물둘? 하고 속으로 질문을 했다.

"미스 김, 미스 김은 모델 한 지가 얼마나 돼요?"

황무석이 물었다.

"얼마 안 돼요. 아직 아마추어예요. 1년 조금 넘었어요."

"그런데 어떻게 그렇게 유명해졌어요?"

"유명하기는요……."

황무석의 칭찬에 김명희가 당황해했다. 진성호는 그런 그녀의 태도가 싫지 않았다. 웨이트리스가 그들 테이블 옆으로 왔다.

'스카치 소다 드시지요?'라고 진성호가 황무석에게 동의를 구한 후 김명희에게 '뭐 드시겠어요?' 하고 물었다.

"잘 못하는데…… 아무거나요."

"저, 이분은 스카치 소다, 나는 스트레이트 더블 스카치와 워터 백 온 더 사이드, 숙녀에게는 핑크 레이디."

진성호가 술을 시켰다.

"회사에 잠깐 전화하고 오지요. 두 분 말씀 나누세요."

황무석이 자리에서 일어나며 말했다.

진성호와 김명희 사이에 잠시 어색한 침묵이 흘렀다. 진성호는 무슨 말을 하려다가 정확히 어떤 말이 분위기에 어울릴지 자신이 없어 입을 다물었다.

침묵이 점점 더 어색해오자 진성호는 '빌어먹을, 엘리베이터걸 출신인 스물한두 살짜리 여자를 가지고 내가 이럴 순 없잖아'라고 속으로 중얼거리며 고개를 들어 그녀를 보았다. 그녀는 여전히 고개를 숙이고 무릎 위에 놓인 두 손을 만지작거리고 있었다. 오르락내리락하는 그녀의 앞가슴이 눈에 들어왔다. 숨을 할딱거릴 만큼 그녀가 자신을 어려워하고 있다는 것을 진성호는 눈치챘다. 재벌 2세라는 사실을 황무석이 그녀에게 알려주었을 것이고, 아마 그 사실 때문에 그녀가 자신을 어려워하고 있으리라고 짐작했다.

제까짓 게 그렇지! 엘리베이터걸 출신에다 지금은 백인홍이란 형편없는 건달의 애인 노릇이나 하는 주제에……. 진성호는 마음을 편하게 가지려고 노력했다.

웨이트리스가 주문한 술을 가지고 와 테이블 위에 놓았다. 진성호가 스트레이트 더블 스카치 위스키를 단숨에 쭉 들이켰다. 그리고 앞에 놓인 물로 목을 축였다. 주량이 센 편이긴 하지만 지금처럼 마시는 건 다분히 무의식적인 과시용이었다. 아니나 다를까, 김명희가 놀라는 표정을 지었다.

"한 잔 쭉 드십시오."

진성호는 핑크 레이디를 그녀 앞으로 밀어놓은 후 웨이트리스를 불러 다시 더블 스카치를 주문했다.

웨이트리스가 두 번째 더블 스카치를 가지고 왔을 때 진성호는 잔을 들어 김명희 앞으로 내밀며 잔을 들라는 사인을 보냈다. 김명희가 잔을 들자 그가 잔을 부딪쳤다. 그가 잔을 또다시 입으로 가져가며 '쭉 드십시오'라고 말한 후 술을 억지로 마시는 김명희의 찡그린 표정을 살폈다. 빈 잔을 내려놓은 후 그녀는 고개를 수그렸다.

"한 잔 더 하시지요."

고개를 살며시 젓는 그녀의 의사를 무시하고 진성호는

웨이트리스를 불러 핑크 레이디 한 잔을 더 시켰다. 그녀는 속이 불편한지 고통을 참는 표정을 짓더니 '잠깐 실례하겠어요'라고 말한 후 엉거주춤 자리에서 일어났다. 진성호의 시선이 걸어가는 그녀의 뒷모습을 따라갔다. 늘씬한 키, 뒤로 빗어넘긴 머리, 검은색 투피스 정장, 미끈한 다리, 검은색 하이힐…… 나무랄 데라곤 찾아볼 수가 없었다.

웨이트리스가 무선 전화기를 가지고 왔다. 진성호가 전화를 받자 황무석의 음성이 들려왔다.

"진 실장, 나는 아무래도 회사에 다시 들어가봐야 되겠는데요. 진 실장 혼자서 미스 김과 대화를 나누어보시지요. 회사의 모델로 적합한지……."

"왜, 회사에 무슨 급한 일이라도 일어났습니까?"

"아니오. 납품받은 제품에 문제가 생겨서요…… 선적 기일 때문에 오늘 내로 다른 제품으로 대체시켜야 해서……."

황무석이 말을 질질 끌었다. 순간 진성호는 눈치를 챘다. 아까 자리를 피해준 것도 의도적이었고, 지금도 마찬가지였다. 황무석은 역시 무서운 사람이라는 생각이었지만 지금 당장은 그의 눈치가 마음에 들었다.

"그렇게 하시지요."

진성호는 전화를 끊고 무선 전화기를 웨이트리스에게 건네주었다. 김명희가 그가 앉아 있는 곳으로 걸어오고 있었다. 그녀의 안색이 몹시 창백해 보였다.

"불편하세요?"

자리에 앉는 그녀에게 진성호가 물었다.

"아니, 그냥 좀……."

진성호는 화장이 지워진 창백한 그녀의 얼굴이 더욱 마음에 들었다.

"공연히 김명희 씨한테 술을 들라고 했군요. 약한 술이라 괜찮을 줄 알았는데……."

"아녜요. 제가 워낙 술을 못해서……. 아버지는 술을 좋아하셔서 술로 살다시피 하셨는데 저는 아버지를 닮지 않은 것 같아요."

김명희가 미소 지으며 말했다.

"아버지께서 뭘 하시는데요?"

"10년 전에 돌아가셨어요. 생전에 영화감독을 하셨지요. 김예봉이라고, 〈해녀(海女)의 순정〉이라는 영화를 만드셨어요."

진성호는 어느 주석에서, 30대 후반에 죽었을 때 간이 조금도 남아나지 않았을 정도로 애주가였던 영화감독 이야기와 그 감독이 만든 해녀 뭐라고 하는 영화 얘기를 들은 기억이 났다.

"아, 네, 저도 얘기 들었습니다. 그렇게 술을 좋아하셨다면서요?"

진성호가 자신의 아버지를 알고 있는 것이 기쁜 모양인지 김명희가 반가운 표정을 지었다. 그것이 진성호를 기분 나쁘게 했다. 김명희를 필요 이상으로 격상시켜준 기분이 들어서였다.

"그리고 아버지께서 굉장히 여자를 좋아하셨다면서요?"

영화감독이니 여자를 좋아하리라 넘겨짚으면서, 김명희를 제자리로 격하시키기 위해 한 말이었다.

"그랬던 것 같아요. 제가 초등학교 다닐 때 아버지는 어느 젊은 여배우를 집에 데리고 와 같이 살기도 했어요."

"어머니하고 같이?"

"네, 어머니도 별로 상관하지 않았어요. 아버지는 참 멋지게 사랑을 하며 사셨어요."

김명희가 그런 아버지를 그리워하듯, 그런 아버지가 자랑스러운 듯 흐뭇한 미소를 지으며 말했다.

진성호는 혼란에 빠졌다. 그런 김명희가 바보 같다고 할까, 순진하다고 할까, 바보처럼 순진하다고 할까…… 판단이 서지 않았다.

"모델 일은 어떻게 하게 되었어요?"

진성호가 좀더 정확한 판단을 내리기 위해 질문을 했다. 냉정하게 판단을 해야 그녀를 쉽게 다룰 수 있을 것 같았다.

"재작년까지 은행의 엘리베이터걸을 했어요. 그때 만난 어떤 분이 저를 그분 회사에 취직시켜주셔서 비서일을 하다가 퇴근 후에 심심해서 모델 학교에 다녔더랬어요. 그러다가……."

"아주 좋은 분을 만나셨군요."

진성호는 김명희가 순진한 바보라는 생각을 했다. '순진한 바보를 위하여'라고 속으로 말하며 잔을 들어 입으로 가져갔다.

"네, 아주 좋은 분이세요. 백운직물의 백인홍 사장님이시라고. 혹시 아시는지 모르겠어요."

"모르겠는데요."

진성호는 거짓말을 하면서 김명희가 진짜 바보라고 생각했다.

그는 웨이트리스를 불러 스카치를 시켰다.

"가족은 어떻게 되나요?"

"한 살 아래 남동생이 어머니를 모시고 살아요. 저는 따로 독립해 살고 있고요."

"남동생은 지금 학교에 다니나요?"

김명희가 혼자서 무슨 재미있는 생각이라도 났는지 살짝 웃어 보였다.

"지금 대학 삼수생이에요."

진성호는 김명희가 순진한 거라고 생각을 바꾸었다. 웨이트리스가 술을 가져와 잠시 대화가 중단되었다.

"모델 일이 재미있으세요?"

진성호가 술잔을 들며 물었다.

"아주 재미있어요. 늙지 않으면 죽을 때까지 모델 일만 했으면 좋겠어요."

"아버지께서 감독이셨으니까 영화에도 관심 있겠네요. 한번 영화 출연에도 도전해보지요?"

진성호가 미소 속에 말했다.

"제 키를 한 8센티쯤 줄여주실 수 있으세요?"

김명희가 미소 지었고, 진성호가 따라 웃었다. 진성호는 왠지 모르지만 기분이 몹시 좋았다. 물론 과다하게 마신 스카치가 그의 정신을 몽롱하게 한 이유도 있었지만 그것보다는 오래간만에 대하는 신선함 때문이라고 할까? 어쨌든 김명희와 마주 앉아 그녀의 얘기를 듣다 보니, 태어나서 20년 넘게 세상살이를 하다 보면 누구나 마음의 상처를 입어 심사가 어느 정도는 삐뚤어지게 마련인데 김명희만은 그렇지 않은 것 같았다. 남자도 마찬가지지만, 특히 여자란 자랑스럽지 않은 배경이나 과거를 숨기게 되어 있는데 모든 걸 사실대로 툭 털어놓는 김명희가 동화 속에서 살다가 갑자기 세상에 나타난 여자로 보였다.

"배고프지 않아요?"

진성호가 물었다.

"네, 그러고 보니 배가 고프네요."

김명희가 미소 지었다.

"나가서 저녁을 할까요? 아니면 여기서 그냥 안주를 시켜 드시겠어요?"

"많이 먹지는 못해요. 전 아무래도 괜찮지만…… 여기는 너무 비싸잖아요?"

진성호는 김명희의 말을 못 들은 체하며 웨이트리스를 불러 스테이크 안주와 샐러드를 시켰다. 그리고 그곳에서 가장 비싼 포도주를 시켰다.

"오늘 저녁은 제가 사겠어요."

김명희가 핸드백을 집으며 불쑥 말했다.

"왜 김명희 씨가 사요?"

"실장님 회사에서 저를 모델로 기용해주셨으니까요."

진성호는 김명희의 눈을 응시했다. 정말로 저녁값을

내고 싶어하는 눈치였다.

"방금 주문한 것 취소해주세요."

그가 아직도 옆에 서 있는 웨이트리스에게 말했다.

"그럼 우리 나가서 저녁을 하지요."

진성호가 자리에서 일어나며 말했다.

진성호와 김명희는 클럽을 나와 엘리베이터를 탔다.
문득 옆에 서 있는 김명희가 자신이 엘리베이터걸 출신
이라고 한 말이 생각나자, 진성호는 공연히 그녀한테 미
안한 생각이 들어 엘리베이터가 얼른 내려갔으면 하고
바라는 마음이었다.

"나에 대해서 궁금한 것 없어요?"

진성호가 두 손을 가지런히 모으고 고개를 숙이고 있
는 그녀에게 물었다.

"글쎄요. 형제분은 많으세요?"

김명희가 조용히 물었다.

"형과 누나가 있어요. 나하고 이복이지요. 우리 어머
니는 둘째부인이었어요."

진성호는 불쑥 그렇게 말한 자신이 놀라웠다. 김명희의 바보스러운 순진함이 자신에게 전염되지 않았나 하는 생각을 해보았다.

"어머니는 돌아가신 큰어머니, 그러니까 아버지의 본처 식구들한테 설움을 많이 당하셨지요. 내가 어릴 때인데 아직도 기억이 생생해요."

진성호는 그렇게 덧붙이며 김명희의 측은해하는 눈길을 느꼈다. 그는 그녀의 눈길이 싫지 않았다. 자신이 숨겨온 집안 이야기를 남에게 털어놓은 적이 과거에는 없었다. 지금 자신의 행동은 자신이 생각해도 이해가 되지 않았다. 그러나 왠지 모르게 마음이 편안했다.

그들은 호텔을 나왔다. 현관에서 차를 부르려는 진성호에게 김명희가 말했다.

"우리 걸어가요. 제가 알고 있는 식당이 여기서 멀지 않아요."

진성호는 호텔 직원에게 차번호를 알려주고 기사에게 퇴근하라는 말을 전해달라고 부탁했다. 그들은 밤거리를 걸어나갔다. 얼굴에 와닿는 싸늘한 겨울 밤바람이 싫지 않았다. 진성호는 심호흡을 했다. 문득 여자와 단둘이서 서울의 밤길을 걸어본 적이 없다는 사실이 떠올랐다. 싸늘한 겨울바람이 산뜻하게 느껴졌다. 밤거리에는 여유가 있었다.

과거에 차창을 통해, 취기로 충혈된 눈을 통해 그가
보아왔던 서울의 밤거리는 항상 사람들로 들끓고 있거
나, 사람으로부터 버림받아 을씨년스러움만 드리우고 있
었다. 오늘 밤 그가 걷고 있는 밤길처럼 여유 있어 보이
지 않았다.

그는 자신의 옆에 있는 김명희를 거의 의식하지 않은
채 어슬렁어슬렁 걸어나갔다. 문득 한 가지 의문이 그의
머릿속에 떠올랐다. 김명희가, 아내와 같이 있을 때와
는 전혀 달리 자신의 마음을 편안하게 하는 이유가 무엇
인가 하는 것이었다. 그는 옆으로 고개를 돌려 김명희를
힐끔 보았다. 고개를 다소곳이 숙인 채 걷고 있는 김명
희에게서는 젊고, 키가 크고 말랐고, 카메라 렌즈를 위
해 만들어진 것 같은 매력적인 프로필 이외에는 아내의
모습과 특별히 다른 점을 발견할 수 없었다. 그러나 김
명희의 그런 점이 그를 편하게 하면 했지, 불편하게 하
는 이유는 되지 못했다.

그때 김명희가 그의 시선을 느꼈는지 고개를 들고 그
를 쳐다보았다. 그때 진성호는 그 이유를 찾아냈다. 흠
모의 눈길…… 여자의 눈만이 담을 수 있는 겸손의 눈길,
사랑에 빠진 여자만이 보낼 수 있는 복종의 눈길…… 그

것은 남자의 가슴에 자신감을 불어넣어주었다.

"내가 서울의 밤거리를 여자와 같이 걷는 것이 처음이라는 거 알아요?"

진성호가 말했다.

"그러세요? 조금만 더 걸으면 돼요. 거의 다 왔어요."

김명희가 미소 속에 말했다. 그들은 보도 가장자리에 주차한 작은 푸드트럭을 막 지나치고 있었다. 진성호는 걸음을 멈추고 푸드트럭에서 떡볶이와 어묵을 팔고 있는 한 남자에게 시선을 주었다. 30대 중반으로 보이는 그 남자가 진성호에게 미소를 보냈다. 몹시 정감이 가는 미소였다.

"맛있어 보이지요?"

김명희가 말했다.

"냄새가 식욕을 돋우는데…… 저 사람도 마음에 들고……."

진성호가 입맛을 다시며 말했다.

그들의 시선이 마주쳤다. 진성호가 푸드트럭으로 먼저 다가갔고, 김명희가 뒤따랐다. 진성호가 어묵을 집어 입으로 가져가 한입 베어 물었다. 진성호가 왼손 엄지손가락을 들어 보이자, 김명희는 미소 지었다. 그는 떡볶이를 집어 입에 넣으면서 김명희에게 먹어보라고 눈짓했다. 김명희가 어묵을 집었다.

"내가 근래에 먹어본 음식 중 가장 맛있는데……."

떡볶이를 입안에서 우물거리며 진성호가 말했다.

"이러다간 저녁값이 절약되겠어요."

김명희가 말했다.

"아저씨, 술은 팔지 않지요?"

진성호가 말하자 푸드트럭 주인이 미소 지으며 고개를
저었다.

"술 한잔 있으면 금상첨화겠는데…… 소주 딱 두 잔만
있으면……."

진성호가 어묵을 다시 집으며 중얼거렸다. 김명희가
주위를 두리번거리다가 자리를 떴다. 진성호는 잠시 어
리둥절해하다가 그녀가 화장실에 갔으려니 생각했다.

"아저씨, 장사는 잘돼요?"

진성호가 푸드트럭 주인에게 말을 걸었다.

"잘되긴요, 뭘. 단속 나오면 피해야 하니까 쉽지 않아
요."

"아저씨, 한 가지 물어볼 게 있는데 솔직히 대답해주
세요."

진성호가 취기를 못 이기는 듯 살짝 비틀거리며 말했
다.

"내 옆에 있던 여자 있죠, 그 여자를 내가 사랑할 수 있을 것 같아요? 진정한…… 사랑 말이에요. 받기보다 주기를 원하는 사랑……."

"사랑할 수 있느냐고요? 지금도 사랑하고 있어요. 아주 깊은 사랑에 빠져 있는 것 같은데요."

푸드트럭 주인이 자신 있게 말했다.

"그럴 리가……. 왜 그렇게 생각하세요?"

진성호는 그가 어떤 답을 할까 몹시 궁금해졌다.

"여자를 깊이 사랑하지 않고는 이런 곳에 같이 오지 않지요."

"왜요?"

진성호가 호기심에 물었다.

"남자는 자신의 순박함을 보이고 싶은 여자를 이런 데 데리고 오지요."

진성호는 잠시 생각에 잠긴 듯했다.

"아저씨, 혹시 예술가 아니세요?"

푸드트럭 주인이 소리 내어 웃었다.

"한때 문학 지망생이었지요."

푸드트럭 주인이 무슨 깊은 비밀을 털어놓는 듯 나직이 말했다.

"아저씨, 한 가지만 더 물어볼게요. 아저씨가 솔직히

대답만 해주면 트럭 위에 있는 떡볶이와 어묵 전부를 살
게요."

진성호가 말하자 푸드트럭 주인이 미소 지었다.

"내 옆에 있던 여자 있죠. 그 여자가 나를…… 사랑할
수 있을 것 같아요? 남자를 자신의…… 생명처럼 여기는
여자의 정열적인 사랑 말이에요."

진성호가 술기운으로 굳어가는 혀로 띄엄띄엄 말했다.

"앞으로 사랑할 수 있겠느냐고요?"

푸드트럭 주인이 되묻자 진성호가 고개를 끄덕였다.

"지금 깊은 사랑에 빠져 있다니까요."

푸드트럭 주인이 말했다.

"누가요? 누구에게요?"

진성호가 연거푸 다급해진 목소리로 물었다.

"옆에 있던 여자 분이 댁한테요."

"아저씨는 솔직하지 못해요. 그럴 리가 없어요."

"사실이에요. 증거가 있어요."

푸드트럭 주인이 미소 지으며 자신 있게 말했다. 그가
의아해하는 진성호의 어깨 너머 뒤쪽으로 시선을 주었
다. 진성호가 뒤를 돌아보았다. 소주병과 종이컵을 들고
다가오고 있는 김명희의 모습이 보였다.

"저게 바로 그 증거요."

푸드트럭 주인이 진성호를 내려다보며 자신있게 말했다. 김명희가 진성호 옆에 섰다.

"딱 두 잔만 하는 거예요."

김명희가 손가락 둘을 들어 보이며 다짐을 했다. 그녀의 길고 마른 손이 매우 매력적으로 보였다. 김명희가 이미 병따개로 손봐온 소주병 뚜껑을 손으로 열고 작은 종이컵에 소주를 따랐다. 진성호는 그녀가 내미는 잔을 받아 쭉 들이켰다. 그가 빈 잔을 그녀에게 내밀었다.

"한 잔 해요."

김명희가 고개를 저었다.

"마지막 한 잔이에요. 천천히 드세요."

그녀가 진성호가 앞으로 내민 빈 잔에 소주를 따르면서 말했다. 소주를 다 따른 후 그녀는 길 옆 쓰레기통으로 가 소주병을 거꾸로 들어 소주를 버렸다. 그녀는 빈 병을 쓰레기통에 버린 후 다시 돌아왔다.

"김명희 씨가…… 소주를 사러 간 사이 아저씨와…… 재미있는 대화를 나누었어요."

진성호가 혀꼬부라진 소리로 말했다.

"무슨 대화였는데요?"

김명희가 관심을 보였다.

"내가 아저씨에게 두 가지 질문을 했어요. 내가 김명

희 씨를 사랑할 수 있겠느냐와 김명희 씨가 나를 사랑할 수 있겠느냐는 질문."

김명희가 푸드트럭 주인에게 눈길을 주었다. 그가 미소 지으며 더 들어보라는 듯이 진성호를 턱으로 가리켰다.

"아저씨께서 두 가지 질문에 명확한 답을 해주었어요."

"뭔데요?"

눈을 동그랗게 뜨고 대답을 기다리는 김명희에게 진성호는 일부러 뜸을 들였다.

"지금 나는 김명희 씨를 사랑하고 있고, 김명희 씨도 나에게 빠져 있다는 거요."

김명희는 쑥스러워하는 것 같았다.

"아저씨는 증거도 가지고 있어요."

진성호의 말에 김명희가 의아해했다.

"내가 김명희 씨를 사랑하는 증거는 바로 이것이고……."

진성호가 푸드트럭의 옆 부분을 가볍게 쳤다.

"김명희 씨가 나를 사랑하는 증거는 바로 이거요."

진성호가 술잔을 들어 보였다.

"취하셨어요. 이제 식사하러 가요."

김명희가 말했다.

"식사? 난 지금 포식했어요."

진성호가 말했다. 그리고 덧붙였다.

"나에게 필요한 건 식사가 아니라 먹은 음식을 소화시키는 일이에요."

"그럼 우리 다시 걸어요."

김명희가 말했다. 진성호가 김명희에게 먼저 가고 있으라는 손짓을 했다.

"아저씨, 아저씨는 아주 솔직한 답을 했어요. 이거 모두 얼마지요?"

"2천6백 원이에요."

"아니, 전부 다 사기로 했잖아요."

푸드트럭 주인이 웃었다. 진성호는 지갑을 꺼내 10만 원짜리 수표 두 장을 앞에 놓고 뒤돌아서 걸어갔다.

"여보세요, 여보세요."

푸드트럭 주인이 크게 그를 부르는 소리가 나고 곧이어 트럭 위에서 내려오는 것 같았다. 진성호가 다급하게 앞에서 걸어가던 김명희의 손을 잡으며 말했다.

"빨리 도망가요."

그들 두 사람은 싸늘한 밤공기를 맞받으며 미친 듯 뛰어갔다. 잠시 후 진성호가 헉헉거리며 가로수 밑에 털썩 주저앉았다. 그는 고개를 들어 가슴에 손을 얹고 할딱대는 김명희를 보았다.

"왜 도망 왔어요?"

김명희가 가쁜 숨을 내쉬며 물었다. 진성호는 계속 가쁜 숨만을 내쉬었다.

"돈이 없어…… 아저씨에게 떡볶이 값을 줄 수 없었기 때문이었어요."

진성호가 간신히 띄엄띄엄 말했다. 김명희의 가쁜 숨소리가 뚝 그쳤다. 다음 순간 그녀는 뛰어왔던 길을 다시 뛰어가기 시작했다. 잠시 어리둥절해 있다가 진성호가 벌떡 일어나 그녀를 뒤쫓아갔다.

김명희가 푸드트럭에 도착해 핸드백을 뒤지는 모습이 보였다. 진성호는 더이상 뛰지 않고 가쁜 숨을 헐떡이며 천천히 걸어갔다. 핸드백을 뒤지는 김명희가 푸드트럭 주인을 쳐다보다가 무슨 말을 들었는지 어리둥절해 있는 모습이 진성호 눈에 들어왔다. 그다음 푸드트럭 주인이 내미는 돈을 손을 내저으며 받으려 하지 않는 그녀의 모습이 보였다.

그녀는 옆으로 고개를 돌려 트럭을 향해 다가오는 진

성호를 물끄러미 보다가 그를 향해 달려왔다. 진성호 앞에 멈춰 선 그녀가 두 손으로 진성호의 가슴을 쳤다. 속아서 억울한 듯한 그녀의 얼굴 표정을 살피던 진성호는 자신의 가슴을 치는 그녀를 꼭 껴안았다. 놀랍게도 그녀의 큰 키가 그의 품속에서는 자그맣게 느껴졌다.

그때 어디선가 음악 소리가 들려왔다. 카세트테이프를 가득 실은 리어카가 음악 소리를 내며 그들 곁을 지나치고 있었다. 진성호가 김명희를 품에 안은 채 음률에 맞춰 발을 움직이자 놀랍게도 그녀 또한 그의 스텝을 자연스럽게 따라주었다.

"내가 지금 세상에서 제일 원하는 게 뭔지 알아요?"

진성호가 카세트테이프를 파는 리어카를 따라가며 김명희의 귀에 속삭였다.

"뭐예요?"

진성호는 그 자리에 섰다. 김명희가 그를 올려다보았다. 두 사람의 입술이 하나가 되었다. 잠시 후 두 입술이 떨어지고 진성호가 다시 그녀의 입술로 다가가자, 김명희가 상체를 뒤로 약간 젖히며 심한 혼란에 빠져 있다가 정신을 차리려는 듯 머리를 저었다.

"좀 생각해봐야겠는데요."

김명희가 혼잣말처럼 중얼거렸다.

"집에 데려다줄게요."

진성호가 포옹을 풀고 옆으로 돌아서 손을 잡으며 말했다.

"아니에요. 너무 멀어요. 혼자 가도 돼요."

김명희의 말을 못 들은 체 진성호는 김명희를 이끌고 보도 옆에 서서 지나가는 택시를 향해 손짓했다. 택시가 섰다.

"어디로 가요?"

진성호가 뒷문을 열려고 하자 기사가 물었다. 진성호가 김명희에게 시선을 보냈다.

"불광동!"

김명희가 말했다.

"불광동!"

진성호가 택시기사에게 다시 말했다. 택시가 휙 하고 아무 말도 없이 떠나버렸다. 진성호가 의아해하는 시선을 김명희에게 보냈다.

"그런 실력으로는 밤새 서 있어도 택시 못 잡겠어요."

김명희가 미소 지으며 말했다.

김명희가 차도로 나서서 지나가는 택시를 향해 손을 들었다. 택시가 속도를 줄여 그녀 앞에 서는 듯하자 '불광동 따블' 하고 그녀가 두 손가락을 펴 보이며 소리쳤다. 택시가 섰다. 그들은 뒷문을 열고 택시에 올라탔다.

"따블이라면, 택시비를 두 배 준단 말이에요?"

택시가 움직이자 진성호가 어리둥절해 물었다. 김명희가 고개를 끄덕였다.

"아저씨, 택시비 두 배 안 주면 불광동은 안 가요?"

진성호가 기사의 등에다 대고 물었다.

"뭐…… 그거야…… 손님 맘이지요."

중년의 기사가 어물어물 답했다.

"아저씨, 그럼 세 배 준다는 건 뭐라고 해요?"

진성호가 다시 물었다.

"허허허…… 나도 모르겠어요. 뭐 세 배까지야 받을 수 있나요. 양심이 있지…… 워낙 회사에 내놔야 할 돈도 많고…… 기름 값과 보험료도 올랐는데 택시비를 올리지 못하게 해서……."

중년의 기사가 몹시 미안한 듯 사람 좋은 웃음을 흘린 후 어물어물 말했다.

"아저씨, 내 옆에 앉은 이 미인이 누군지 아세요?"

김명희가 진성호의 팔을 꼬집는 시늉을 했다. 기사가 룸미러를 쳐다보았다.

"잘 모르겠는데요."

기사가 말했다.

"아주 유명한 모델이에요."

진성호가 옆에 앉은 김명희 쪽으로 고개를 돌리고 한쪽 눈을 찡긋 하며 짓궂은 표정을 지었다.

"아저씨, 하나 알려드릴게요. 두 배는 따블, 세 배는 트리플, 네 배는 쿼드러플이에요. 이 아가씨는 따블이 아니고 쿼드러플을 줄 거예요."

진성호가 장난스럽게 말했다.

"왜 그렇게 어려운 말을 써요?"

김명희가 웃음 속에 말했다.

"그런 말은 여기서 통하지 않아요. 따블의 따블, 그러니까 따따블이라고 하면 돼요."

김명희가 덧붙였다. 진성호가 김명희를 잠시 보다간 차 안이 떠들썩하도록 웃었다. 김명희와 택시기사가 따라 웃었다. 택시는 한강대교를 막 지나고 있었다.

불광동 근처, 차가 더이상 들어갈 수 없는 골목길 입구에서 택시가 정차했다. 진성호가 미터기에 표시된 택시비의 네 배 정도를 냈다.

"고마워요. 그냥 이 차로 가세요."

김명희가 말했다. 진성호는 아무 말 하지 않고 먼저 택시에서 내리다가 몸이 기우뚱해 넘어질 뻔했다. 김명희가 얼른 뒤따라 내려 진성호를 부축했다.

"너무 취했어요. 그냥 이 차로 가세요."

김명희가 말했다.

"취했으니 술이 깨려면 커피가 필요해요."

"다 문을 닫았을 시간이에요."

"김명희 씨 댁엔 커피도 없어요? 취객에게 커피 한 잔도 대접 못하겠단 말이에요? 안전한 귀가를 위해서는 한 잔 마셔야……."

진성호가 혀꼬부라진 소리로 말했다.

"그럼 이리 오세요."

잠시 머뭇거리던 김명희가 진성호의 팔을 이끌고 골목 길 안으로 들어섰다. 잠시 걸어가다 벽돌로 된 3층 빌라의 현관문을 열었다. 현관 안쪽에 우편함들이 보였다.

"유명한 모델이면 저 뒤쪽에 있는 큰 빌라에 살아야 하잖아요?"

진성호가 현관에 들어서기 전 뒤쪽에 있는 높고 고급 스러운 빌라를 손으로 가리키며 장난기 섞어 말했다.

"저쪽은 70평짜리 부잣집 마나님들이 사는 데고, 여기는 25평짜리 저 같은 모델이 사는 곳이에요."

김명희가 환하게 웃으며 말했다.

소리 나지 않게 층계를 올라가는 김명희를 진성호가 뒤따랐다. 3층에서 김명희가 열쇠를 꺼내 문을 열었다. 안으로 들어서자 조그마한 주방이 딸린 거실이 보였다.

"여기 잠깐 앉아 계세요. 곧 커피 끓여 가지고 올게요."

김명희가 거실에 있는 긴 소파를 가리키며 말하곤 주방 쪽으로 간 후 거실과 주방 사이의 커튼을 내렸다. 혼자가 되어 소파에 앉은 진성호는 거실 안을 휘 둘러보았다. 어느 누구의 눈에도 화려하게 생활하는 모델의 거실로는 보이지 않을 정도로 검소했다. 벽을 마주 보고 주방 쪽으로 긴 소파가 놓여 있고 그 앞에 탁자, 그리고 벽 쪽으로 텔레비전이 놓여 있었다.

텔레비전 뒤쪽의 벽에 시선이 갔을 때 그는 움찔했다. 아름답고 지적인 젊은 여자가 긴 머리를 바람에 휘날리며 바닷가를 걸어가는 흑백사진이 포스터처럼 확대되어 걸려 있었다. 카메라 렌즈를 통해서만 진정한 미녀가 판별된다는 누구의 말을 증명하듯이, 흑백사진 속의 젊은 여인은 젊음의 발랄함을, 젊음의 순진함을, 젊음의 아름다움을, 세월의 흐름이 빼앗아가기 전 그것들을 사진으로 꼭 남겨두어 두고두고 음미할 가치가 있는 모든 것을 갖추고 있었다. 흑백사진 속의 여인은 가늘고 긴 목과 애수에 젖은 눈동자와 순진하면서 정열적인 입과 개성 있는 코를 가지고 있었다. 그리고 그것 모두가 한데 어우러져 기막힌 조화를 이루고 있었다.

그것은 후천적인 어느 것이라도 압도할 만한 신의 완벽한 창조물이었다. 누군가 그녀의 그것들을 향유하면서, 그녀의 모든 것을 옆에 두고서 세월을 보내리라는 생각이 들자 진성호는 아쉬움을 느꼈다. 그런 아쉬움은 곧 분노로 변했다. 마치 많은 사람이 감상해야 할 명화를 침실에 걸어두고 혼자서만 감상하려는 자를 향한 분노인 양.

"너무 시간이 걸려서 미안해요."

커피잔을 올려놓은 쟁반을 들고 주방을 나오면서 김명희가 나직이 말했다. 진성호는 엉거주춤 일어나 쟁반을 받아 탁자 위에 놓았다. 진성호가 커피잔을 들자 김명희가 같이 커피잔을 들며 옆에 앉았다. 진성호가 커피를 한 모금 마신 후 벽의 흑백사진과 옆에 있는 김명희를 위아래로 번갈아보았다.

"저 같지 않지요?"

김명희가 미소 지으며 말했다.

"아뇨. 꼭 김명희 씨 같아요."

진성호가 말하며 커피잔을 다시 입으로 가져갔다. 한 모금 마신 후 커피잔을 내려놓는 순간 커피잔에 새겨진 글이 그의 눈에 비쳤다. '백운직물 회사 창립 30주년 기념'. 그 순간 백인홍의 이글거리는 눈빛과 능글맞은 미소가 그의 머릿속에 그려졌다. 그리고 동시에 여러 사람이 감상해야 할 명화를 자기의 침실 벽에다 걸어두고 혼자서 향유하는 자가 누구인지 분명히 깨달았다. 백인홍, 바로 그자였다. 불꽃같은 분노가 그의 가슴속에서 일어났다.

진성호는 벌떡 일어나 김명희의 어깨를 우악스럽게 잡고 그녀를 일으켜 세웠다. 그러고는 깜짝 놀란 그녀의 입술을 그의 입술이 덮쳤다. 그리고 거의 동시에 그녀를 소파에 눕히고 그녀 위에 자신의 몸을 던졌다.

"이러지 마세요. 제발 이러지 마세요."

김명희의 애원하는 목소리가 들려왔다.

"너는 내 여자야. 절대로 누구에게도 뺏길 수 없어. 너는 평생 동안 내 곁에 있어야 돼."

그가 울부짖듯 뇌까렸다. 그는 그녀의 스커트 밑으로 한 손을 넣어 팬티를 찢어 잡아챘다. 스커트를 위로 들쳤을 때 그녀의 오므린 두 다리가 눈에 들어왔다. 눈이 부실 정도로 희디흰 피부가 그의 시야를 가렸다. 그녀의 몸속에 빠져들었을 때 그는 깨달았다. 자신이 찾고 있던 것이 무엇인지를, 자신이 그리워했던 것이 무엇인지를, 그리고 자신이 앞으로 놓치지 말아야 할 것이 무엇인지를! 그는 마음이 편안해졌다. 그 순간만큼은 자신의 머릿속이 아무 생각이 없는 텅 빈 상태임을 그는 알았다.

"너는 내 거야. 누구한테도 뺏길 수 없어. 세상이 두 쪽이 나도 너를 뺏길 순 없어."

그가 사랑 행위를 계속하면서 그녀의 귀에 속삭였다. 그녀가 그의 목덜미를 두 팔로 힘껏 조여왔다.

"세상의 어떤 놈도 너의 육체를 가질 수 없어. 네 육체는 내 거야. 알았어?"

그가 사랑 행위를 계속하며 소리쳤다. 그녀의 입에서 괴성이 나오려는 순간 그녀는 자신의 입을 손으로 막았다.

"말해봐. 네 육체는 내 거야. 알겠어? 말해봐."

진성호가 다시 소리쳤다. 김명희가 주먹으로 자신의 입을 막으며 고개를 끄덕였다. 순간 그녀의 몸 전체가 경련을 일으킨 듯 파르르 떨었다. 그는 그녀가 첫 번째 오르가슴에 달했다는 것을 알았다. 두 번째 오르가슴이 그녀에게 더 큰 희열을 주리라고 생각하며 그는 사랑 행위를 계속했다.

"미안해. 너무 취했었나봐."

사랑 행위가 끝난 후 진성호가 소파에서 일어나며 혼잣말처럼 조용히 말했다. 고개를 숙인 채 소파에 앉아 있는 김명희는 아무 말이 없었다.

"괜찮아요."

사이를 두었다가 김명희가 고개를 들지 않은 채 역시 혼잣말처럼 말했다.

"나를 너무 나쁜 놈으로 생각하지 마. 나도 무엇에 홀렸었나봐."

진성호가 김명희 쪽으로 고개를 돌리며 말했다.

"나쁘게 생각하지 않아요."

김명희가 여전히 고개를 숙인 채 말했다.

"그럼 가볼게."

진성호가 현관 쪽으로 갔다. 그가 현관에 내려서는 순간 김명희가 뛰듯이 다가와 그의 품에 얼굴을 묻었다.

"저한테는 처음이에요."

김명희가 속삭였다.

"……."

김명희가 하는 말이 무엇을 의미하는지 몰라 어리둥절해 있다가 그가 물었다.

"오르가슴이?"

그녀가 그의 품속에서 고개를 끄덕였다.

"우리 다시 만나는 건가요?"

그녀가 속삭였다.

"그럼 전화할게."

"꼭 연락해주세요."

김명희가 그의 품속에서 다시 말했다.

"나는 너를 사랑해. 나는 지금껏 '첫눈에 사랑에 빠진다'는 말을 믿지 않았어. 그러나 지금은 믿어."

그가 말했다. 잠시 침묵이 흘렀다.

"저는 아무것도 원하지 않아요. 그냥 제 곁에만 있어주세요."

김명희가 간절한 목소리로 말했다. 그는 김명희의 등을 토닥거려주었다. 김명희가 그의 품속에서 천천히 빠져나왔다.

"그럼 안녕히 가세요."

그녀가 고개를 숙인 채 말했다.

그는 문을 열었다가 다시 닫고 뒤돌아섰다. 어리둥절해 있는 김명희를 지나쳐 거실로 들어갔다. 그는 주머니에서 만년필을 뽑아 벽에 걸린 흑백사진 한구석에 뭔가를 쓰기 시작했다.

'With your love I will be a different man; eternally

176

your man, unbelievably capable man and forever affectionate man. J.S.H. 1990. 12. 17'

그는 탁자 위에 놓인 찻잔을 물끄러미 보았다. 그러다 두 개의 찻잔을 들어 휴지통에 버렸다.

"절대로 백인홍을 다시 만나면 안 돼. 나한테 그것만은 꼭 약속해줘야겠어."

진성호가 놀란 표정을 짓고 있는 김명희에게 말했다. 김명희가 고개를 끄덕였다.

밤공기가 산뜻했다. 진성호는 대로 옆에서 택시가 오기를 기다리면서 심호흡을 했다. '너를 위해, 너 때문에…… 너의 눈에는 내가 어느 남자보다 훌륭한 최고의 남자가 되겠다!' 그는 속으로 밤하늘을 보며 소리쳤다.

그는 당장 대하실업을 차고앉을 마음의 각오를 했다. 설득이 안 되면 강압으로라도, 강압이 안 통하면 더러운 음모를 꾸며서라도. 그에게 대하실업은 출발점이었다. 그 순간 그는 한 여자의 흠모의 눈길만 있으면 무슨 짓이라도 할 각오가 되어 있었다. 그 여자의 흠모의 눈길은 오늘 저녁부터 그의 생명과 같았다. 자신이 최고의 남자가 되어야만 언제나 그녀의 그런 눈길을 받을 수 있다는 것을 그는 알았다.

7. 음모하는 사나이 : 황무석/진성호

- 지속되는 황무석의 음모, 또 다른 음모를 파헤치는 진성호.
- 황무석처럼 빈곤의 어린 시절을 보낸 사람들에겐 약점이 있다. 그들은 풍요로움을 자랑하고 싶어하거나 가난한 사람을 얕보는 경향이 있다. 반면 진성호처럼 가난을 모르고 자란 사람들에게도 약점이 있다. 그들은 종종 자신이 유리한 입장에서 시작했다는 사실을 잊어버리고 잘못된 우월감을 가지게 된다.
- 뇌물을 주는 방법에는 여러 가지가 있지만, 가장 저질스러운 방법은 식당에서 웨이트리스에게 팁을 먼저 주는 것이다. 그런 자들을 가까이하기보다는 직업 사기꾼을 가까이하는 것이 오히려 현명하다.

황무석은 눈을 떴다. 옆에서 곤히 잠들어 있는 아내의 고른 숨소리가 들려왔다. 황무석은 아내가 깨지 않도록 살며시 침대에서 빠져나와 침실에 딸린 욕실로 갔다. 욕실 전기 스위치를 올리자 세면대 앞에 붙은 널찍한 거울이 자신의 모습을 비춰주었다. 머리가 벗겨졌기 때문에 50대 중반으로 보이지 피부나 몸매 등 건강으로 따지면 40대 초반이라 해도 손색이 없을 것 같았다.

그는 잠옷 윗도리를 벗어 옷걸이에 걸고 아랫배를 쑥 들여보내면서 홀쭉해진 배에 자신의 손을 얹었다. 50대에 접어든 동료나 친구들이 모두 불룩 튀어나오는 아랫

배만은 어쩌지 못하고 있지만 그는 그렇지 않았다. 음식도 소식에다 골라서 먹을 뿐만 아니라 체력 단련을 소홀히 하지 않은 그 자신의 노력의 결과이긴 하지만, 그것보단 사랑하는 아내가 남편의 배가 튀어나오는 것을 원치 않는 것이 가장 큰 이유라 할 수 있었다. 자신에게도 군살 없는 배는 중요한 의미를 지니고 있었다. 왕성한 성생활과 싱글 골프를 유지하기 위해선 필요불가결한 요소이기 때문이었다.

세수와 면도를 끝내고 소리 나지 않게 욕실 문을 열고 나와 어둠 속에서 운동복을 찾아들고 그는 침실을 조용히 나왔다. 응접실에서 옷을 갈아입고 난 후 아들방 문을 조심스럽게 열었다. 곤히 잠들어 있는 아들의 모습을 어둠 속에서 눈으로 더듬으며, 1~2년 내 집안에 박사가 나오리라는 생각을 하자 뿌듯한 마음을 감출 수 없었다.

아버지 어머니께서 살아 계셨으면 얼마나 자랑스러워 하셨을까! 초등학교도 제대로 마치지 못한 농사꾼 아버지, 늦게나마 고학으로 야간대학을 졸업한 자신, 좋은 환경에서 학업에 매진해 곧 박사가 될 아들…… 그만하면 삼대에 걸쳐 이룬 장족의 발전이라 할 수 있었다. 손자대에선 아마 장관 하나쯤 나올 것이고, 그렇다면 그다음 세대에서는 노벨상 수상자가 나오지 말라는 법도 없지 않은가? 그는 아들방 문을 닫고 딸아이들 방문을 지나쳐 현관으로 나섰다.

야음의 새벽 공기를 가르며 달리는 차 안에서 황무석은 어제 저녁 자신이 자리를 의도적으로 피해준 후 진성호와 김명희 사이에 무슨 일이 일어났는지 문득 궁금해졌다. 재력과 외모와 지성을 두루 갖춘 진성호에게 김명희의 마음이 끌렸을 것이고, 김명희를 바라보는 눈빛으로 봐 진성호도 마음이 흔들렸으리라 생각되었다. 김명희를 자신이 낚아채보려는 원래의 계획에는 차질이 생겼으나, 진성호가 그녀를 낚아채도 백인홍의 마음에 상처를 주기는 마찬가지라 여겨져 별로 섭섭한 마음이 들지 않았다.

잠시 후 그는 집에서 멀지 않은 곳에 있는 골프 연습장 주차장에 차를 세웠다. 동이 트기 전 널찍한 주차장이 반쯤 차 있는 것으로 봐 이미 자리가 찼을지 모르니 내일부터는 지금 시간인 6시 10분보다 더 이른 시간에 와야겠다고 마음먹었다. 유리문을 열고 들어서는 그에게 그곳 직원인 30대 중반의 프로 골퍼가 인사했다.

"벌써 자리가 다 찬 건 아니겠지?"

황무석이 물었다.

"싱글 골퍼님에겐 특별히 대우해드려야지요. 2층 왼쪽

끝으로 한 군데 비워놨습니다. 그리 가시지요."

"요새 웬 골프 바람이야? 날씨도 추워지는데."

"언젠 계절 따졌나요? 요사이 주중에도 골프장 예약이
잘 안 되는데요. 주말에는 빽 없으면 명함도 못 내놓고요."

"이 프로, 요새 부인네들하고만 골프 친다면서?"

연습장으로 나가기 전 황무석이 의미심장한 미소 속
에 말하자 이 프로가 씩 웃어 보였다. 2층 연습장으로
가는 층계를 올라가다 나이에 걸맞지 않게 가슴이 드러
나도록 몸에 꽉 끼인 스웨터를 입은 40대 후반의 부인과
마주쳤다.

"안녕하세요. 요새 잘 맞으세요?"

그가 인사말을 건넸다.

"뭘요. 황 교수님 여전하시지요?"

부인이 화사한 웃음 속에서 말했다. 떨떠름한 미소로
답하며 지나치는 순간 황무석은 얼마 전에 이 프로의 주
선으로, 방금 지나친 부인과 연습장에 나오는 또 다른
부인과 함께 골프장에 간 일이 떠올랐다. 허 참, 미친년
들! 황무석은 속으로 중얼거리며 타석 쪽으로 갔다.

황무석이 친 첫 번째 공이 연습장을 환하게 밝혀주고
있는 불빛을 가르며 총알처럼 날아가 멀리 있는 망을 때

렸다. 그 정도면 적어도 230야드는 너끈히 날아갈 공이었다. 자신의 나이에 그런 드라이브 샷을 할 사람은 많지 않으리라고 속으로 장담했다.

그렇게 드라이브 샷을 스무 번쯤 쳤을 때쯤 황무석은 누군가의 시선을 느껴 뒤를 돌아보았다. 방금 전 자신을 황 교수님이라 부른 부인이 어느새 와서 지켜보고 있었다.

"황 교수님 여전하시군요."

부인이 말했다.

"뭘요."

망할 년! 왜 자꾸 교수님, 교수님 하지? 누가 들으면 어쩌려고. 속으로 투덜거리며 그는 치기를 계속했다.

가만히 생각해보니 자신을 교수라고 부르는 그녀를 탓할 수만도 없었다. 지난번 골프장으로 가는 차 안에서 이 프로란 놈이 '황 사장님, 사장님이란 호칭은 너무 흔하고 왠지 속되게 들리니까 이제부턴 교수님이라고 부를게요'라고 느닷없이 말했던 것이다. 그리고 어리둥절해 있는 그에게 덧붙여 말했다.

"같이 치는 부인네들한테 교수님이라고 소개를 했거든요."

"왜? 부인네들이 교수들을 좋아하나?"

"뭐, 그런 건 아니지만 일단 점잖은 분으로 생각하지요."

회상이 그 시점에 이르렀을 때 그는 속으로 웃었다. 망할 년들! 천하의 잡년보다 못한 년들이 교수를 찾는 꼴이란! 그는 문득 지난번 그들과 헤어진 후 이 프로와 지금 뒤에 앉아 있는 부인 사이에 어떤 일이 일어났나 궁금해졌다. 골프가 끝난 후 남녀가 딴 차로 한강 상류 강변에 위치한 메기탕 전문집으로 가 고스톱판을 벌이고 나서, 카바레에 가자는 것을 자신은 마다하고 다른 부인은 자신의 차로 데려다주었다. 그러나 이 프로가 데리고 간 여자는 그날 저녁을 온전하게 넘기지 못할 것 같았다. 골프 치면서 그녀가 이 프로에게 하는 짓거리로 보아 보통 사이가 아님이 뻔했다.

"사모님, 스윙을 천천히 하세요. 연습장에서 하듯이 말입니다."

공을 치려는 부인에게 이 프로가 말했다.

"알았단 말이야. 이 프로는 남자가 왜 그렇게 말이 많아. 양기가 입으로 오른다는 말은 아직 못 들어봤는데."

이런 미친년이 있나! 이년이 지금 골프장을 침대로 착각하고 있나? 그는 여자의 상스러운 말에 창피스러워 누가 들을까봐 겁이 나 다시는 이런 데 끼지 않기로 단단히 결심을 했다.

그리고, 뭐 어쩌고 어째? 한 년은 사업 관계 여행 때문에 1년에 반 정도 집을 비우는 남편을 들먹거리지를 않나, 또 한 년은 남편이 자기를 너무너무 사랑해 그것이 오히려 부담스러워 당분간 별거 중이라고 하지를 않나, 시퍼렇게 눈을 뜬 남편이 있을 것 같은 년들이 새까만 거짓말로 그에게 미끼를 던지는 듯했었다.

"그 얘기 들어보셨어요? 영부인이 요새 골프에 맛이 들려 청와대 내에서 공 치고 군인 사병들을 대기시켰다가 주워오게 한다는 얘기요."

황무석이 잠시 생각에 잠겨 타석에 서서 숨을 돌리고 있는 사이 뒤쪽에 앉아 있던, 아내를 너무너무 사랑하는 남편을 가진 부인이 말했다. 어디서 주워들은 엉터리 이야기인지 모르나 명색이 교수인데 일가견을 피력해야 될 것 같았다.

"군인들에게도 뭐라도 할 일을 줘야 하는데 그것도 한 방법이군요."

황무석이 미소 지으며 농을 쳤다.

"왜 군인들은 항상 할 일이 있어야 하지요?"

아니, 이년이 오늘 아침 왜 이렇게 귀찮게 구나? 황무석이 속으로 투덜댔다.

"할 일이 없으면 딴 생각을 하게 되니까요."

무슨 말인지 그녀가 알아들었을지 상관할 바 아니었다. 황무석은 그녀가 귀찮아 골프에 신경을 집중하는 척했다. 잠시 후 '다시 봐요' 하는 말을 남기고 그녀가 드디어 자리를 뜨자 그는 '후' 하고 안도의 숨을 내쉬었다.

연습을 끝마치고 타석에서 물러나 연습장을 나오면서 차례를 기다리고 있는 많은 사람들과 마주쳤다. 만일 김일성 부자한테 나라가 먹히면 후세의 사가들은 그것이 나라를 다스리는 지도층들이 골프에 미쳐 있었기 때문이라는 결론을 내릴 것이라고 그는 엉뚱한 생각을 해보았다.

차에 타 시동을 걸면서 그는 지도층 사람들의 모습을 머릿속에 그리며 미소를 지었다.

토요일과 일요일은 골프를 친 다음 열탕 안에서 몸을 푹 녹인 후 저녁 먹고 술 마시고, 월요일은 주말에 연거푸 친 골프 때문에 온몸이 노곤해서 줄줄이 짜인 회의에서 졸고 있고, 화요일은 골프장 예약에 정신을 쏟고, 수요일은 골프 약속을 하느라 전화질이고……

화요일 이른 아침 지도층 사람들의 전화 내용을 녹음해놓으면 인류 역사상 가장 웃기는 코미디가 탄생될 것이라고 그는 확신했다. 장관님께서 중요한 손님을 모셔야 하는데, 지배인 꼭 좀…… 어느 장관 비서의 말. 내가 언제 이렇게 부탁한 적 있어? 당신네들 정말 이러기야?…… 어느 사정기관 관리의 협박. 이 이사, 당신 은행이 A골프장과 거래하지? 이번 주말 예약 하나 부탁할 수 있어? 경제수석 비서관을 모셔야 해서 말이야…… 어느 경제 부처 국장의 말. 이 청장, B골프장이 당신 세무서 관할이지? 이번 주말 예약이 필요해…… 어느 사정기관 간부의 공갈조 부탁. 지배인, 꼭 부탁해요. 은행 중역들을 모시기로 했으니까요. 내 두둑이 후사할게요…… 어느 회사 중역의 애원. 정회원은 도대체 1년 내내 예약이 안 되니 어떻게 된 거야? 그럴 줄 알았으면 내가 회원권을 ×빤다고 샀겠어?…… 어느 깡패 출신 사채 고리업자의 험담. 황무석은 차 안에서 흐흐 하고 괴이한 웃음을 터뜨렸다.

황무석은 가족과 함께 아침을 먹고 가족들의 배웅을 받으면서 현관을 나섰다. 엘리베이터에 들어서서는 상의 안주머니에 있는 자그마한 수첩을 꺼내 오늘 날짜의 페

이지를 펼쳐보았다. 오늘 날짜로 만기가 돌아온 하청업체에서 발행한 석 장의 약속어음의 천 자리 숫자를 빼고 적혀 있는 액수를 훑어보았다. C회사와 M회사의 약속어음은 오늘 새 어음과 이자를 가지고 오면 은행에 돌리지 않을 예정이지만, 재정 상태가 좋지 않은 듯한 Y회사의 약속어음은 은행에 돌리기로 작정했다.

그렇다고 C회사와 M회사가 믿을 수 있다는 말은 아니었다. 도대체 월리 1.8퍼센트나 되는 약속어음 할인율을 감당하고 회사가 살아남기란 하늘에서 별 따기와 다를 바 없다는 것이 그의 믿음이었다. 황무석은 자신의 한 달 월급과 하청업체의 약속어음을 할인해주어 나오는 이자수입을 비교해보았다. 대충 이자수입이 세 배가 조금 넘는 것 같았다. 지금처럼 원금을 잘만 굴리면, 얼마 안 있어 며느리와 사위도 볼 텐데, 앞으로는 치사스럽게 하청업체에서 가져다주는 돈을 받지 않아도 노후문제는 해결될 것 같아서 그는 기분이 좋았다.

거기다가 벽제에 사둔 땅이 현재는 산림보호지역으로 묶여 있으나 언젠가 그곳도 효자 노릇을 하리라는 확신이 섰다.

황무석은 차 뒷문을 열어놓고 그 옆에 서 있는 기사의 어깨를 다정스럽게 두드린 후 차에 올라탔다.

"이사님, 백운직물 사장님 여비서에 관한 정보를 얻었습니다."

차가 움직이자 백미러를 보며 김 기사가 말했다.

"백 사장 기사한테 알아냈나?"

"네, 이건 매우 중요한 정보인 것 같습니다."

알아보라는 백인홍의 투서 행위 여부에 대한 것은 알아내지 못하고, 들으나마나 여비서와 내연의 관계가 있다는 정도의 뻔한 내용일 텐데, 쓸데없이 여비서에 관한 정보를 얻어놓고 저렇게 의기양양해하는 김 기사가 황무석은 못마땅했다.

김 기사가 워낙 약아빠져 잘 써먹으면 도움이 될지도 모른다는 기대를 걸고 얼마 전부터 적지 않은 돈을 써가며 백인홍의 차를 모는 기사에게 접근해 백인홍에 관한 정보를 캐어오라고 했던 것이었다. 그렇다고 백인홍의 여자관계를 캐려는 것은 아니었다. 진짜 목적은 대하실업의 비리를 국세청에 투서한 자가 백인홍일 것이라는 심증을 굳힐 정보를 얻기 위함이었다.

"그래, 무슨 정보야? 여비서가 술집 여자 출신이라는 거 아니야?"

황무석이 시큰둥하게 말했다. '알고 계셨군요' 하면서 김 기사가 어물어물했다. 하청업체 사장이 백인홍 사무실에 찾아갔다가 어느 술집에서 본 적이 있는 여자가 비서로 있는 것을 보고 입방아를 찧고 다녀 그 사실을 모르는 이가 없을 정도로 업계에 퍼진 이야기였다.

풀이 죽은 김 기사의 모습이 룸미러에 비쳤다. 앞지르지 말고 그냥 들어줄걸, 하고 다소 후회하면서 황무석은 자신의 성급함을 탓했다. 돌이켜보면 백인홍에 관한 한 평소의 신중함은 온데간데없이 사라지고 급한 마음만 앞서왔던 것도 사실이었다.

벌써 3년 가까이 되었는가? 이진범이 미국으로 도망치기 전 살롱에서 백인홍에게 호되게 당했던 일이. 그리고 벌써 1년 넘게 지났는가? 변희성을 시켜 내 팔을 부러뜨리겠다고 공갈을 쳤던 것이…….

무슨 일이 있어도 백인홍을 작살내지 않고는 마음이 편할 수가 없을 것 같았다. 이 자식을 어떻게 잡아 혼을 내지? 이 자식은 능히 국세청에 투서질을 할 놈이고, 만약 그랬다면 아버지 복수심에 눈이 뒤집혀 투서자를 찾고 있는 진씨 형제, 특히 진성호에게 맡기면 백인홍 하나쯤 죽이는 것은 문제가 아닐 터인데……. 황무석은 일이 제대로 돌아가지 않을 것 같아 가슴이 답답해왔다.

"그리고 다른 정보도 있어요."

김 기사가 룸미러를 쳐다보며 조심스럽게 말했다.

"무슨 정보야?"

황무석은 별로 기대는 하지 않았지만 은근한 목소리로 물었다.

"작년 5월쯤 그 비서가 다녔던 술집에서 백 사장님이 검찰관을 작살을 냈답니다. 코뼈가 빠개지고 손가락이 마디마디 부러졌대요."

"그건 누가 그래?"

황무석이 관심을 보였다.

"백 사장 기사가 그랬어요."

"술집에서 술 마시다 싸움이 벌어졌나?"

"그게 아니래요. 백 사장이 깡패 둘을 시켜 검찰관을 작살냈대요."

가만있자…… 그렇다면 문제가 좀 달라질지도 모르겠는데……. 황무석은 바짝 긴장하며 잠시 침묵을 지켰다.

"확실히 검찰관이래?"

황무석이 신중하게 물었다.

"검찰관인지 경찰관인지 수사관인지는 잘 모르는데 아무튼 수사기관에서 꽤 높은 사람이래요."

"분명히 깡패를 시켰다고 했어?"

"변 이사 똘마니 둘이 그랬대요. 깡패 놈이었대요."

"검찰관이 그자들을 못 잡았단 말이야?"

"검찰관은 그들이 누군지 알 수가 없었대요."

김 기사가 자신 있게 말하며 차의 속도를 냈다. 황무석은 왠지 모르게 이 사건이 어떤 해결의 실마리가 될지도 모른다는 예감이 들었다. 무슨 미스터리 소설의 플롯처럼 복잡하게 얽혀 있는 점이 특히 그런 느낌이 들게끔 했다.

백인홍, 검찰관, 젊은 호스티스, 두 깡패, 그리고 음침한 술집……. 뭔지 모르게 간교한 음모를 벌이기에 구색이 갖추어진 배경처럼 보였다. 더구나 그날 그곳에서 벌어진 일은 어느 소설가의 상상력을 초월할 정도였다. 백인홍은 버젓이 술집을 나와 자기 기사에게 자랑을 늘어놓았거나 전화통화를 했거나 자기 차에 동승한 사람에게 자랑을 했고, 검찰관은 코뼈가 빠개지고 손가락을 못 쓰게 되었고, 두 깡패는 현재까지 오리무중이고, 젊은 호스티스는 음탕한 소굴을 빠져나와 요조숙녀로 변신하여 지금 백인홍의 비서로 일하고 있고……. 생각만 해도 복잡한 미스터리 소설 속 미로를 헤매고 있는 느낌이 들었다.

"사고가 난 술집을 알아?"

황무석이 말했다.

"네, 청계천 3가에 있는 은성 비어홀인가 하는 데랍니다."

"그리고 백 사장 기사를 시간 나는 대로 계속 만나고…… 비용 걱정은 하지 말고……."

"돈 들 일도 별로 없습니다. 그 친구 춤을 좋아하니까 가끔 카바레에 데리고 가기만 하면 됩니다."

"이왕이면 백 사장 비서도 좀 카바레에 끌어내지그래."

황무석이 농조로 김 기사에게 말했다.

"한번 부탁은 해보지요. 그런데 지금은 콧대가 높아져서……."

김 기사가 룸미러를 보며 싱긋이 웃었다. 건방진 놈! 황무석은 음흉한 미소를 흘리는 김 기사를 속으로 꾸짖었다.

차는 시청을 지나 광화문 네거리 앞에 정차해 신호가 바뀌기를 기다리고 있었다. 신문사 옥상에 설치된 전광판에 뉴스 속보가 비치고 있었다. '금년 11월 말까지 미해결 폭행 사건이 전체 사건의 50퍼센트 이상 차지. 경찰청 발표.'

황무석은 무심히 마음속으로 기사를 읽었다.

"김 기사, 경찰청으로 가."

차가 움직이자 황무석이 다급하게 기사에게 말했다. 차는 중앙청 앞에서 유턴하여 경찰청 정문 앞에 도착했다. 정문을 지키는 경관이 다가오자 황무석은 차창을 내렸다.

"김광주 국장을 만나러 왔습니다."

"선약이 되어 있습니까?"

"약속은 안 돼 있지만 친한 친구 사이입니다. 국장실에 확인해보면 압니다."

황무석이 신분증을 내밀자 경관이 출입기록부에 체크를 했다.

잠시 후 경관이 들어가라는 신호를 보냈다.

반 시간쯤 후 황무석은 헐레벌떡 주차장으로 와 차에 올라탔다.

"김 기사, 검찰청으로 빨리 가."

황무석이 흥분하여 말했다. 백인홍을 작살낼 수 있는 기회가 드디어 찾아왔다는 사실에 그는 흥분하지 않을 수가 없었다. 차는 덕수궁을 끼고 우회전을 하여 검찰청 구내로 들어갔다. 차가 완전히 정차하기도 전에 황무석은 차 문을 열었다. 그는 차에서 내려 현관으로 가는 층계를 두 칸씩 뛰어올라가 안내실 창구 앞에 섰다.

"박수근 수사관과 약속이 되어 있어요."

주민등록증을 내밀면서 황무석이 급히 말했다. 여직원

이 주민등록증을 받아들고 구내전화 번호를 눌렀다.

"박 수사관님이세요? 여기 안내실인데요. 황무석 씨와 약속이 되어 있으십니까?"

여직원이 '네, 그렇게 하지요'라고 말한 후 주민등록증을 황무석에게 돌려주며 말했다.

"오른쪽 엘리베이터를 이용해 15층으로 가세요."

황무석은 엘리베이터 안에서 와신상담이라는 말을 음미하고 있었다. 살롱에서 백인홍에게 당한 수모와, 변희성을 통해 당한 수모를 잘도 참고 넘겼다는 생각이 들어 그는 자신의 인내심에 마음속으로 찬사를 보냈다.

15층에서 엘리베이터 문이 열리자 중키의 40대 중반으로 보이는 남자가 기다리고 있었다.

"황무석 씨지요? 박수근입니다."

박수근이 엘리베이터를 나서는 황무석에게 손을 내밀며 말했다.

"네, 그렇습니다. 만나봬서 반갑습니다."

"이쪽으로 가시지요."

박수근이 앞장서고 황무석이 뒤따랐다.

황무석은 앞서 가는 박수근의 오른손에 시선을 보냈다. 얼핏 보기에도 오른손 중지가 다른 손가락과는 달리 일직선으로 뻣뻣해져 있었다.

"경찰청의 김광주 국장한테서 전화를 받았습니다. 은성 비어홀 사건에 관한 정보를 갖고 계시다고요?"

소파에 마주 앉자 박수근이 먼저 입을 열었다.

"네, 저도 기사로부터 우연히 알게 되었습니다."

"말씀해보시지요."

그렇게 말하는 박수근의 매서운 시선에 황무석은 움찔했다.

"비어홀에서 있었던 폭행 사건의 범인일지도 모르는 사람의 기사와 제 기사가 친구 사이입니다."

"그래서요?"

구부러지지 않는 장지가 불편한지 어색하게 담배를 집어드는 박수근 수사관의 오른손이 파르르 떨렸다.

"그쪽 기사가 자기네 사장이 비어홀에서 검찰관 한 사람을 혼내주었다고 자랑하는 소리를 들었다고 합니다. 호기심에서 경찰청 친구에게 말했더니 미결 사건 기록을 조회하다 박 수사관님이 피해자라는 사실을 알아냈습니다."

황무석이 바짝 긴장해 있는 박수근에게 말했다.

"그자가 누구입니까?"

박수근이 다그쳤다.

"혹시 백인홍이란 자를 아십니까?"

"네?"

박수근이 잠시 기억을 더듬는 듯하다가 깜짝 놀라는 표정을 지었다.

"그자가 범인입니까?"

"그렇습니다."

"백인홍이란 자는 지금 무슨 일을 하고 있습니까?"

"백운직물의 대표이사로 있습니다. 같은 업종에 있는 사람이니 저의 정보 제공 사실은 비밀로 해주십시오."

"물론입니다. 잠깐 실례하겠습니다."

박수근이 자리를 박차고 일어나 방을 나갔다.

혼자 남은 황무석은 속이 후련해왔다. 백인홍이 폭행 사건으로 입건될 것은 불을 보듯 뻔한 일이고, 아무리 용빼는 재주가 있다 하더라도 박수근이 설치는 꼴로 봐 철창신세를 면하기는 불가능하다는 확신이 섰다. 그렇다면, 그런 다음 두 눈에 불을 켜고 덤벼들 박수근을 부추기면 백인홍 회사의 비리가 속속들이 파헤쳐질 것이고, 일단 그 단계까지만 가면 승승장구하던 백인홍도 쓴맛을 보리라고 속으로 장담했다.

그러나 그런 기분도 잠시뿐, 백인홍이란 놈이 원래 보통 놈이 아니고 요사이는 정객들하고도 두터운 친교를 맺고 있다는 생각이 들자 황무석은 일말의 불안감을 느꼈다. 좀더 확실하게 혼내주는 방법이 없을까? 그는 소파에서 일어나 창가로 갔다.

창밖을 내다보며 서성거리다 그는 생각에 잠겼다. 박수근이 아무리 날고 긴다 해도 일개 수사관으로서, 또한 술집에서 일어난 폭행 사건의 피해자로서 백인홍을 다루는 데는 한계가 있을 것 같았다. 기껏 폭행 사건으로 다루어봐야 백인홍이 직접 폭행을 가했다는 확증도 없었고, 법정에서 폭행 사실이 인정된다 하더라도 백인홍의 능력으로 봐 어떻게든 위기를 넘길 것이 분명했다.

"기다리시게 해서 죄송합니다."

문을 열고 들어서며 박수근이 말했다.

"백운직물에 전화해보니 백인홍은 어제 미국으로 출장을 떠났다고 합니다. 3~4일 후 돌아올 예정이니 그사이 철저하게 뒷조사를 하겠습니다."

"그럼 저는 약속이 있어 가보겠습니다."

황무석이 자리에서 일어나며 말했다.

"네, 그러시지요. 연락드리겠습니다. 연락처를 알려주

십시오."

황무석이 명함을 꺼내 박수근에게 전했다.

"저의 정보 제공 사실은 절대로 비밀로 해주십시오."

"걱정 마십시오. 황 이사님 도움은 결코 잊지 않겠습니다."

황무석은 악수를 교환하고 그곳을 나왔다.

회사로 향하는 차 속에서 황무석은 흥분을 억누를 수 없었다. 남자는 참고 기다리면 기회가 온다는 아버지의 말이 딱 들어맞았다. 백인홍의 약점을 잡은 이상 이제부터는 어떻게 하면 백인홍을 재기불능의 상태로 몰아넣느냐 하는 문제만 남았다. 역시 해답은 진성호밖에 없는 것 같았다.

백인홍을 투서자로 몰면 진성호가 무슨 짓을 해서라도 박수근과 힘을 합쳐 그를 해치울 것이라는 데 추호의 의심도 가질 필요가 없었다. 검찰과 국세청을 같이 움직이려면 무엇보다 진성호의 자금 동원 능력이 필요했다.

"김 기사, 백인홍 사장이 우리 회사 비리를 국세청에 투서했다는 말은 못 들었어?"

황무석의 말에 김 기사가 룸미러를 보며 의아해하는 표정을 지었다.

"내가 알기로는 백인홍이가 국세청에 투서했음이 틀림

없어. 그렇게 생각 안 해?"

김 기사는 어리둥절한 표정을 풀지 않았다.

"그럴 거야. 김 기사는 그렇게 판단이 안 돼? 우리 회사가 곤란해지면 바이어를 빼앗아갈 수 있으니까 백 사장에게는 이익이 되는 거지."

"글쎄요……."

김 기사가 어리둥절해했다.

"틀림없을 거야, 그렇지? 내 판단이 틀리지 않는다면 말이야. 김 기사는 내 의견에 동의 안 해?"

"그럴 것도 같네요."

김 기사가 고개를 끄덕였다.

"혹시 진 실장이 물어보면 백인홍 사장의 기사한테서 그런 얘기를 들었다고 해. 알겠어?"

"네, 그렇게 하지요."

"고마워. 이게 다 회사를 위해서 하는 일이야. 백인홍 같은 놈은 혼을 내줘야 해."

황무석이 김 기사의 어깨를 다독거려주며 말했다.

"김 기사 동생은 아직도 취직을 못했나?"

"네."

"내가 관리부에 얘기해놓을 테니까 내달 초부터 나오라고 해."

"네, 이사님. 고맙습니다."

김 기사가 머리를 조아렸다.

몇 년간 갈아오던 칼을 이제 곧 휘두를 기회가 올 것 같아 흥분되기 시작한 황무석은 회사로 향하는 차 속에서 모처럼 상쾌한 하루가 시작된다고 생각했다.

진성호는 병원 현관을 나서 막 차에 올랐다. 아버지 진 회장을 보고 난 후면 항상 침울한 기분에 빠져드는 자신을 어쩔 수 없었지만 오늘은 특히나 더했다.

좋은 소식을 기대하고 있던 미숙 누이에게 이진범 회사의 소유였던 공장 매입 문제에 관하여 어제 아침 백인홍을 만난 결과가 여의치 않았음을 전한 것도 괴로운 일이었지만, 그것보다는 황무석이 제공한 투서자에 대한 정보가 아무 도움도 되지 못했기 때문이었다. 처음부터 큰 기대는 하지 않았지만, 현재 살아 있거나 과거 10년 이내에 사망한 이경찬이라는 자에 대한 자료를 검토해본 결과 회사나 집안과 아무런 관계도 없음이 판명되었다.

그뿐만이 아니었다. 어머니가 누구한테 들었는지 아내

와 다툰 것을 알고 무턱대놓고 자기만 꾸지람을 한 일이 몹시 불쾌했다. 더군다나 아내가 미숙 누이를 모욕해 참다못한 자신이 아내에게 손찌검을 한 일을 어머니가 들고 나온 것이 무엇보다 못마땅했다. 요즘이 어떤 시대인데 여자에게 손찌검이냐고 호되게 나무라는 어머니에게 아내가 한 말, 미숙 누이가 유부남과 놀아났다고 모욕한 말을 전해드릴 수도 없어 답답하기만 했다. 여자 위해줄 줄 모르는 나쁜 성격이 아버지를 꼭 닮았다는 말과 함께, 에미니까 아버지 성질을 참고 견디었지 그 성질머리를 받아들일 여자가 세상 어디에 있겠느냐고 꾸중하는 바람에 공연히 아내 일로 애꿎은 아버지만 욕보인 꼴이 되고 말았다.

그렇지 않아도 아버지를 쓰러지시게 한 세무사찰을 유발한 투서자를 1년이 넘도록 찾고 있으나 아직 단서도 못 잡고 있는 형편이므로 아들 된 도리를 못하는 것 같아 속이 타는데, 어머니는 그런 아들의 속사정도 모르고 이제는 아버지를 대신해 집안의 어른 노릇을 한답시고 자신만 나무라시니, 미치고 환장할 지경이었다.

그는 화를 달래려고 차창 밖으로 시선을 보냈다. 키가 큰 젊은 여자의 뒷모습에 시선이 머무는 순간 그는 흐뭇한 미소를 지었다. 어젯밤 헤어지기 전 김명희가 한 말,

'저는 아무것도 원하지 않아요. 그냥 제 곁에만 있어주세요'라는 말이 들려왔기 때문이었다. 김명희의 그런 헌신적인 사랑이 계속되는 이상, 그녀를 원할 때 품에 안을 수 있는 이상, 그녀의 흠모의 눈길이 변하지 않는 이상, 그리고 그녀의 환희에 찬 신음소리가 자신의 귀에 들리는 이상, 다른 아무것도 필요하지 않다고 그는 자신했다. 전심전력으로 사업을 키워 자신이 그녀의 헌신적인 사랑을 받을 가치가 있는 남자임을 증명하기만 한다면 그녀가 자신의 품속에서 떠나지 않으리라.

'삐—' 하고 카폰이 울렸다.

"진 실장이에요? 황무석 이사예요."

카폰을 들자 황무석의 말이 들려왔다.

"진 실장, 급히 의논할 일이 있어서요."

전화선을 타고 오는 황무석의 목소리에는 조급함이 묻어 있었다.

"무슨 일인데요?"

진성호는 들으나마나 회사 중역 중 한 사람의 비리 사실일 거라고 지레짐작을 했다.

"만나서 얘기하지요."

"먼저 무슨 일인지 말씀해주세요."

진성호가 단호하게 말했다. 이제는 회사 중역의 비리

202

사실에도 신물이 났다.

"저…… 다름이 아니라…… 투서자를 찾은 것 같아요."

"뭐라고요? 누구예요?"

진성호가 소리를 질렀다.

"자세한 것은 만나서 얘기하고요."

"30분 후에 회사에서 만나요."

전화를 끊은 후 진성호는 '후' 하고 깊은 숨을 내쉬었다. 10년 묵은 체증이 내려앉는 기분이었다.

"빨리 회사로 가."

진성호는 기사에게 지시한 후 목을 젖히고 눈을 감았다. 아버지 진 회장이 뇌졸중으로 쓰러진 뒤부터 지금까지 자나 깨나 국세청에 회사의 비리를 투서한 자가 누구일까 하는 질문이 그의 뇌리 속에서 떠난 적이 없었다.

처음에는 퇴사하여 백인홍을 도와주고 있는 이현식을 의심했었다. 그러나 자신이 세운 작은 교회에서 목사로 있는 이현식의 뒷조사를 해왔으나 별다른 증거를 찾을 수 없었다.

그다음, 반년 전 자진 퇴사한 후 시골에서 농사를 짓고 있는 박인태 상무를 의심해보았으나 인간성이라든지 성구 형의 동서라는 친분 관계로 보아 도저히 그런 짓을 할 사람이 아니라는 결론을 내렸던 터였다.

황무석이 전화로 투서자의 이름을 밝히기를 꺼려하는 점으로 미루어보아 투서자가 이경찬이란 가명을 사용한 주변 인물일 가능성이 높다는 느낌이 들었다. 투서자가 누구인지는 모르나 황무석을 만나 알게 되면 그자가 누구든 간에 세상에서 가장 잔인한 고통을 맛보게 하리라고 진성호는 단단히 다짐했다. 투서의 이유가 무엇이었든 간에 그자가 아버지를 식물인간으로 만든 장본인이므로, 자신은 아버지의 아들로서 그자에게 복수를 하는 것을 당연한 의무로 받아들이고 있었다.

1년 3개월 전 아버지가 쓰러졌다는 소식을 시카고에서 듣고 급히 귀국해 식물인간이 되어버린 아버지를 봤을 때 맛본 고통과 분노가 순간 그의 가슴을 또다시 짓눌러왔다. 처음에 그의 분노는 세무사찰을 지시했을 권력자 주위 측근들을 향한 것이었다. 그때 그는 자신의 일생을 희생하더라도, 경우에 따라서 극형을 당하는 일이 있더라도, 그 누군가에게 잔인한 복수를 감행하리라 결심했었다.

그 후 백방으로 노력한 결과, 2년 가까운 기간 동안의 끊임없는 투서에 의해 국세청 당국이 부득이 세무 정밀 조사를 하게 되었다는 사실을 알아냈다. 그다음부터 그는 투서자를 찾는 일에 집요하게 매달려왔던 것이다. 드디어 그자를 알아내는 순간이 다가오고 있었다.

차가 회사 현관 앞에 도착하자마자 진성호는 차에서 내려 층계를 뛰어올라갔다. 막 문이 닫히는 엘리베이터를 소리쳐 다시 열리게 한 후 엘리베이터에 올랐다. 12층에서 복도를 뛰어가는 자신을 보고 놀라서 일어나는 비서를 지나쳐 황무석 이사실 문을 열었다.

"그래, 누굽니까?"

소파에 앉아 있는 황무석에게 다가가며 진성호가 다급하게 물었다.

"우선 앉으시지요."

진성호가 가슴을 헐떡이며 소파에 앉았다.

"백인홍 사장이에요."

순간 황무석이 뚜렷한 증거도 없이 또다시 백인홍을 들먹이는 것 같아 진성호는 짜증이 났다.

"확실한 증거가 있습니까?"

"제 기사가 백인홍 사장 기사와 잘 아는 사이인데, 백인홍 기사가 그런 대화 내용을 들었다고 합니다."

"그래요? 확실히 황 이사님 기사가 그런 얘기를 했어요?"

진성호가 반신반의하며 물었다.

"김 기사한테 직접 물어보세요. 김 기사가 거짓말을

할 이유가 없잖아요?"

진성호는 잠시 생각에 잠겼다. 황무석의 말대로 김 기사가 거짓말을 할 이유가 없음을 인정할 수밖에 없었다. 그는 소파에서 벌떡 일어났다.

"이 자식…… 백인홍 이 자식을 어떻게 결딴내지요?"

진성호가 분을 가라앉히지 못하고 식식댔다.

"다행히 일이 쉽게 풀릴 것 같아요. 백인홍이 1년여 전 술집에서 검찰청 수사관을 심하게 폭행한 사실을 알아냈는데, 조금 전 그 수사관을 만나봤어요."

"그래서요?"

진성호가 관심을 나타내며 소파에 다시 앉았다.

"박수근 수사관이라고…… 진 실장이 한번 만나보시지요. 백인홍 같은 자를 혼내주려면 경찰력으로만은 어려워요. 국세청도 같이 동원되어야 해요."

"당장 만나지요. 국세청도 동원해야지요."

진성호가 자리에서 일어났다.

"그러지 말고 박 수사관을 저녁시간에 단둘이 조용히 만나요. 수사비를 듬뿍 안겨주고 부탁하면 박 수사관이 국세청도 움직일 수 있을 거예요. 국세청이 말 듣는 데는 검찰밖에 없어요. 죄 있는 놈을 당장 집어넣을 수 있는 데는 검찰밖에 없으니까요."

"좋은 생각입니다. 오늘 저녁 박 수사관을 만날 수 있도록 조치해주십시오."

진성호는 검찰과 국세청을 동시에 움직이도록 하는 데 자신의 역량을 총동원하기로 결심했다.

8. 도피 : 진성구

- 투서자로 밝혀진 이성수의 비밀.
- 공산주의의 창시자인 카를 마르크스의 이론은 거의 다 틀린 것이었지만, 한 가지 이론만은 인류의 지식에 공헌했다. 그것은 그의 '유물사관'이다. 이 이론은 물질이 사고 위에 있다는 것이다. '광(창고)에서 인심난다'는 우리의 속담과 일맥상통한다.
- 북한의 주체철학은 별것이 아니다. 기독교의 삼위일체 이론을 정치화한 것일 뿐이다. 즉 성부·성자·성령을 김일성·김정일·주체사상으로 대체한 것이다.

진성구는 우크라이나 호텔의 8층 창가에 서서 모스크바 시내를 내려다보고 있었다. 아침나절의 모스크바는 세계 어느 도시와 마찬가지로 출근길을 서두르는 직장인들을 태운 자동차의 행렬로 들어차 있었다. 모스크바의 포근한 아침 햇살과 활기찬 도시의 정경이 그의 가슴을 부풀게 하는 어떤 기대감을 가져다주었고, 호기심으로 가득 채워질 하루의 시작을 알려주고 있었다.

막상 아침 햇살에 훤히 제 모습을 드러낸 모스크바를 대하니, 전날 밤 공항에서 시내로 들어오는 차 안에서 모스크바 야경을 보았을 때 느꼈던 음산함이 말끔히 씻기는 것 같았다. 모스크바가 어떤 고통스러운 역사를 견디어왔든, 아침 햇살에 드러난 모스크바 시는 다른 서구의 고도(古都)와 마찬가지로 강과 숲과 큰 도로와 고층건물이 어우러져 현재의 삶을 활기차게 열심히 살아나가는 사람들을 포용하고 있었다.

그는 욕실로 갔다. 온수를 틀었다. 누런 녹물이 나왔다. 그는 수도꼭지를 열어둔 채 욕실 내부를 둘러보았다. 내구 연한이 지나 허물어버리기로 결정된 뉴욕 시 재개발 지역 내의 최하류급 호텔 내부가 이 정도라는 생각이 들었다. 화장지로 비치된 듯한 누런 갱지와 욕실 내의 다른 비품에 시선이 갔다. 최소한 1세기 전에 생산된 비품을 비치해놓은 듯했다.

그는 욕실을 나와 전화기가 놓인 곳으로 가 수화기를 들었다. 한참 만에 혜정이 전화를 받았다.

"모스크바의 아침은 봤어?"

"보고 있어요."

"어때?"

"과거와 현재가 공존하고 있는 것 같아요. 고색창연한 건물과 현대식 건물이 잘 조화를 이루고 있네요."

"유럽 도시들하고 비슷하게?"

"그러나 다른 데가 있어요. 뭐랄까, 유럽 도시는 좀 화려하고 낭만적이잖아요?"

"모스크바는 그렇지 않아?"

"모스크바에는 애환이 깃들어 있는 것 같아요. 야릇한 친근감을 느끼게 해요."

"역사적으로 고통받은 모스크바 시민들이 생각나기 때문일지 모르지."

"그럴지도 모르지요. 모스크바를 보고 있으려니 이곳에 살았던 사람 하나가 떠올라요."

"누구?"

"톨스토이요. 1910년 어느 겨울날, 20여 년 연하의 악처에게 혹독한 말을 듣고 추운 거리로 나서는 80대 노인의 절망감을 저 자신도 순간적으로 느꼈어요."

"왜 그 부인은 톨스토이에게 혹독한 말을 퍼부었지?"

"자기 사후에 인세를 무료로 한다는 남편의 유서를 발견했대요."

"왜 그런 유서를 썼을까?"

"톨스토이도 다른 작가들과 마찬가지로 자신이 쓴 소설이 더 많은 사람들에게 읽혀야 한다고 믿었던 것 같아요."

"그날 톨스토이가 죽었나?"

"그날 기차를 타고 가다 어느 시골역에 내려 쓰러졌어요. 그리고 그곳 어느 여인숙에서 혼자 외롭게 위대한 인생을 끝마쳤고요."

"그랬군. ……그럼 우린 8시 반에 식당에서 만나지."

"성수 씨한테는 제가 전화할게요."

"그렇게 해."

잠시 후 진성구는 곧 추락할 것처럼 털털거리는 엘리베이터에서 내려 식당으로 가기 위해 로비를 가로질러갔다. 호텔 입구와 로비 사이에 설치된 나무 칸막이가 눈에 띄었다. 어제 저녁과 마찬가지로 초라한 양복에 공산당원임을 표시하는 붉은 완장을 두른 뚱뚱한 남자가 그곳에 버티고 서서 출입을 통제하고 있는 모습이 보였다. 진성구는 씁쓸한 미소를 지었다.

문득 어제 저녁 이곳에 들어올 때 입구 안쪽, 로비 칸막이 바깥쪽에서 진한 화장에 과다 노출된 옷을 걸치고 서성거리던 인터걸들의 모습이 떠올랐다. 자본주의의 쓰레기부터 먼저 받아들인, 타락할 대로 타락한 모스크바호텔의 정경이 공산주의를 신봉했던 세계의 지식인들을 잔인하게 비웃고 있는 듯했다.

진성구의 눈에 그런 전형적인 지식인의 모습이 들어왔다. 이성수가 호텔 바깥에서 로비로 막 들어서고 있었다.

"성수야, 어제 이곳에 들어올 때 로비에 서 있던 인터걸들 봤어?"

"……."

이성수는 못 들은 체하며 대꾸할 의향을 보이지 않았다.

"성수야, 저기 공산당 완장을 한 친구 좀 봐."

진성구가 칸막이 옆에서 출입을 통제하는 공산당원을 손으로 가리켰다.

"저 친구한테 돈을 쥐어줘야 인터걸들이 호텔에 들어올 수 있대. 모든 게 서울에서 들은 그대로야."

진성구가 다시 말했다. 살짝 일그러지는 이성수의 표정을 보자 진성구는 갑자기 몹시 후회하는 마음이 되었다. 공연히 이성수를 빈정거리고 싶은 마음이 어떻게 튀어나왔는지 이해가 되지 않았다. 그것이 한 여자 때문이라는 것을 그는 곧 깨달았고, 그것을 깨달은 순간 그는 한 여자의 영역에서 벗어나지 못하는 자신이 한심하게 여겨졌다.

"잠자리가 많이 불편했지?"

같이 걸어가면서 이성수가 물었다.

"별로. 성수 너는?"

"방이 널찍해서 나는 아주 편했어."

식당에 들어가자 뷔페식으로 차린 대륙식 아침식사가 준비되어 있었다. 꽤 길게 늘어선 줄 앞쪽에 이혜정의 모습이 보였다.

"천장이 굉장히 높지? 특이한 건축기법이야. 묵직한 맛도 있고……."

앞에 서 있는 이성수가 천장을 올려다보며 말했다.

"천장이 높으니까 답답한 기분은 들지 않기는 하는데……."

그렇게 말하면서 진성구는 이성수의 견해가 어이없다고 생각했다.

식당 벽 중앙에 높이 걸려 있는 둥근 모양의 붉은색 바탕에 낫과 망치가 새겨진 소련의 상징으로 진성구의 눈길이 향했다. 그는 속으로 웃었다. 망치를 사용하지 않아 다 허물어지고 있는 모스크바의 건물과, 낫 사용하기를 꺼려 식량 부족으로 고통받는 소련 국민들이 떠올랐다.

세 사람은 테이블에 둘러앉았다.

"성수야, 그런데 이렇게 일찍 어디 갔다 오는 거냐?"

방금 전 성수가 호텔 밖에서 로비로 들어왔던 사실이 기억나 진성구가 지나가는 말처럼 물었다.

"붉은 광장에 갔다 왔어."

"이른 시간에도 들어갈 수 있나?"

"아니, 입구에 바리케이드가 쳐 있어 들어가지는 못하

고 바실리 성당 옆에서 붉은 광장을 바라보기만 했어."

"뭘 보았는데?"

진성구가 다시 물었다.

"크렘린 궁 중앙에 있는 레닌의 묘와 그 위에 있는 사열대."

"공산주의 지도자들이 메이데이에 장엄한 군사행렬을 사열하는 곳인가?"

"맞아, 바로 그곳이야."

"성수 씬 붉은 광장을 보면서 무슨 생각을 했어요?"

가만히 듣고만 있던 이혜정이 미소 속에 물었다. 잠깐 생각을 정리하는 듯 사이를 두었다가 이성수가 입을 열었다.

"'붉은'이라는 형용사와 '광장'이라는 명사가 합쳐져 젊은 사람들을 흥분시키는 것 같았어. 그리고 '붉은 광장'은 '레닌'이 혁명에 성공한 후 70년이 넘도록 세계 도처의 수많은 지식인과 젊은이들이 추구해온 이상의 주춧돌이었다는 생각을 했어."

진성구가 들고 있던 포크를 테이블 위에 내려놓으며 논쟁을 시작하려는 듯 자세를 고쳐 앉았다.

"'붉은 광장'은 이상의 주춧돌이 아니었어. 희생의 제단이었을 뿐이야. 얼마나 많은 지식인들과 멋모르는 젊은이들이 '붉은 광장'이 대변하는 허황한 이상의 실현을 위해 가족을 버리고, 젊음을 버리고, 목숨을 버렸는지 알아?"

"누가 뭐라 해도 '붉은 광장'은 희망의 상징이었어."

이성수도 지지 않고 한마디 내뱉곤 다시 말을 이어갔다.

"지식인들에게는 유토피아, 노동자·농민들에게는 희망찬 미래, 그리고 젊은이들에게는 이상의 메카야. 그리고……."

"어느 프랑스 작가가 이런 말을 했어."

진성구가 이성수의 말을 낚아채 자기 말을 이어갔다.

"젊어서는 공산주의 운동말고 할 일이 무엇이 있겠는가? 하지만 중년에 들어서는 공산주의 운동을 할 만큼 그렇게 할 일이 없지 않다."

진성구의 말을 받아 이혜정이 입을 열었다.

"영·미의 많은 지식인과 예술인이 한때 공산주의 사상에 심취해 있었던 건 사실이에요. 아서 밀러는 자본주의의 비인간화를 통렬히 비판한 「어느 세일즈맨의 죽음」을 썼고요…… 사르트르마저도 젊어서 한때 인류의 희망을 공산주의 이념에서 찾았지요."

"그들이 자신들의 글쓰기 직업이 필연적으로 만들어낸

이상주의자들이기 때문인가?"

진성구가 물었다.

"그럴지 모르지요. 창작의 고통 속에서 세상에 널려 있는 인간의 고뇌와 마주치면서 자본주의가 모든 악의 원흉이라는 결론에 도달했을지도 모르지요."

이혜정이 말했다.

"그런 지식인들이 레닌주의가 이런 결과를 가지고 온 것을 알게 된다면 얼마나 허무해할까? 성수야, 니 생각은 어때?"

진성구가 이성수를 보며 말했다.

"그게 아니야. 레닌주의는 이 지구상에서 전쟁을 없앨 수 있는 유일한 방법이었어. 전 세계 노동자·농민들이 권력을 잡아 제국주의 사고와 민족주의 사상을 배제함으로써만이 지구상에서 전쟁을 몰아내고 세계의 평화를 이룩할 수 있다고 레닌은 주장했고, 그런 레닌의 주장은 아직도 유효한 진실이야. 비록 잠시 동안의 시행착오를 거쳐야 하긴 하지만……."

이성수가 말했다.

"잠시 동안의 시행착오라고…… 70년이 잠시 동안이야? 공산주의의 말로는 이미 결판이 났어."

진성구가 말했다. 이성수가 슬그머니 자리에서 일어나

아무 말도 하지 않고 식당 문 쪽으로 걸어갔다. 남은 두 사람은 침묵 속에서 식사를 계속했다.

긴 침묵 속에서 식사를 끝낸 진성구와 이혜정 두 사람은 식당을 나왔다. 로비를 지나 엘리베이터를 타고 8층에서 내렸다. 그들은 복도 한쪽 귀퉁이에 있는 1개 층을 관리하는 관리자의 사무실로 갔다.

사무실 문을 노크했다. 무슨 말인지 알아들을 수는 없지만 소련말로 답변이 들려왔다. 들어오라는 소리로 알아듣고 문을 열고 들어섰다. 진성구는 뚱뚱한 할머니에게 영어로 자신들의 방 번호를 한 자리 숫자씩 또박또박 말해주었다.

할머니가 미소 지으며 쇠뭉치가 달린 방 열쇠를 주자 진성구는 5달러짜리 한 장을 할머니에게 전해주었다. 할머니가 놀라움과 반가움이 반반 섞인 표정을 지으며, 놀랍게도 '고마워요. 당신은 매우 관대하시군요'라고 알아들을 만한 영어로 말했다.

이혜정의 방 앞에서 30분 후에 로비에서 만나기로 약

속하고 그녀와 헤어졌다.

다시 복도를 걸어가던 진성구는 이성수가 투숙한 방을 지나치면서 아무래도 자신이 식사 도중 이성수의 기분을 상하게 한 것 같아 마음이 찜찜했다. 그는 되돌아서 이성수의 방문을 노크했다. 아무런 응답이 없었다.

진성구는 이성수가 이 시간에 또 어디를 갔을까 궁금하여 다시 관리사무실로 갔다.

"802호실 손님 어디로 간다고 혹시 말했어요?"

할머니에게 영어로 또박또박 물었다.

"글쎄요…… 아침 일찍 나한테 길을 물어봐서 알려주었는데 거기 갔는지…….."

할머니가 서툰 영어로 힘들게 말했다.

"어디를 알려달라고 했는데요?"

진성구가 물었다.

"북한 대사관으로 가는 길을 묻더군요."

진성구는 순간 어리둥절해하다가 갑자기 불안해졌다. 혹시나……? 혹시 성수가 그런 무모한 짓을?

"미안하지만 802호실 문 좀 열어줄 수 있어요?"

할머니가 고개를 갸우뚱했다.

"급히 필요한 것이 있어요. 우리가 같은 일행인지 아시잖아요?"

할머니가 미소 지으며 802호실 열쇠를 진성구에게 건네주었다.

그는 복도를 뛰어가 802호실 문을 열었다. 그리고 방 안에 들어서자마자 옷장 문을 열었다. 여행가방과 옷이 그대로 걸려 있어 그는 후 하고 안도의 숨을 내쉬었다. 그러나 그것도 잠시뿐, 그는 다시 불안에 휩싸였다. 이성수가 맨몸으로 망명하지 않으리라고 단정할 수도 없는 일이었다. 무조건 빨리 북한 대사관으로 가봐야 할 것 같았다. 진성구는 방을 나서려다가 방 안을 힐끗 둘러보았다. 책상 위에 쓰다 만 편지 같은 것이 눈에 띄었다. 그는 얼른 책상으로 갔다. 놀랍게도 그 편지는 진성구 자신한테 쓴 것이었다. 그는 편지를 읽기 시작했다.

성구에게
아버지를 희생시킨 장본인인 투서자를 찾는 너의 열정은 충분히 이해하고도 남음이 있다. 왜냐하면 나 자신 오랫동안, 너무나 오랫동안 똑같은 고통에 시달려왔기 때문이다.
그러나 투서자를 더이상 찾지 않기를 바란다. 그자는 성구 네가 사는 곳과는 가장 먼 곳에 있을지도 모른다. 현재로선 네가 결코 갈 수 없는, 세계에서

하나밖에 없는 유일한 곳으로 갔다. 그곳에서 그자
는 지구상 어디에서도 찾을 수 없는 안식처를 찾기
를 원하고 있다. 그곳이 그자가 조국이라 부르기로
오래전에 결정했던 곳이다.

　진성구는 얼떨떨했다. 이성수가 투서자를 아는 사람처
럼 이야기하는 것이 얼른 이해가 되지 않았다. 진성구는
숨을 죽이고 이성수의 편지를 계속 읽어내려갔다.

　그자는 자살을 기도해보기도 했고, 창작의 세계에
몰두해보기도 했고, 미쳐보기도 했다. 그러나 그자
는 그 어느 것에도 성공하지 못했다. 이제 그자는
자신에게 남은 유일한 탈출구를 찾아나섰다.
　그자가 바로 나다. 나는 아버지의 복수를 위해 투서
를 했고, 그런 나의 행동이 진 회장을 고혈압으로
쓰러지게 하는 결과를 가져왔다.
　너에게 마지막으로 염치없는 부탁을 해야겠다. 내
가족에게 미안하다는 말을 전해다오. 못난 사내와
못난 애비를 만나…….

진성구는 1층 로비를 가로질러 호텔 밖으로 뛰어나갔다. 거기에 주차한 택시에 올라 기사에게 50달러짜리 지폐를 건네주며 '북한 대사관으로!'라고 소리질렀다.

모스크바 시의 중심부에 있는 크렘린 궁을 지나 20분쯤 후에 높다란 담이 쳐 있는 고급 주택가로 보이는 동네로 들어서면서 주위 건물에 게양되어 있는 불가리아·헝가리·스웨덴 등 여러 나라의 국기가 보이기 시작했다. 진성구는 그곳이 대사관이 모여 있는 곳으로 판단되어 바짝 긴장했다. 얼마 가지 않아 누런색 담장을 지나면서 담장 너머로 북한 기의 모습이 보였다. 곧 담장이 끝나면서 아스팔트로 포장된 공간이 나타났고, 그 뒤로 북한 대사관의 입구가 보였다. 택시가 서자마자 진성구는 얼른 내려 입구 쪽으로 뛰어갔다.

그러나 막상 입구 앞에 와서는 무엇을 어떻게 해야 할지 결정을 내릴 수가 없었다. 뒤쪽에서 한국말 소리가 들려 얼른 뒤를 돌아다보았다. 러시아식 모피 방한모를 깊숙이 눌러쓰고 두꺼운 검은색 코트를 입은 남자 서너 명이 차에서 내려 입구 쪽으로 오고 있었다. 진성구는 반가움에 그들에게 다가가려고 몇 발자국 옮기다가 그

자리에 멈춰섰다. 그들의 굳은 표정과 외투 깃에 달린 김일성 배지가 눈에 비쳤기 때문이었다.

그제서야 진성구는 자신의 무력함을 깨달았다. 그는 입구 한쪽에 서서 북한 대사관 건물을 망연히 보고만 있었다. 이성수가 이미 북한 대사관 안으로 들어갔다면 진성구 자신이 할 수 있는 일은 이제 아무것도 없었다. 아직 한·소 간 외교관계가 성립이 안 된 상태에서 협조를 부탁할 한국인 외교관도 없었고, 설사 있다 하더라도 어떤 도움을 받을 수 있을지 확신이 서지 않았다.

그는 무엇보다 서울에 있는 미숙에게 이성수의 망명을 어떻게 설명해야 할지 아득한 심정이었다. 더군다나 이성수가 투서자라는 사실을 미숙이 알게 되면 그 가슴은 갈가리 찢어질 것만 같았다. 안 되지, 그건 안 되지, 미숙이는 절대로 알지 못하게 해야지. 진성구는 무슨 일이 있어도 성수가 투서자였다는 사실을 가족은 말할 것도 없고 이 세상 그 누구도 모르는 혼자만이 간직할 비밀로 남기기로 단단히 마음먹었다.

순간 저만치 앞에 한가하게 서서 담벼락에 붙은 게시판을 열심히 보고 있는 한 남자의 모습이 진성구의 시야에 들어왔다. 그는 자신의 눈을 믿을 수가 없었다. 그는 분명히 이성수였다. 진성구는 그 자리에 멈춰섰다가 길을 건너 이성수가 서 있는 반대편 길로 걸어갔다. 그리고 잠시 후 길을 건너 슬그머니 이성수 옆에 섰다. 그도 이성수처럼 한가하게 게시판을 보는 척했다.

평양에서 치러진 국제청년대회의 보도 사진들이 그의 눈에 비쳤다. 외국인에게 꽃다발을 전하는 어린 소녀들의 사진에 그의 시선이 갔다.

"여러 나라에서 사람들이 많이 모이긴 모인 모양이지?"

진성구가 국제청년대회 사진에 시선을 둔 채 혼잣말처럼 천천히 중얼거렸다. 그는 옆에 있는 이성수가 자신을 힐끗 돌아보는 시선을 느꼈다. 이성수의 놀란 표정이 상상이 되고도 남았다.

남쪽에서 그 대회에 참가하려고 북한에 간 중년의 남자와 나이 어린 여대생이 단상에서 열변을 토하는 사진에 그의 시선이 갔다.

"너도 영웅이 되고 싶지? 그 누구도 영웅이 되고 싶어하는 심정을 나무랄 수는 없어. 저 여대생처럼 말이야."

진성구가 단상에서 열변을 토하고 있는 여대생을 눈짓으로 가리키며 나직이 말했다. 그런 다음 자신도 모르게 조금 높아진 억양으로 덧붙였다.

"너도 이제 '민족의 아들'이 될지도 몰라."

이성수가 고개를 떨구는 모습이 곁눈질로 보였다. 진성구는 자신의 시선을 게시판에 묶어둔 채 갑자기 옆에 있는 이성수의 허리를 힘껏 껴안았다.

"넌 사람 새끼가 아니야."

진성구가 다시 억양을 낮추어 천천히 말했다. 잠시 침묵이 흘렀다. 진성구는 허리에 감았던 손을 풀며 이성수를 돌려세워 자신을 마주 보게 했다. 그러고는 두 손으로 이성수의 얼굴을 쳐들었다.

"네가 무슨 권리로 미숙이에게 감당할 수 없는 상처를 주려는 거냐? 미숙이가 뭘 잘못했다고 네가 이렇게 잔인할 수 있어?"

진성구가 이성수의 얼굴에다 대고 악을 쓰듯 소리를 질렀다.

잠시 멍하니 서 있던 이성수의 두 눈이 충혈되더니 미간에 깊은 주름이 잡혔다. 다음 순간 두 줄기 눈물이 그의 뺨을 타고 흘러내렸다. 진성구는 이성수를 와락 껴안았다. 진성구의 품속에서 잠잠하던 이성수의 어깨가 가늘게 흔들리기 시작했다. 이성수는 흐느끼기 시작했다. 진성구는 그를 품속에 힘주어 꼭 껴안았다. 이성수의 두 팔이 진성구의 몸에 감기면서 그의 흐느낌이 차츰 잦아들었다. 이성수의 흐느낌이 뚝 끊어졌다.

"나를 용서해줄 수 있겠어?"

이성수가 진성구의 품속에 여전히 얼굴을 파묻고 말했다.

"뭐를?"

침묵이 흘렀다. 진성구가 이성수의 등을 다독거리며 다시 입을 열었다.

"진호 엄마를 버렸다는 것을? ……투서를 했다는 것을?"

이성수가 몸을 빼내려고 했으나 진성구는 다시 꼭 껴안았다.

"네가 쓰다 만 편지를 읽었어……. 모든 게 흘러가버린 과거야. 용서하고 안 하고가 어딨어. 너나 나나 과거에 얽매여 살 만큼 한가한 미래를 가지고 있지 않아."

잠시 사이를 두었다가 진성구가 다시 말문을 열었다.

"네가 어떤 일을 했든 상관하지 않아. 한 가지만 약속을 해준다면 말이야. 딱 한 가지……."

이성수가 고개를 들었다.

"과거를 잊어버리고 현실을 받아들이며 살겠다는 약속…… 성수야, 나한테 그 약속만큼은 해줘야겠어."

이성수가 어린아이처럼 고개를 끄덕였다.

"진호 엄마가 나를 용서할까?"

"여자는 용서하기를 좋아해. 특히 미숙이 같은 여자는……."

다시 침묵이 찾아왔다.

"성수야, 호텔로 빨리 가자. 혜정이가 우리를 몹시 기다리고 있을 거야."

진성구가 말했다. 두 사람은 대로를 향해 걸어갔다.

그들은 대로에 나와 택시를 잡았다. 택시 안에서 진성구는 불안해졌다. 오늘은 다행히 아무 일도 없이 넘어갔지만, 호텔방에 남겨놓은 쓰다 만 편지로 보아 앞으로 성수의 마음이 어떻게 변할지 몰라 안심이 되지 않았다. 진성구는 급한 일만 빨리 마무리 짓고 혜정과 같이 성수를 서울로 먼저 보내기로 작정했다.

저 멀리 우크라이나 호텔의 웅장한 모습이 차창 밖으로 보였다.

"성수야, 한 가지 물어볼 테니까 마음 내키지 않으면 대답 안 해도 좋아. 그냥 호기심 때문에 물어보는 거야."

진성구가 말했다. 이성수가 그에게 시선을 주었다.

"왜 북한 대사관에 들어가지 않았어?"

이성수는 잠시 생각에 잠긴 듯했다.

"나도 잘 모르겠어……."

"미숙이 때문이었냐?"

이성수는 고개를 저었다.

"진호 생각을 했었냐?"

이성수는 다시 고개를 저었다.

"그럼 뭣 때문이었어?"

"겁이 났어……."

"무슨 얘기야?"

"게시판에 붙은 사진들을 보는데, 그중에 꽃다발을 전하는 어린 소녀들의 모습이 있었어……."

"소녀들이 어땠는데?"

"어린 소녀들의 미소에…… 미소에 소름이 끼쳤어."

"미소가 어땠는데?"

"너무 차갑고, 너무 조작되어 있고, 너무 어른스러웠어."

"소녀의 그런 미소에 겁이 난 거야?"

"아니, 어린 소녀에게 그런 미소를 짓게 하는 사람들에게서 겁이 났어."

그들은 똑같이 창밖으로 시선을 보냈다. 택시가 호텔에 도착할 때까지 그들은 아무 말도 하지 않았다.

9. 열심히 사는 사람들 : 이진범

- 이진범이 운영하는 모텔에 닥친 위기.
- 가장 바람직한 해외여행은 자기 나라보다 못사는 나라에 가는 것이다. 달콤한 우월감을 느낄 수 있기 때문이다. 따라서 최고 선진국으로 이민을 가 거기에서 모든 것을 감수하고 살아간다는 것은 대단한 용기를 필요로 하는 일이다. 끊임없는 열등감과 싸워야 하기 때문이다.
- 미국의 총기사고는 충격적이다. 2016년 한 해 동안 인구 3백만 이하인 시카고 시에서는 4천 명 이상이 총기사고로 희생되었고, 그중 7백 명 이상이 총격으로 사망했다. 이 점으로 판단한다면 미국은 실패한 국가다(우리나라를 '헬조선'이라고 부르는 이들에게 꼭 전하고 싶은 말이다).

요란한 비행기 엔진 소리에 이진범은 차창을 통해 밤하늘을 올려다보았다. 덜레스 공항에 착륙 준비를 하는 육중한 기체에서 나는 엔진 소리가 밤의 고요함을 뒤흔들어놓고 있었다. 그는 무의식적으로 시계를 보았다. 새벽 4시 35분.

이진범은 자신이 경영하는 모텔이 위치한 공항 근처에 갈 때마다 착륙하는 비행기 소리를 들으면서 한국에 있는 가족을 생각하는 것이 습관이 되었다. 그는 또한 예외 없이 시계를 보았다. 그리고 서울 시간으로 바꿔놓고 그 시간에 가족은 무엇을 하고 있을까? 상상하는 버릇이 생겼다. 때때로 그는 지금 착륙하는 비행기에 가족이 타고 있을지도 모른다는 엉뚱한 상상을 해보기도 했다.

가족을 옆에 두고 자신의 힘으로 부양할 수만 있다면 달리 더이상 부러울 게 없을 것 같았다. 진희·진미가 짝을 찾아 부모의 곁을 떠날 때까지 네 식구가 오순도순 살다가 곱게 늙은 아내와 단둘이 여생을 조용히 보내는 모습을 상상해보았다.

누군가 그런 그의 꿈이 평범하다고 한다면…… 그렇다. 그것은 분명히 평범한 꿈이다. 그러나 행복이란 평범함 속에 숨겨져 있는 것이 아닐까? 평범을 벗어나 다른 특별한 것에서 행복을 찾으려 든다면 행복은 잡힐 듯 잡힐 듯 잡히지 않는 무지개와 같은 것이 아닐까? 이진범은 차의 속도를 줄이면서 길가에 세워진 입간판 네온사인에 눈길을 주었다.

그는 브레이크를 밟으며 서서히 차의 속도를 줄여 나갔다. 'Airport Motel'이라는 붉은색 네온사인 아래 'vacancy'라는 네온사인이 명멸하고 있었다. vacancy, 즉 빈방이 있음을 알려주는 네온사인은 그를 현실로 돌아오게 하는 힘을 발휘했다. 오늘은 방이 몇 퍼센트나 찼을까? 하는 질문이 머릿속에 자리 잡자 그는 피식 웃었다. 방 스무 개의 50퍼센트면 열 개, 80퍼센트면 열여섯 개…… 너무나 뻔한 수치인데, 굳이 퍼센트라는 개념을 사용하는 버릇이 자신도 모르게 생긴 것이다.

최소한 60퍼센트는 손님이 들어야 이자와 운영비를 충당할 수 있으므로 그렇게 할 자신이 없으면 손을 대지 말라던 은행원 친구의 말 때문만은 아니었다. 그에게, 아니 그가 부양해야 할 가족에게 그 모텔은(비록 미국 돈으로 20만 달러, 한국 돈으로 1억 6천만 원밖에 투자하지 않은, 서울 기준으로 따진다면 구멍가게에 불과하지만) 어느 재벌의 대기업군보다 중요한 것이기 때문이었다.

이진범은 대로를 빠져나와 샛길로 들어섰다. 모텔 사무실에 들어서면 첫 번째로 눈길이 머무는, 스무 개의 방 열쇠가 다섯 줄로 걸려 있는 열쇠꽂이판이 그의 머릿속에 그려졌다. 몇 개가 걸려 있을까 궁금해졌다. 열 개가 걸려 있으면 방이 50퍼센트 차 있는 것이고, 여섯 개면 70퍼센트…… 1인 1실에 40달러이니 돈으로 환산하면 400달러와 560달러. 비록 160달러, 즉 한국 돈으로 따져 12만 8천 원밖에 차이가 안 나지만 그에게는 생사가 걸린 문제였다. 이자를 갚고 모텔 소유자로 계속 남을 수 있느냐, 아니면 이자와 원금 상환이 연체돼 은행에 차압당해 또다시 빈털터리 신세가 되느냐 하는 중차대한 문제였다. 그는 열쇠가 일곱 개 정도만 꽂혀 있기

230

를 간절히 바라는 마음이었다.

'Airport Motel' 붉은색 네온사인이 밝혀진 곳에서 우회전을 하여 공터를 지나 조금 들어가다 'ㄱ' 자형 1층 건물인 모텔의 주차장에 들어섰다. 누구의 눈에도 90만 달러짜리 모텔로는 보이지 않았다. 70만 달러는 매달 원리금을 갚는 조건으로 융자를 받아 실제로 들어간 돈은 20만 달러에 지나지 않는다고는 믿기지 않을 정도로 모텔은 외견상 버젓했다. 중앙에 있는 'office'라는 붉은색 네온사인이 걸린 문 앞에 차를 세웠다. 그곳 모텔 사무실에서 지난 6개월 동안 밤에는 주로 자신이, 낮에는 김영수가 모텔 관리를 해왔다. 그런데 오늘은 이진범이 백인홍을 만나러 뉴욕으로 가는 날이라 김영수가 대신 일하고 있었다. 그는 차에서 내려 사무실 문을 열고 들어갔다.

"영수야, 별일 없었어?"

이진범이 사무실에 들어서면서 물었다.

"응. 낮거리 팀이 다섯 있었고, 밤 투숙객이 네 팀 들어왔어."

중앙 칸막이 너머 의자에 비스듬히 앉은 채 소형 텔레비전 화면에서 시선을 떼며 김영수가 말했다.

"그년이 또 어떤 젊은 양놈을 데려왔길래 쫓아보냈어."

김영수가 말했다.

"누구 말이야?"

"아, 그년 있잖아. 방직공장 다니는 미친년 말이야."

"너무 그러지 마. 그래도 외국에 와서 같이 고생하는 동포인데……."

이진범이 말했다.

"그년이 지랄지랄하더군. 앞으로 한 번 더 그짓 하면 내가 남편한테 알리겠다고 했어."

이진범이 중앙 칸막이 문을 열고 안으로 들어섰다.

"뉴욕으로 빨리 떠나지그래. 뉴욕에서 아침 러시아워에 걸리면 시간이 많이 걸릴 거야."

김영수가 다시 텔레비전 화면을 보며 말했다. 그때 문이 열리며 우람한 체격의 흑인 청년이 들어섰다.

"뭘 원해?"

김영수가 자리에 앉은 채 퉁명스럽게 물었다.

"룸, 맨(man)……."

"돈 있어?"

"나중에 지불하면 될 거 아냐?"

"그럼 돈이라도 보여줘."

김영수가 손바닥을 내보이며 말했다.

"지저스(Jesus)! 지불하면 되잖아. 애인이 밖에서 기다

린단 말이야. 빨리 열쇠 줘.”

“돈 보여주면 열쇠 줄게.”

김영수가 시큰둥하게 말하자 흑인 청년이 주머니에서 수표를 꺼내 보였다.

“개인 수표는 소용없어. 현금을 보여달란 말이야.”

“입 닥치고 열쇠나 줘.”

흑인 청년이 김영수에게 대들듯이 말했다.

“당장 여기서 꺼지지 않으면 경찰을 부를 거야. 알아서 해.”

김영수가 오른손으로 서랍을 열고 소형 권총을 꺼내며 왼손으로 수화기를 들었다.

“오케이, 오케이, 유 배스터드(You bastard)…….”

흑인 청년이 손을 내저으며 뒷걸음쳐 밖으로 나갔다.

“저 친구한테 너무 심하게 하는 거 아니야?”

이진범이 다소 겁에 질려 있다가 말했다.

“저런 새끼한테는 그런 식으로 해야 돼. 원래 흑인이란 겁이 많은 놈들이야. 저 새끼 며칠 전에도 계집을 데리고 와서 자고 40달러 달랬더니 10달러만 주고 돈이 없다며 씩 웃는 거야. 저따위 새끼가 동양인 깔보는 건 어디서 배웠는지…….”

“저 친구 나중에 해코지하려 들지 않을까?”

이진범이 근심 어린 표정을 지었다.

"그런 걱정 하면서 이곳에서 어떻게 영업을 해? 이것만 있으면 걱정 없어."

김영수가 손에 든 소형 권총으로 문 옆 천장 모서리를 겨누며 말했다. 이진범이 총구의 방향에 시선을 주었다. 그곳에는 총탄에 뚫린 구멍이 세 개나 있었다.

"저런 친구가 곤조 부리면 말이야, 한 방 정도 저기에다 대고 쏴버리는 거야."

김영수가 총 쏘는 시늉을 하며 말을 다시 이었다.

"너 오늘도 사격장에 안 갔지? 내가 시키는 대로 사격장에 가서 한번쯤 연습하란 말이야. 30달러만 주면 돼."

이진범이 김영수에게 권총을 받아 쥐었다.

"총알 들었어?"

"그럼 안전장치 해놓았으니까 걱정 마."

이진범은 김영수가 권총을 소지하고 있는 것이 왠지 몹시 불안했다. 이진범은 김영수 몰래 탄창을 총신에서 꺼내 주머니에 넣었다. 그리고 탄창이 빠진 빈 권총을 김영수에게 다시 건네주었다. 뉴욕에 다녀온 후 시간을 내어 권총을 소지하지 않기로 김영수를 설득할 작정이었다.

"그럼 나는 뉴욕으로 가볼게. 늦어도 내일 오후에는

올 수 있을 거야. 백인홍 사장이 꼭 만나자고 하니 거절
할 수도 없고……."

이진범이 미안한 듯 말끝을 맺지 못하고 어물어물했다.

"내 걱정 말고 잘 갔다 와."

"그럼 내일 봐."

이진범은 모텔 사무실을 나와 차에 올랐다.

뉴욕 시 중심부의 복잡한 네거리 신호등을 마주 보고
정차한 차 안에서 이진범은 손목시계를 보았다. 9시 15
분 전. 워싱턴에서 새벽 5시에 출발해 8시가 조금 넘으
면 아스토리아 호텔이 위치한 뉴욕 중심부에 도착하리라
생각했는데 뉴욕 중심부의 교통체증으로 시간이 걸려 예
상보다 좀 늦은 셈이긴 하지만 백인홍과 만나기로 한 9
시 약속시간은 지킬 수 있을 것 같았다. 백인홍이 자신
을 뉴욕으로 부른 이유는 말하지 않았으나 백인홍 부탁
이라면 어떤 것이라도 들어줄 각오가 되어 있는 터였다.

그는 차창을 통해 저 멀리 웅장한 모습을 드러내고 있
는 워도프 아스토리아 호텔 건물을 올려다보았다. 뉴욕

번화가 중심부에 들어서면 항상 느끼는 어떤 위압감이 그를 압도해왔다. 이진범은 대로를 건너가는 사람들의 모습에 시선을 주었다.

멋진 인생을 사는 사람들, 자신의 인생을 마음대로 요리하는 사람들, 자신감에 차 있는 사람들, 능력 있는 사람들…… 그들을 위해 마천루는 만들어졌고, 그들을 위해 세상에는 할 일이 기다리고 있다는 느낌이 들었다.

두툼하고 고급스러운 외투를 입고 서류가방을 든 한 무리의 샐러리맨이 차 앞으로 지나가고 나자 간편한 백을 어깨에 걸친 늘씬한 미녀들이 긴 머리를 찰랑거리며 활기차게 걸어갔다. 그들 모두와 자신 사이에 너무나 큰 격차가 있는 것 같았다. 능력이나 외모, 그리고 아마도 지적인 면에서까지……. 그는 자신을 그들과 차단시켜주는 자동차의 좁은 공간에 고마움을 느꼈다. 그들과 한 패거리가 되어 길거리를 활보한다면 비참한 열등감만 느끼게 될지도 몰랐다.

그가 워싱턴 근교에서 방이 스무 개밖에 안 되는 허름한 모텔을 운영하고 있기 때문에 느끼는 열등감이 아니었다. 그것도 그로서는 감지덕지할 일이었고, 백인홍의 적극적인 도움이 없었다면 자신의 능력으로는 전혀 불가능한 일이었다. 그렇다고 자신의 주된 업무가 돈을 받고 방 열쇠를 내주고, 방으로 안내하고, 부르면 쫓아가 요구를 들어주는 등의 일이며, 또한 이른바 모텔의 주된 고객이 무식한 흑인, 남미 출신 공장 여공, 발정난 이혼 녀, 주책없이 바람난 여편네, 무분별한 10대 소년·소녀 들이기 때문도 아니었다.

어쩌면 그런 느낌은 열등감이라기보다 올바른 자의식 이라고 봐야 할지도 모를 일이었다. 뉴욕의 아침 거리를 활달히 걸어가는 저들은 분명 타고날 때부터 자신과는 다른 종류의 사람들이었다. 자신이 그들과 한세상에, 그 러나 서로가 차단된 다른 세상에 살고 있다는 것 자체가 행운으로 느껴졌다.

"백인홍 씨의 방 번호를 알려주십시오."

이진범이 프런트 데스크 직원에게 말했다. 직원이 성 가시다는 표정을 지으며 이진범을 아래위로 훑어보았다. 숙박객 명단을 들여다보던 무뚝뚝한 백인 직원이 고개를 들더니 갑자기 친절한 미소를 지어 보였다.

"이진범 씨지요? 조금 전 백인홍 씨께서 방에서 기다 리고 계시다고 메모를 남겼습니다."

갑자기 친절해진 직원이 부탁도 하지 않았는데 다른 직원을 시켜 모시고 올라가라고 했다.

이진범은 프런트 직원의 갑작스런 태도 변화를 이해할
수 없었고, 그 불필요한 친절이 부담스럽기만 했다. 웅
장한 로비 천장의 샹들리에 밑을 지나며 이진범은 그를
안내하는 호텔 직원에게 도대체 얼마를 팁으로 주어야
할지 몹시 고민스러웠다.

　승객으로 들어찬 엘리베이터가 움직이자 이진범은 눈
을 둘 곳이 마땅치 않아 두리번거리다 엘리베이터 옆 벽
에 붙은 거울에 시선을 주었다. 그는 거울에 비친, 정장
차림이긴 하나 왠지 몹시 초라해 보이는 자신의 모습이
싫어서 얼른 시선을 거두어 앞에 서 있는 금발머리 남녀
의 뒤통수를 잠깐 올려다보다 다시 고개를 숙였다. 그는
입을 꼭 다문 채 될 수 있는 대로 숨을 죽였다. 그 순간
그는 어제 저녁 김영수 가족과 소금구이에 곁들여 된장
에 찍어 먹은 생마늘을 생각하고 있었고, 마늘을 먹으면
몸에서 오랫동안 마늘 냄새가 난다는 누군가의 말이 사
실일지도 모른다는 불안에 휩싸였다.

　21층에서 엘리베이터를 내려 안내하는 호텔 직원을
따라 복도를 걸어나갔다. 2111호실 앞에 도착했다.

　"이곳이 백인홍 씨가 머무는 곳입니다. 좋은 하루가
되시기를 바랍니다."

　호텔 직원이 정중하게 말했다. 그리고 자리를 뜨지 않

고 머뭇거렸다. 그가 팁을 바라고 있다는 것을 이진범은 눈치챘으나 얼마나 주어야 할지 얼른 판단이 서지 않았다. 바지주머니에서 현금을 꺼내들었다. 1달러짜리 세 장과 10달러짜리 한 장, 20달러짜리 두 장이 눈에 들어왔다. 1달러짜리를 세다가 아무래도 작을 것 같아 머뭇거리다 자신도 모르게 10달러짜리를 그의 앞에 내밀었다.

"쌩큐, 써, 쌩큐 베리 머치, 써."

호텔 직원이 동양식으로 허리를 굽실거렸다. 직원이 자리를 뜨자 이진범은 얼떨떨했다. 그의 모텔에서 갖은 모욕을 다 받으며 낮거리 손님을 한 번 받아야 겨우 올리는 수입이 20달러인데, 그 수입의 반을 21층까지 따라 올라왔다고 성큼 내어준 자신이 몹시 바보스럽게 느껴졌다. 그는 속으로 이런 호텔에서 약속을 정한 백인홍의 허세를 탓했다.

그는 방 문을 노크했다. 잠시 기다려도 안에서 아무 기별이 없어 다시 노크했다. 그래도 소식이 없자 그는 방금 전 날려버린 10달러 생각이 나 더욱 세차게 문을 두드렸다. 역시 아무 소식이 없어서 그는 다시 노크하려다 문 옆에 있는 버튼이 눈에 들어와 버튼을 눌렀다. 잠시 후 '후 이즈 잇?' 하는 백인홍의 목소리가 들려왔다. '나야'라고 말하자 곧 문이 열리고 와이셔츠 차림의 백인홍이 모습을 드러냈다.

"워싱턴에서 일찍 떠나느라고 고생했지? 들어와."

백인홍이 이진범의 손을 반갑게 잡으며 이진범을 안으로 끌어들였다.

"아니, 고생은 무슨 고생. 백 사장이 긴 여행 하느라고 피로했겠어."

"아무렇지도 않아. LA에 들러서 하루 보내고 저녁 비행기로 오늘 새벽에 이곳에 도착했어. 이젠 습관이 돼서 집보다 비행기 안에서 더 잠을 잘 자는걸."

방 안을 둘러보던 이진범은 입을 벌린 채 다물지 못했다. 높다란 천장에는 화려한 샹들리에가 매달려 있었고, 짙은 파란색 융단 커튼이 창문을 반쯤 가리고 있었다. 또한 고색창연한 중세 시대의 고가구들이 발이 빠질 것같이 두툼한 양탄자 위에 알맞게 배열되어 있는 데다가, 벽 한쪽에 큰 입을 벌리고 있는 대리석 벽난로 옆에는 각양각색의 술병들이 들어찬 간이 바가 있었다. 그러나 있어야 할 침대는 아무 데도 없었다.

"침대는 어디 있어?"

이진범이 얼떨떨한 기분으로 물었다.

"이쪽으로 와봐."

백인홍을 따라 옆방으로 들어서자 그 안은 중세기 왕

궁의 침실을 보는 듯한 착각이 들 정도로 휘황찬란했다.

"이쪽으로 와봐. 이곳이 베란다인데 맨해튼 섬이 한눈에 보여."

이진범은 백인홍을 따라 베란다로 나갔다. 맨해튼이 처음으로 섬이라는 실감이 들었다.

"이 방이 말이야, 맥아더 장군이 트루먼한테 해고당한 후 도쿄 임지에서 돌아와 머물렀던 스위트래."

백인홍이 마치 백만대군의 사열을 받는 듯한 태도로 어깨를 쭉 펴고 21층 아래 시가지에서 오물거리는 사람들을 내려다보고 있었다.

"방값이 얼마나 되는데?"

이진범이 걱정스러운 표정으로 물었다.

"글쎄, 물어보진 않았지만 하루 저녁에 최소한 몇 천 달러는 될걸."

아무렇지도 않게 말하는 백인홍을 이진범이 멍하니 바라보았다. 자신이 워싱턴에서 여기까지 몰고 온 자동차를 살 만한 돈을 하루 저녁 숙박료로 쓰는 백인홍의 허세가 놀랍다 못해 어리석어 보였다.

"백 사장, 꼭 이런 데 묵어야 해?"

"남자로 태어났으면 돈으로 할 수 있는 건 다 해보는 거야."

이진범의 질문에 백인홍이 호기롭게 말했다.

그들은 소파에 마주 보고 앉았다.

잠시 사이를 두었다가 백인홍이 웃음을 터뜨렸다. 어리둥절해 있는 이진범에게 백인홍이 웃음기를 입가에 남겨둔 채 말문을 열었다.

"올라오다가 골드버그와 만나지 않았어?"

"아니."

"30분 전에 왔다가 방금 전에 나갔어."

"무슨 일로?"

"내가 골드버그를 이곳에 오라고 했지. 목적은 이현식을 쫓아내기 위해서야."

메이시 백화점에 납품하는 물품 대금의 5퍼센트를 껍데기 미국 회사에 떨어뜨려 메이시의 바이어인 골드버그와 이현식이 나누어 갖는 것 중 이현식 몫을 주지 않겠다는 것이 백인홍의 의도였다.

"무슨 명분으로 골드버그에게 이현식을 내쫓겠다고 했어?"

이진범이 물었다.

"이현식이 현재 회사를 위해 하는 일이 아무것도 없는데 이익금을 계속 나눠줄 수 없다고 했지."

"반응은?"

"떨떠름하겠지만 자기 이익이 줄지 않으니 받아들일 거야. 나를 재벌로 알고 있으니까 말이야."

어리둥절해 있는 이진범에게 백인홍이 덧붙였다.

"재벌이라는 인상이 왜 중요한지 알아? 여차해서 수틀 리면 그까짓 메이시 정도는 포기할 수도 있다는 인상을 주기 위해서야. 그래야 내 말이 먹혀들거든. 그리고 그 친구도 나한테 약점을 잡혔으니까 이제 마음대로 하지 못할 거야."

이진범은 그제서야 백인홍의 허세를 이해할 수 있었 다. 요컨대 골드버그에게 자신이 하루 저녁에 몇 천 달 러짜리 스위트에 묵는 재벌이라는 인상을 심어주기 위함 이었다.

"이현식이 반발하지 않을까?"

이진범이 말했다.

"걱정 마. 그 친구 내가 찌르면 골로 가게 되어 있다는 거 본인도 잘 알고 있어. 워낙 똑똑한 친구니까."

백인홍은 예전과 조금도 달라진 점이 없는 것 같았다. 달라진 점이 있다면 이런 소름 끼치는 말을 눈썹 하나 까딱하지 않고 서슴없이 지껄여대는 배짱이 더 두둑해졌 다는 것뿐.

"이 사장, 좋은 소식이 있어."

"무슨 소식?"

"이 사장 가족이 비자를 곧 받을 수 있을 것 같아. 권혁배가 나한테 자신 있게 말했거든."

이진범은 무슨 말을 해야 할지 몰랐다. 경제적으로 어느 정도 안정된 상태에서 가족과 합칠 수 있는 행운이 찾아왔다는 사실이 믿기지 않았다. 앞으로 어떤 일이 있더라도 다시는 찾아온 행운을 놓치지 않으리라고 마음속으로 단단히 다짐했다. 자신의 과거를 돌이켜보면, 행운이 항상 옆에 있었는데도 그것을 알아차리지 못한 채 환상만 쫓아가다 옆에 와 있는 행운마저 파멸시켜왔던 것 같았다.

"어떻게 고마움을 표시해야 좋을지 모르겠어."

이진범이 말했다.

"젊을 때 한동안 외국에서 가족과 살아보는 것도 괜찮을 거야. 제수씨가 너무 고생이 많았어. 잘해줘."

백인홍이 동생을 타이르듯 의젓하게 말했다.

'따르릉' 하고 전화벨 소리가 들렸다. 백인홍이 소파에

서 일어나 수화기를 들었다.

"뭐라고요? ……언제요? ……지금은 어떤 상태요?"

전화를 받는 백인홍의 안색이 창백해졌다.

"지금 바로 공항으로 떠나겠소."

백인홍이 전화를 끊었다.

"무슨 일이야?"

이진범이 걱정스러운 표정으로 물었다.

"회사에 일이 생겼어."

백인홍이 생각에 빠져 건성으로 대답했다.

"무슨 일인데?"

이진범이 소파에서 일어나 서성거리는 백인홍 옆에 가 물었다.

"검찰과 국세청이 합동으로 회사 수색영장을 가지고 와 장부 일체를 압수해갔나봐."

이진범은 가슴이 덜컥 내려앉는 기분이었다. 지나쳐간 나쁜 과거가 한 바퀴 돌아 다시 찾아온 느낌이랄까? 불길한 예감이 들었다.

"이유가 뭔데?"

이진범이 걱정스러운 표정을 지으며 물었다.

"글쎄…… 한국에서 사업하는 놈치고 검찰과 국세청이 마음먹고 달려들면 감옥에 안 갈 놈이 있어? 문제는 누구 때문에 그자들이 덤비느냐인데."

백인홍은 생각에 잠긴 듯했다.

"누구 때문인 것 같아?"

이진범이 물었다.

"글쎄, 지금 당장 내 머리에 떠오르는 놈만 열 명은
돼. 이 사장도 알다시피 한국에서 사업을 하다 보면 다
그렇잖아. 나는 오히려 적은 편일 거야."

"권혁배한테 연락해보지그래?"

"권 의원 가지고는 안 될 거야. 검찰과 국세청이 합세
했다면 누군가 단단히 마음을 먹고 덤비는 거야……. 하
지만 아무리 그래도 나도 도움을 청할 수 있는 사람이
있지."

"누군데?"

"권력자의 사촌동생인 우병선 의원이야. 그 친구를 통
해 권력 핵심을 움직이는 수밖에 없어."

"여기서 우선 전화로 부탁해보지그래?"

"안 돼. 직접 만나야 돼. 빨리 떠나면 그사이 별일은
없을 거야."

백인홍은 수화기를 들어 제일 빠른 시간의 비행기로
예약을 했다.

"그럼 슬슬 나가볼까? 적어도 하루 저녁은 이 사장과

멋진 방에서 자며 같이 지내려고 했는데 안됐군. 이 사장은 이런 방에서 잘 운이 없는 모양이야."

백인홍이 미소 지으며 말했다.

"한번 들어와본 것만으로도 충분해."

이진범이 말했다.

잠시 후 그들은 엘리베이터를 타고 내려와 로비로 들어섰다. 백인홍이 프런트 데스크로 갔다.

"2111호실이오."

백인홍이 말했다.

"무엇을 도와드릴까요?"

호텔 직원이 굽실거렸다.

"오늘 새벽에 체크인 했는데 급한 일이 생겨서 지금 귀국해야 하오. 계산서를 주시오."

"잠깐만 기다려보십시오."

호텔 직원이 카운터 뒤쪽에 있는 지배인실이라는 명패가 붙은 방으로 들어갔다. 잠시 후 지배인인 듯한 자가 나왔다.

"지불하지 않아도 괜찮습니다. 저희 호텔의 환대로 받아주십시오."

지배인이 말했다.

"고맙소. 다시 들르겠소."

백인홍이 의젓하게 말했다.

"자, 밖으로 나가지."

백인홍이 말한 후 호텔 문 쪽으로 갔다.

"세상은 참 희한해. 세계 어디를 가나 돈이 있는 사람한테는 아주 관대하단 말이야. 돈 없는 사람한테는 매정하게 굴고…… 이게 바로 자본주의야."

백인홍이 걸어가면서 말했다.

"내가 공항까지 데려다줄게."

호텔 문을 나서면서 이진범이 말했다.

"아니야. 택시 타고 가는 게 좋아. 너무 걱정하지 마. 회사 일은 어떻게 해결될 거야."

백인홍이 어깨를 으쓱하며 말했다.

"그래, 백 사장은 나하곤 달리 잘 해결할 거야."

두 사람은 마주 보고 웃었다.

택시가 와 두 사람은 악수를 하고 헤어졌다.

오후 한나절의 햇볕에 빛을 잃어가는 'Airport Motel'이라는 붉은색 네온사인이 이진범의 눈에 들어왔다.

그가 모는 차가 대로를 벗어나 샛길로 들어섰다. 그는 얼마쯤 가다가 모텔의 주차장으로 들어섰다. 'office'라고 쓰인 사무실 앞쪽 두 대가 주차할 수 있는 전용공간에 김영수 차와 보지 못했던 또 다른 한 차가 주차되어 있어서 이진범은 사무실에서 좀 떨어진 곳에 주차를 했다.

그는 사무실로 걸어가면서 마음이 홀가분했다. 백인홍과 뉴욕에서 하룻밤 같이 지내기로 해서 모텔 일을 김영수에게만 떠맡긴 것이 미안했는데, 이렇게 당일로 돌아올 수 있게 되었기 때문이었다.

이진범은 노크도 하지 않고 사무실 문을 열고 들어서면서 실내를 둘러보았다. 사무실이 텅 비어 있었다. 그는 중앙 칸막이 너머에 있는 책상 앞으로 발걸음을 옮겼다. 순간 무언가 발에 걸려 그의 몸이 나동그라졌다. 넘어진 채로 이진범의 시선이 옆쪽으로 갔다. 놀랍게도 김영수가 그곳에 천장을 향해 누워 있었다.

"영수야, 뭐하는 거야?"

이진범이 깜짝 놀라 물었다. 대답이 없었다. 이진범은 김영수의 눈을 살폈다. 멍하게 뜬 눈이 껌벅 하고 감겼다가 다시 떠졌다. 그 순간 이진범의 시선이 김영수의 머리 뒤쪽에 흥건히 고여 있는 피에 머물렀다. 이진범은 소스라치게 놀라며 상체를 일으켜 세워 김영수를 안으려 들었다. 김영수가 힘들게 왼손을 들어 내저으며 무언가 말하려고 입을 열었다. 이진범이 자신의 귀를 김영수의 입에 재빨리 갖다대었다.

"탄……창을…… 탄창…… 어디 있어?"

김영수가 띄엄띄엄 간신히 입을 열었다.

"무슨 얘기야?"

이진범이 소리쳤다. 김영수의 눈동자가 칸막이 너머 뒤쪽으로 옮겨갔다. 이진범은 고개를 들어 칸막이 뒤쪽 책상으로 시선을 보냈다. 그 순간, 이진범의 시선이 칸막이 너머 현금출납기 옆에 서 있는 흑인 청년의 시선과 마주쳤다. 오늘 새벽에 김영수와 다투던 자였다. 열린 현금출납기에서 한 발짝 뒤로 물러선 그자의 손에 피묻은 쇠막대기가 들려 있었다. 이진범은 그자에게 보냈던 시선을 얼른 옆에 누워 있는 김영수에게로 보냈다. 김영수의 머리 한쪽이 으깨어져 있었다.

"탄창…… 탄창 어디…… 있어?"

김영수가 힘들게 말했다. 이진범이 다시 고개를 드는 순간 흑인 청년이 쇠막대기를 든 손을 올리면서 이진범을 향해 한 발짝 옮겼다. 이진범은 급한 마음에 무기가 될 만한 것이 없나 하고 주위를 두리번거렸다. 김영수의 오른손에 권총이 쥐어져 있었다. 이진범은 권총을 집어 들었다. 자신에게 다가오는 흑인 청년을 향해 겨누었다. 흑인 청년이 빙그레 미소를 지었다.

"맨(man)…… 그 총은 알맹이가 없어. 아무도 나한테

250

는 총구를 겨누지 못해. 저 자식도 그러다가 저 꼴이 된 거야. 흐흐흐……."

아차! 뉴욕으로 떠나기 전 김영수의 권총에서 탄창을 빼낸 것은 이진범 자신이었음을 깨달았다. 순간 쇠막대기를 높이 쳐들어 자신에게 성큼 다가오는 흑인 청년의 모습이 이진범의 눈에 확대되어왔다.

"이 돈벌레 놈들!"

흑인 청년이 소리 질렀다.

이진범은 급히 주머니에 손을 넣었다. 탄창이 잡혔다. 얼른 떨리는 손으로 탄창을 꺼내 정신없이 장전했다. 총구를 드는 순간 쇠막대기가 그의 머리를 향해 내려꽂혔다. 동시에 이진범은 방아쇠를 당겼다.

탕! 탕!

이진범이 총소리를 듣는 순간 그의 눈에 비친 것은 자신의 몸을 덮쳐오는 흑인 청년의 우람한 체구였고, 동시에 그가 느낀 것은 자신의 머리에 가해진 둔탁한 충격이었다.

10. 마음의 상처 : 이진범

- 절박한 위기상황 속에서의 탈출.
- 기업인이 크게 성공하려면 세 가지 위기를 겪어봐야 한다. 첫째, 은행을 믿었기 때문에 오는 위기, 둘째, 권력자를 믿었기 때문에 맞은 위기, 셋째, 법을 위반했기 때문에 경험하는 위기. 그래서 은행을 믿지 않고, 권력자에게 의지하지 않고, 법을 지킬 줄 알아야 큰 기업을 유지할 수 있다. 거기다가 감옥에라도 한 번 갔다 왔다면 금상첨화다.
- 여자의 가장 큰 약점은 동시에 두 남자를 사랑할 수 없다는 것이다. 사랑할 수 없을 뿐만 아니라 한 남자는 꼭 적으로 만들어야 한다.

———◆———

　　뉴욕에서 서울까지의 16시간 동안의 긴 비행 시간에도 불구하고 백인홍은 거뜬한 기분으로 김포공항의 대합실로 막 들어서고 있었다. 최 이사와 이 기사가 그에게 다가왔다. 최 이사는 검찰과 국세청 건으로 걱정이 되어서인지 몹시 지쳐 있는 모습이었다. 백인홍은 그들에게 될 수 있는 대로 환한 표정을 지어 보이며, 이 기사에게 들고 있던 가방을 건네주었다. 최 이사가 주위를 두리번거리며 불안해하는 것 같았다.

　　"이 기사, 차 빼지 말고 주차장에서 기다려."

　　최 이사가 이 기사에게 말했다.

"많이 놀라셨지요?"

최 이사가 말했다.

"변 이사는요?"

"회사에 있습니다. 변 이사가 회사에 상주하기로 했습니다. 피로하시지요?"

"뭘요. 비행기에서 아주 잘 잤어요. 나는 원래 집보다 비행기에서 더 잘 자는 버릇이 있잖아요."

백인홍이 보통 때 이상의 여유를 가지고 말했다.

"사장님, 빨리 나가시지요."

최 이사가 서둘렀다.

"여기서 잠깐만 기다리세요. 화장실에 좀 갔다올게요."

최 이사가 난처해하는 표정을 지었다. 백인홍은 최 이사를 무시한 채 대합실 뒤쪽에 있는 화장실로 향했다.

그곳에서 그는 느릿하게 소변을 본 후 손을 씻고, 빗을 꺼내 거울을 보며 천천히 머리를 빗었다. 그는 불안에 떨고 있는 최 이사를 속으로 비웃었다. 미국으로 떠나기 전 우병선 의원에게 골프장에서 약속한 대로 직원을 시켜 이미 백운직물의 주권을 전해준 것과 뉴욕을 떠나기 전 공항에서 서울로 전화를 해 최 이사를 시켜 같은 분량의 주권을 추가로 전해주었음을 상기하며, 우 의원이 적극적으로 나서서 검찰청과 국세청에 압력을 넣고 있으리라고 확신하고 있기 때문이었다. 누가 뭐래도 우병선 의원이 나서면 금방 해결될 수 있는 문제였다.

쇠가 불에 달구어져야 강해지듯이 기업이라는 조직도 어려운 일을 겪고 나야 견고해진다고 생각하며, 오히려 이번 일을 전화위복의 기회라고 여기며 회사의 재도약을 위한 발판으로 삼기로 마음먹었다. 재작년 봄, 이진범 사건에 우연히 연루되어 검찰에서 호된 시련을 당하지 않았더라면 현재의 자신이 있을 수 있겠는가? 백인홍은 느긋한 마음으로 화장실을 나왔다.

백인홍은 화장실을 나와 공중전화 부스를 눈으로 찾았다. 그는 부스 안으로 들어갔다. 이진범의 부인에게 전화를 걸기 위해서였다.

"여보세요?"

이진범 딸의 목소리가 들려왔다.

"진희야? 진미인가?"

"진희예요."

"나 아저씨야. 미국에서 막 도착했는데, 아빠 만나봤어."

"아빠 잘 계셔요? 아저씨, 우리 비자 받게 된 거 알고 계세요?"

진희의 목소리가 기쁨에 들떠 있었다.

254

"응, 그래."

"이제 아빠 만나러 미국에 갈 수 있대요."

"아주 좋겠구나."

"네, 아저씨. 아저씨, 아빠하고 통화할 때 아빠가 떠난 후 진미하고 한 번도 다투지 않았다고 얘기해주세요."

"왜, 진희가 직접 얘기하지?"

"좀…… 어색해서요……."

"그래, 내가 아빠에게 꼭 얘기해줄게. 미국에 가서도 동생하고 다투지 말아야지."

"물론이지요. 진미가 가끔 속상하게 해도 제가 참을래요."

"진미도 언니 말 잘 들어야 할 텐데…… 내가 진미한테 얘기해줄까?"

"아니에요. 진미는 아주 착한 애예요. 진미가 바꿔달래요."

잠시 후 진미의 목소리가 들려왔다.

"아저씨, 저 이번 겨울방학 전 시험에서 반에서 1등 했어요."

"진미가 아주 장하구나. 진미는 엄마를 닮아서 머리가 그렇게 좋은가봐?"

"아니에요, 아저씨. 엄마가 그러시는데요, 아빠를 닮

아서 그렇대요. ……아저씨, 엄마가 전화 바꾸래요.”

“전화 바꿨습니다.”

이진범 부인의 목소리가 들려왔다.

“별일 없으시지요?”

“네, 괜찮아요. 아이들도 잘 있고요. 그런데…….”

“지금 비행기에서 막 내려 공항에서 전화하는 겁니다. 뉴욕을 떠나기 전에 이 사장을 만났습니다.”

“아무 일 없대요?”

평소의 그녀답지 않게 다급하게 물었다.

“모텔 경영에 아주 재미를 붙인 것 같습니다. 가족이 곧 비자를 받을 수 있을 거라고 알려주었더니 좋아서 어쩔 줄 모르더군요.”

“그래요? ……내주에 비자가 나온다는 연락은 받았어요. 그런데 애아빠한테는 아무 일 없지요?”

그녀가 다시 물어왔다.

“그럼요. 왜 무슨 소식을 들었어요?”

“아니에요. 비자를 받게 되었다고 알려주려고 미국에 전화했더니 김영수 씨 부인이 애아빠와 김영수 씨가 출장을 갔다고 해서요.”

“진희 어머님이 미국에 간다니까 이 사장이 홀아비 생활을 마지막으로 엔조이하려고 여행을 간 모양입니다.”

백인홍이 수화기에다 대고 웃었다.

"그게 아니고…… 김영수 씨 부인이 왠지 울먹이는 것 같아서요. 길게 얘기는 못했지만……."

"김영수 씨 부인이 아마 다른 일 때문에 그랬을 겁니다. 제가 뉴욕을 떠나기 전까지 이 사장과 같이 있었습니다."

"네, 알겠습니다. 공연히 수선을 떨어서 죄송해요."

"아닙니다. 그럼 다시 연락하겠습니다. 출국 일자가 정해지면 알려주십시오. 아이들도 보고 싶고요. 떠나시기 전에 저희 가족과 한번 같이 모여야지요."

"네, 연락드릴게요. 전화 고맙습니다."

백인홍은 전화를 끊었다.

그는 그렇게 착한 마누라와 귀여운 딸을 두고 이혼녀와 놀아나 사업도 망치고 가족을 고생시키는 이진범을 향해 분노를 느꼈다. 과거 청천물산에 속했던 공장과 대지 및 시설 등을 구입하겠다는 진성호의 제안은 아무리 거액을 준다 해도 받아들이지 않기로 마음을 먹었다. 그것이 인연이 되어 이진범과 진미숙 사이에 또다시 일이 벌어질지도 모르므로 그 얘기를 이진범에게 전해주지 않은 것은 아주 잘한 일이라는 생각이 들었다.

최 이사가 서 있는 출구를 향해 대합실에서 서성거리
는 사람들 사이를 걸어나오던 백인홍은 무심결에 대합실
한구석에 있는 텔레비전에 시선을 보냈다. 저녁 9시 뉴
스가 진행 중이었다. 잠시 그 자리에 서서 뉴스를 보았
다. 아나운서의 말이 들려왔다.

　'서울지방검찰청 발표에 의하면 범죄조직이 합법적인
기업을 내세워 폭력과 밀수 등 범죄 행위를 자행하고 있
는 경우가 많다고 합니다. 그 한 예로 직물 업체인 기업
을 앞세워 범죄조직이 외국으로부터 고급 의류를 밀수하
여 국내시장에 판매해 막대한 부당 이득을 취했으며, 또
한 그들은 깡패를 동원해 수사관을 폭행까지 했다고 합
니다. 서울지방검찰청은 사회정의 차원에서 이러한 조직
적이고 간교한 범죄행위를 일벌백계주의로 철저히 수사
해 당사자 등을 엄단하겠다고 발표했습니다.'

　백인홍의 얼굴이 파랗게 질렸다.

　"사장님, 빨리 나가시지요."

　어느새 백인홍 옆으로 다가온 최 이사가 그의 팔을 잡
아끌었다.

　"어떻게 된 거요?"

백인홍은 걸어가면서도 멍한 기분으로 최 이사에게 물었다.

"저도 어떻게 된 건지 잘 모르겠습니다."

"방금 뉴스에서 언급한 게 우리 회사지요?"

"그런 것 같습니다."

"텔레비전 뉴스에서 언제부터 언급이 되었어요?"

백인홍이 출구를 나서며 물었다.

"텔레비전에서는 지금 9시 뉴스가 처음입니다. 라디오 정오 뉴스에 처음 나왔고요."

그들은 길을 건너 주차장으로 향했다. 그들이 차에 오르자 차는 움직였다.

"최 이사, 우 의원에게 내가 뉴욕에서 전화로 말한 거 갖다주었지요?"

차가 주차장을 빠져나가자 백인홍이 옆에 앉은 최 이사에게 급히 물었다.

"오늘 아침 일찍 제가 직접 우 의원님 사무실로 가 비서에게 전했습니다."

"잘했어요."

백인홍은 다소 마음의 안정을 되찾은 듯했다.

"그런데…… 오늘 오후 우 의원님 비서가 전화로 저한테 즉시 들어오라고 해서 가서 만났습니다."

"그래서요? 무슨 얘기를 해요?"

"아침에 갖다준 주권이 들어 있는 봉투를 저에게 다시 돌려주었습니다……. 그리고 봉투 안에는 전번에 전해준 주권도 같이 들어 있었습니다."

"아니, 왜 그런 것 같아요?"

"아마 정오 라디오 뉴스를 들은 모양입니다."

백인홍은 가슴이 휑 뚫리는 기분이었다. 마지막 보루라 믿었던 우 의원이 두려워할 정도로 이번 사건이 확대되었다면 누구 하나 나서서 도와줄 사람이 있을 리 없었다.

"사장님, 어디로 가시겠습니까?"

최 이사의 질문을 이해할 수 없어 백인홍이 그를 쳐다보았다.

"제 생각에는 사장님께서 당분간 피해 계시는 게 좋을 것 같습니다. 아마 지금쯤 영장이 떨어졌을지도 모르지요. 저도 당분간 피해 있으려고 합니다."

"회사는 어떻게 하고요?"

"변희성 이사에게 회사 뒤처리를 맡기고 저하고 사장님은 잠시 피해 있으면서 사건 해결의 실마리를 풀어나갈 수밖에 없을 것 같습니다. 아무래도 사장님이나 제가 당장 구속되면 일이 더 악화될 것 같습니다."

"최 이사는 어디에 가 있을 거요?"

"시골 친척집에 당분간 피신해 있겠습니다. 오늘 저녁부터요."

백인홍은 잠시 생각에 잠겼다.

"나는 다시 미국으로 가면 어떨까요?"

백인홍이 말했다.

"알아보니까 법무부에서 이미 출국 금지 조치를 내렸다고 합니다. 아마 사장님 귀국 사실이 곧 법무부에 보고될 겁니다."

최 이사가 불안한 표정으로 차 뒤쪽을 돌아보았다.

"왜, 미행당하는 것 같아요?"

백인홍이 차 뒤를 보며 물었다.

"잘 모르겠습니다. 그럴 가능성이 많습니다."

잠시 침묵이 흘렀다. 차는 김포가도를 달려나갔다.

"이 기사, 저 앞에 있는 신호등에서 우회전하자마자 차를 세워줘. ……최 이사, 변 이사를 통해 서로 연락처를 알려주기로 하고 최 이사도 이 길로 피신하세요."

백인홍은 운전석 옆 좌석에 놓인 여행가방을 잡았다.

차는 신호등에서 급히 우회전을 해 잠시 정차했다. 백인홍은 차에서 급히 내려 보도 옆에 있는 건물 안으로 들어갔다. 그는 차의 뒷모습이 시야에서 사라지는 동안 건물 입구에 몸을 숨기고 미행하는 차가 있는지 눈여겨

보았다. 그런 기미는 없었다. 백인홍은 건물 입구에서 나와 주위를 둘러보았다. 멀지 않은 곳에 있는 공중전화 부스가 눈에 띄었다. 그는 공중전화 부스로 갔다. 버튼을 누른 후 신호가 서너 번 울리자 '여보세요' 하는 김명희의 목소리가 들려왔다. 그는 다소 마음이 안정되는 것 같았다.

"나야."

"어쩐 일이세요?"

"집에 있을 거지?"

"지금…… 막 나가려던 참이에요. 밤 촬영 스케줄이 있어서요."

김명희의 목소리가 왠지 모르게 여느 때의 반가워하는 목소리가 아닌 것 같았으나 기분 탓이려니 하고 개의치 않았다.

"내가 지금 그리로 가려고 하니까 열쇠를 우편함 속에 넣어둬."

과거에도 그런 적이 있었으므로 그렇게 하도록 부탁한 것이었다.

"저…… 저…… 무슨 일이 있으세요?"

"일이 있긴 있는데 별일 아니야. 만나서 얘기하도록 하고 열쇠만 거기다 두고 나가면 돼."

"저…… 제가 오늘 못 들어올 것 같아요."

"왜, 밤새 촬영을 하나?"

"아마 그럴 것 같아요."

"여하튼 내가 그리로 갈 테니 나중에 얘기해."

백인홍은 전화를 끊고 공중전화 부스를 나왔다. 택시를 잡으려고 서 있는 백인홍은 우울한 기분이었다. 가족을 제외하고는 세상 모든 사람들이 그에게 등을 돌린다 해도 단 두 사람, 변희성과 김명희만은 그를 감싸줄 줄 알았는데 방금 전 통화했을 때의 김명희의 목소리는 왠지 그에게 이상한 느낌을 갖게 했다. 혹시 김명희도 뉴스를 듣고 겁이 났나? 설사 뉴스를 들었다 하더라도 자신과 회사 이름이 언급되지 않은 이상 김명희가 그 사실을 알 리가 없고, 또 어떻게 소식을 들었다 하더라도 그녀가 두려워할 아무런 이유가 없었다.

그럼 다른 남자와 사랑에 빠졌나? 그래서 내가 집에 가는 것을 싫어하는 건가? 그는 이내 그런 생각을 한 자신을 오히려 어이없어했다. 사흘 전 호텔에서 잠시 만났을 때 그녀의 태도는 전과 조금도 달라 보이지 않았다. 그사이 새로운 남자를 만나 깊은 사랑에 빠져 과거의 남자를 멀리하는 그런 일은 아무리 제트 시대의 사랑이라 해도 불가능하다고 그는 마음속으로 결론지었다.

그는 택시에 올라 기사에게 행선지를 알려주었다.

"아저씨, 뉴스 좀 들을 수 있을까요?"

백인홍이 기사에게 말했다. 기사가 라디오의 다이얼을 음악방송에서 다른 채널로 바꾸었다.

"요새 뭐 뉴스라고 들을 게 있습니까? 들으면 분통이 나 터지고……."

50대 후반으로 보이는 머리가 허연 기사가 투덜댔다.

"왜요? 왜 분통이 터져요?"

"아, 글쎄 이북에서 온 기자 놈들은 이북에 갔다 온 여대생 집에 찾아가 환영을 받고…… 이북 기자들이 북한 당국에 혁명 기지에 다녀왔다고 보고를 했다니……. 나 이거 참 기가 막혀서……."

백인홍은 피식 웃었다. 며칠 전 골프장에서 우병선 의원이 열을 내며 지껄이던 말과 똑같은 말을 택시기사가 하고 있었기 때문이었다. 두 사람이 어쩌면 그렇게 똑같은 불만을 품고 있는지 의아했지만, 한편으로는 이해가 갔다. 우 의원 입장에서는 기득권 유지가 중요하니까, 그리고 택시기사는 사회의 안정을 바라니까……. 백인홍은 서글픈 미소를 지었다.

"아저씨 고향이 어디예요?"

백인홍이 물었다.

"6 · 25 때 평양에서 내려왔어요."

"아저씨, 뉴스가 나오지 않으면 그만두셔도 돼요."

여전히 뉴스 방송에 다이얼을 맞추려는 택시기사에게 백인홍이 말했다.

"지자체 법이 국회에서 통과되었어요. 이제 정치하는 놈들만 더 살맛나게 되었지 뭐요."

택시기사가 새로운 뉴스를 전해주면서 투덜거렸다.

백인홍은 김명희의 거처가 있는 골목길 입구에서 택시를 내렸다. 잠시 걸어가 3층 건물의 유리문을 열고 들어갔다. 문 옆에 있는 우편함 중 김명희의 것을 열고 열쇠를 꺼냈다. 그는 층계를 올라가 문을 열고 들어갔다. 거실에 들어서자 벽 쪽에 놓인 긴 소파가 그의 눈에 들어왔다. 갑자기 피로가 몰려왔다. 그는 냉정한 마음으로 사태를 분석할 수 있기를 바라며 그곳에 몸을 던졌다.

박수근 수사관의 집요한 노력 끝에 그때의 구타 사건에 백인홍 자신이 연루되었다는 사실을 감지했을 가능성은 충분히 있었다. 변희성 이사가 주책없이 자랑삼아 친구에게 지껄였을 수도 있고, 구타 사건에 동원된 변 이사 후배들이라는 작자들이 실언을 했을 가능성도 다분히 있었다. 만약 그렇게 되었다면, 법적으로 어떤 문제가 있을지 생각해보았다. 별것 아니라는 생각이 들었다. 까짓것, 술집에서 한바탕 다투다가 그런 일쯤 일어날 수도 있었다. 코뼈와 손가락 부러진 것이 몇 주 진단이 나왔는지 모르지만, 자신이 사주한 사실이 판명되어 폭행죄로 벌을 받는다면 감옥에 갈 각오도 되어 있었다.

그리고 고급 외제 여성의류 밀수 건도 실제로 밀수가 아닌 것이 조사과정에서 판명될 것이며, 또한 여성의류 수입회사들이 모두 하는 짓이라 별로 거리낄 일이 못 되었다. 여성의류 수입 비즈니스를 하지 않더라도 메이시 백화점을 거래처로 확보한 이상 정당한 수출 비즈니스만으로도 회사를 키울 자신이 있었다. 어쩌면 기업을 공개하는 시점에서 떳떳하기 위해서라도 그까짓 의류수입업은 집어치우는 것이 회사의 장래에 더 좋은 일일지도 몰랐다.

한데 이런 별것 아닌 일을 가지고 언론에서 떠드는 이유를 백인홍은 알 수 없었다. 굵직굵직한 경제 관련 뉴스거리가 넘쳐나는 판인데 졸때기 회사의 비리를 가지고 침소봉대하여 마치 경제계에 충격을 줄 만한 비리인 양

떠드는 언론을 그는 이해할 수 없었다. 순간 백인홍은 무엇을 깨달았는지 소파에서 벌떡 일어나 탁자에 놓인 수화기를 들었다. 그는 권혁배 의원의 카폰 번호를 눌렀다.

"박 기사, 나 백 사장이야."

카폰을 받는 권혁배의 기사에게 백인홍이 말했다.

"백 사장님, 권 의원님은 지금 신라호텔 일식집에서 식사를 하고 계십니다."

"전화번호 좀 알려줘."

박 기사가 전화번호를 알려주었다. 그는 다시 버튼을 눌렀다.

"신라호텔 일식부입니다."

"권혁배 의원님이 거기 계실 겁니다. 권 의원님 사무실인데 급한 전화라고 알려주십시오."

백인홍이 말했다. 잠시 후 권혁배가 나왔다.

"권 의원, 나 백인홍이야. 식사 중인데 미안해. 급한 일이 있어서……."

"지금 미국에서 전화하는 거야?"

권혁배가 옆에 누가 있는지 나직이 말했다.

"서울이야. 방금 전에 도착했어."

"잠깐만 있어봐."

권혁배가 같이 식사하는 사람들이 대화를 들을까봐서

인지 방 밖으로 나오는 것 같았다.

"그래, 지금 어디 있는 거야? 백 사장과 통화하려고 조금 전 미국으로 연락해보았어."

"공항에서 집으로 가지 않고 잠시 근처에 피신해 있어."

"잘 생각했어……. 내일자 신문 봤어?"

백인홍은 손목시계를 보았다. 저녁 10시 15분. 조간신문이 나올 시간이 아니었다.

"아니, 아직 나올 시간이 아니잖아."

"아냐, 조금 전에 OK판을 봤는데 사회면에 백 사장 일이 기사로 다루어졌어. 크게 다루지는 않았지만……."

잠시 침묵이 흘렀다.

"신문에 기사화되었으니 이제는 무마할 수 없다는 건가?"

백인홍이 물었다. 잠시 침묵이 흘렀다.

"관계 기관에서 기자에게 정보를 흘렸으면 일단 누구의 압력도 받지 않고 철저히 수사하겠다는 의지로 봐야지."

권혁배가 조심스럽게 말했다.

"사건을 무마시킬 방법이 없을까?"

"지금 이곳을 빠져나갈 수가 없어. 있는 곳 전화번호를 알려줘. 11시쯤 돼서 전화할게."

268

백인홍은 권혁배에게 김명희 집의 전화번호를 알려주고 전화를 끊었다.

그는 다시 소파에 누웠다. 그러고 보니 권혁배의 말, 관계 기관에서 기자에게 정보를 흘린 것은 누구의 압력도 받지 않고 철저히 수사하겠다는 의지라는 말이 일리가 있었다.

재력이나 권력 있는 놈치고 죄 없는 놈이 없는 세상인지라 법대로 모두를 처벌할 수 없으므로 신문에 기사화되지 않는 이상 적당히 눈감아주는 현실을 떠올리며 백인홍은 쓴웃음을 지었다.

그는 문득 내일 조간에 실린 자신에 관한 기사를 읽을, 자신과 공적·사적으로 친분이 있는 많은 고위 공직자들이 어떤 생각을 할지 잠시 상상해보았다.

서울에서 발간되는 조간신문이란 신문은 모두 그 이름만 보이도록 포개겨 놓여 있는 응접세트 탁자가 아침에 출근하여 소파에 앉는 그들을 맞이할 것이다.

그들은 소파에 앉아 신문을 뒤적거리며 회의가 시작될 때까지 무료한 시간을 보낼 것이다. 정치면을 훑어보며 정치판 코미디언들이 벌이는 말싸움에 재미있어할 것이고, 그다음엔 경제면을 훑어보다 자신이 소유한 주식의 시세를 알아볼 것이다. 그다음 또다시 신문을 뒤적여 사회면의 기사를 훑어볼 것이다. 깜짝 놀라 급히 신문을 뒤적이던 손을 멈춘 채 그들은 푹신한 소파에 상체를 젖히고 자기 자신에게 질문하기 시작할 것이다. 기사에서 언급된 자가 누구일까? 혹시 그자가 아닐까? 자신과 그자 사이에 어떤 관계가 있었다고 판단되면 또 다른 일련의 질문이 꼬리를 물고 이어질 것이다. 마지막 만난 것이 언제였더라? 이 친구 혹시 기관에서 심문받을 때 나를 끌어들이는 건 아닐까?

그리고 그들은 결론을 내릴 것이다. 지금 이 시각부터는 무슨 일이 있어도, 어떤 짓을 해서라도 그자와는 전화 통화를 하거나 만나는 일이 없도록 해야 한다고.

생각이 여기에 이르렀을 때 백인홍은 긴장한 빛을 띠며 소파에서 몸을 벌떡 일으켰다. 자신이 어려운 처지에 빠졌을 때 도움을 주리라고 기대했던, 과거 자신에게 신세를 졌던 모든 사람들이, 자신의 기사가 실린 신문을 읽는 순간부터 자신을 기피 인물로 낙인찍을 것이다. 그는 손목시계를 보았다. 권혁배의 전화가 몹시 기다려졌다. 권혁배와 의논하여 그의 조언을 받아 빨리 어떤 조치를 취해야지 이대로 숨어만 있을 수는 없었다.

백인홍은 갈증을 느껴 거실에 붙어 있는 주방으로 가 냉장고 문을 열고 냉수를 컵에 따라 벌컥벌컥 마셨다. 그는 다시 빈 컵을 냉수로 채워 거실로 돌아와 소파에 앉았다. 마주보이는 김명희의 포스터에 그의 시선이 갔다. 언제 보아도 독특한 멋을 지닌 김명희에게 마음속으로 찬사를 보냈다. 그런 여자를 보잘것없는 직업에서 끌어내 화려한 조명을 받게 해준 것이 어느 누구도 아닌 바로 자기 자신이었다는 데 생각이 미치자 그는 흡족한 미소를 지었다.

문득 포스터 아래쪽 구석에 전에는 보지 못했던 낙서가 눈에 띄었다. 그는 포스터에 가까이 가 낙서를 읽기 시작했다.

'With your love I will be a different man; eternally your man, unbelievably capable man and forever affectionate man. J.S.H. 1990. 12. 17.'

백인홍은 이 글을 누가 언제 썼는지 궁금해졌다. 그는 글의 마지막 부분을 다시 읽었다. 'J.S.H. 1990. 12. 17.' 17일이면 바로 엊그제, 그러니까 자신이 미국으로 떠난 날이었음을 그는 알았고, 또한 누가 썼는지는 모르지만 그자가 그날 이곳에 와 있었다는 사실을 깨달았다. 그는 'J.S.H.'라는 이니셜을 입속에서 발음해보았다. 그의 가슴속에서 분노가 복받쳐 올라왔다.

'J.S.H.'라는 이니셜을 가진 자를 향한 분노가 아니라 그자를 자기 집에 끌어들여 포스터에 그런 글을 쓰게 한 김명희를 향한 분노였다. 그러한 분노는 동시에 그에게 허탈감을 안겨다주었다.

그는 문득 재작년 5월 검찰청 수사실에서 수사관들에 둘러싸여 발길질 세례를 받던 때를 떠올렸다. 그 순간이 오히려 몹시 그리워졌다. 그때 그가 느낀 것은 육체의 통증이었지 지금과 같은 가슴속의 통증은 아니었다. 김명희 너마저도? 내가 어쩌다 이 꼴이 되었나? 그는 입속으로 뇌까렸다.

그의 머릿속에서는 침대 위에 누워 있는 김명희의 나신이 그려졌다. 자신의 것으로만 믿어왔고, 또 당연히 앞으로도 그러리라고 굳게 믿었던 그녀의 나신이 자신의 곁을 떠나 누군가의 품속으로 가버렸다는 생각이 들자 미칠 것만 같았다. 그는 소파 옆 탁자 서랍을 열고 그 안의 내용물을 뒤지기 시작했다. 자신이 무엇을 찾아 무엇을 증명하려는지 몰랐지만 그녀의 배신을 더이상 의심의 여지가 없도록 확인하고 싶었다. 결론이 난 상태가 의심하는 과정보다는 덜 괴로우리라는 막연한 희망을 품고 있었는지 모른다.

아니, 반드시 그런 것만은 아닌 것 같았다. 그의 마음 한구석에서 꿈틀거리고 있는 또 다른 희망이 그에게 외치고 있었다. '오해야, 모든 게 오해야. 그녀는 결코 그렇게 매정한 여자가 아니야. 그녀는 너를 배반할 수가 없어'라고.

그는 서랍 속에서 한 뭉치의 사진을 꺼냈다. 남녀 디자이너나 남녀 모델로 보이는 사람들과 패션쇼 장소나 야유회에서 찍은 사진을 그는 물끄러미 보았다. 그는 다소 마음의 안정을 찾았다. 디자이너나 남자 모델이 놀러왔다가 장난으로 포스터에 낙서를 했을지도 모른다는 생각이 들어서였다. 다시 생각해보니 정말로 그러했을 것 같았다. 그의 고통이 씻은 듯 사라졌다.

'따르릉', 전화벨이 울렸다. 백인홍은 얼른 수화기를 들었다.

"백 사장, 나야."

권혁배의 목소리가 들려왔다.

"지금 만날 수 있을까? 내가 권 의원 집으로 갈까?"

백인홍이 말했다.

"회식이 길어질 것 같아. 지금 잠깐 나와서 공중전화

에서 전화하는 거야. 도청이 안 되니까 일단 전화로 얘기하지."

"그렇게 하지. 무슨 정보를 들었어?"

"국회 출입 기자를 통해 알아보니까 검찰청과 국세청이 합동으로 백 사장을 끝장내려고 작정을 했나봐."

"무슨 이유 때문이래?"

"검찰청 수사관을 폭행한 적이 있어?"

"……."

"백 사장을 폭력조직과 연결되어 있는 깡패로 알고 검찰청에서 수사 지휘를 총괄하면서 경제계에 침투한 깡패 소탕 작전의 일환으로 국세청과 합세했다는 거야. 백 사장을 그 첫 케이스로 지목한 모양이야."

권혁배의 말에 백인홍은 어이가 없었다.

"백 사장, 듣고 있는 거야?"

"듣고 있어. 하도 어처구니가 없어 그래. 뭔가 딴 이유가 있을 거야."

"누군가 뒤에서 수사를 부추기고 있는 것 같아. 혹시 백 사장 회사의 경쟁자가 그런 짓을 하지 않았을까? 짚이는 데 없어?"

"얼른 떠오르는 데는 없는데……."

"글쎄…… 누군가 있을 거야. 한번 생각해봐……."

권혁배가 머뭇거렸다.

"왜 그런 확신을 갖게 되었어?"

"나하고 가까운 국회 출입 기자한테 알아보니까 사건의 내용을 언론에 흘린 것은 검찰이나 국세청이 아니래⋯⋯."

"그럼 누구란 말이야?"

백인홍이 다급하게 물었다.

"⋯⋯백 사장 회사가 대하실업과 사이가 아주 나쁜가?"

"아니, 그럼 진성구 사장이 뒤에서 부추기고 있단 말이야?"

백인홍이 목소리를 높였다.

"나도 확실히는 모르겠어. 진성구는 모스크바에 있으니까 아닐 거야."

"그럼 누구란 말이야?"

백인홍이 다급하게 물었다.

"⋯⋯혹시 진성호가⋯⋯ 관련되었을지도 몰라."

권혁배가 어물어물 말했다.

"뭐라고? 그자가?"

백인홍이 자신도 모르게 소리를 질렀다.

"백 사장, 흥분하지 마. 엎질러진 물이야. 냉정함을 잃지 말고 일을 해결할 수 있는 방향을 모색해야 할 거야."

권혁배가 차분한 목소리로 말했다.

"일을 해결할 방법이 없잖아. 검찰청과 국세청에서 합동으로 조지려고 덤벼들고, 이미 언론에 언급된 이상 누가 해결할 수 있겠어?"

잠시 침묵이 흘렀다.

"우병선 의원이 백 사장을 좋아하잖아?"

"우 의원도 물 건너갔어. 내가 미국 가기 전 보내준 주권을 오늘 오후 다시 돌려주었대. 라디오 뉴스를 듣고 겁이 난 모양이야. 치사한 새끼!……."

"그랬어……? 그 친구 원래 그런 인간이라는 거 백 사장은 몰랐어? 그래도 이 일을 해결할 수 있는 사람은 그 자밖에 없어."

권혁배가 타이르듯 말했다.

"겁이 나 벌벌 떠는 친구가 어떻게 이렇게 크게 벌어진 일을 수습할 수 있단 말이야?"

"그래도 검찰총장과 국세청장을 움직이려면 그자밖에 없어. 청와대 사정비서실에는 수석비서관 밑에 과장급으로 로열패밀리 담당이 있어. 바로 김 비서관인데, 좋게 말하면 로열패밀리의 이권 개입을 감시하는 책임자이고, 나쁘게 말하면 권력자의 퇴임 후 로열패밀리의 생활

보장을 위해 자금 이권을 챙기는 책임자지. 김 비서관이 검찰총장과 국세청장에게 전화하면 그들이 말을 듣게 되어 있어. 그러니 우의원에게 김 비서관을 통해 부탁해달라고 사정을 해봐."

"다른 방법은 없어?"

"전혀…… 우 의원에게 매달리는 수밖에 없어. 백 사장이 무슨 미끼를 던지든 그건 백 사장이 잘 생각해보고……. 지금 방에 다시 들어가봐야 해. 또 전화할게. 일이 너무 많이 진전되기 전, 그러니까 내일 아침까지는 액션이 취해져야 할 거야."

"알겠어. 그렇게 해볼게."

"12시경에 집에 들어갈 테니 무슨 일이 있으면 집으로 전화해."

"고마워."

전화를 끊고 백인홍은 멍한 기분에 빠졌다. 이 거창한 음모 뒤에 대하실업이 도사리고 있었으리라는 것은 상상 밖이었고, 더구나 언론에 정보를 흘려 사건을 쉽게 무마할 수 없게끔 교묘하게 조작하고 있는 인물이 다름 아닌 진성호일지 모른다는 것은 더더욱 이해되지 않는 일이었다. 그는 소파에 반듯이 누워 천장을 보고 깍지 낀 두 손으로 머리를 받쳤다.

권혁배가 말한 대로 시기를 놓치지 않고 빨리 무슨 조치라도 취해야 할 것 같았다. 아무리 생각해보아도 이 사건을 무마시킬 수 있는 사람은 우병선 의원 이외에는 아무도 없는 것 같았다. 그렇다 할지라도 이미 자신과의 연관 사실이 두려워 주권까지 되돌려준 우 의원이 전화를 걸어 만나자고 간청해도 들어줄 것 같지 않았다. 마음 같아서는 당장 우 의원에게 찾아가 한 번만 살려달라고 애원하고 싶었지만 여우보다 교활한 우 의원은 싸구려 동정심을 발휘하기보다는 그러는 자신을 비웃기만 할 것 같았다.

　그래도 권혁배의 생각처럼 우병선 의원의 도움 외에는 다른 방법이 없었다. 그는 숨을 크게 들이마시며 소파에서 일어나 화장실로 갔다. 변기에 앉아 그는 우 의원에게 어떻게 부탁할까 하고 궁리했다.

　그때 거실 탁자 위의 전화기에서 벨이 울렸다. 권혁배가 다시 전화했을지도 모른다는 생각에 허겁지겁 바지를 올리고 화장실을 나왔다. 세 번째 벨이 울리고 곧이어 '외출 중입니다. 삐 소리가 난 후에 메모를 남겨주시기 바랍니다. 감사합니다'라는 김명희의 녹음된 목소리가 들려왔다. 그가 탁자 위로 손을 뻗쳐 수화기를 잡으려는 순간 권혁배의 목소리가 아닌 다른 남자의 목소리가 들려왔다. 백인홍은 수화기를 잡으려던 손을 거두었다.

"명희. 나야. 목소리가…… 듣고 싶어서…… 전화한 거야. 내일 아침 다시 전화할게."

찰칵 하고 전화가 끊어졌다. 백인홍이 멍한 상태에서 벗어나지 못하고 있을 때 다시 전화벨이 울렸다. 그는 수화기를 들 용기가 나지 않았다. 전화벨이 세 번 울린 후 김명희의 녹음 목소리가 들려왔고, 곧이어 같은 남자 의 목소리가 이어졌다.

"술이 좀 취했는데…… 술 취해서 전화한 게 아니야. 정말로…… 목소리가 듣고 싶어서 한 거야…… 혹시 그 사이 내 목소리를 잊어버리지는 않았겠지……."

백인홍은 무의식적으로 수화기를 향해 손을 뻗었다.

"나 진성호야."

백인홍은 뻗어가던 손을 멈칫했다. 전화가 끊겼다. 백 인홍은 잠시 얼이 빠진 사람처럼 멍한 눈으로 벽만 응시 했다. 그러다가 그의 시선이 김명희의 포스터에 적힌 낙 서에 머물렀다. 'J.S.H.'라는 글자가 확대되어 그의 눈앞 에 다가왔다.

순간 그는 무엇에 놀란 사람처럼 전화기를 집어들고 거실 바닥에 내동댕이쳤다. 'J.S.H.'가 바로 진성호라는 것을 알았기 때문이었다.

백인홍은 자신도 모르게 벽 쪽으로 가 포스터를 북 찢었다. 손에 든 포스터를 물끄러미 보다 갈기갈기 찢기 시작했다. 그는 가쁜 숨을 내쉬었다.

이런 배은망덕한 년! 젊은 놈한테 홀려 감히 나를 저버려! 이 바보 같은 년! 그는 분을 이기지 못해 바닥에 나동그라진 전화기를 집어 텔레비전 화면을 향해 힘껏 던졌다. 그는 자신의 어리석음을 통탄했다. 그러고는 현관에서 허겁지겁 신발을 신고 문을 박차고 밖으로 나와 미친 듯 층계를 뛰어내려갔다.

한가한 서울의 밤거리를 백인홍은 힘껏 달려가기 시작했다. 잠시 후 숨이 차 더이상 뛰지 못할 때쯤 그는 그 자리에 털썩 주저앉아 가쁜 숨을 내쉬었다. 지나가는 택시가 그가 앉아 있는 곳 옆으로 서행해갔다. 그는 손을 들어 택시를 세웠다.

택시 안에서 그는 씩씩거리며 차창을 내렸다. 차가운 겨울 밤바람이 그의 얼굴에 와닿았다. 그는 고개를 젖히고 눈을 감은 채 찬 겨울바람을 깊이 들이마시다가, 갑자기 앞좌석의 등받이를 주먹으로 쳤다. 룸미러에 비친, 겁을 집어먹은 택시기사의 표정과 마주쳤다.

"아저씨, 걱정 마세요. 아저씨한테 화가 난 게 아니에요."

백인홍이 말했다. 택시기사는 아무런 대꾸도 없이 시선을 앞쪽으로 옮겼다.

"아저씨, 여자를 사랑해본 적이 있어요?"

백인홍이 불쑥 물었다. 택시기사가 미소만 지었다.

"어떤 여자에게도 마음을 주지 마세요. 그럴 가치가 없어요. 항상 기회만 있으면 다른 남자에게 유혹의 눈길을 주는 게 여자예요."

백인홍이 다시 말했다.

"그렇게 생각하지 않으세요?"

백인홍이 물었다.

"글쎄요. 옛날 여자는 안 그랬는데…… 요즘 여자들은 믿을 수가 있어야지요."

택시기사가 백인홍의 질문에 마지못해 답하는 듯 어물어물했다.

"옛날이나 지금이나 마찬가지예요. 여자를 믿는 자는 어리석은 놈이고, 여자에게 마음을 주는 자는 바보이고, 여자를 사랑하는 자는 미친놈이에요."

백인홍이 혼잣말처럼 중얼거렸다.

"여자를 사랑하지 않으면 그럼 누구를 사랑하지요?"

택시기사가 백미러를 쳐다보며 물었다.

"개와 자연을 사랑하세요. 개와 자연은 절대로 배신하지 않아요."

그렇게 말하며 백인홍은 문득 아버지의 모습을 떠올렸다. 아버지가 옳았다. 아버지는 여자의 본성을 헤아릴 줄 아는 지혜를 터득하고 있었다. 그는 그렇게 마음속으로 결론지었다. 근래 몇 년 동안 자신의 판단이 흐려졌음에 틀림없었다. 누구 때문일까? 무슨 이유 때문일까? 그는 문득 이성수와 이진범의 모습을 머릿속에 그렸다. 이성수의 허튼 이상주의, 이진범의 어리석은 낭만주의에 자신이 영향받았을지도 모른다는 생각이 들었다. 택시는 효자동의 오래된 주택가 근처에 도착했다.

"여기에 세워주세요."

백인홍이 택시기사에게 말했다. 그는 택시에서 내려 골목길을 걸어갔다. 보도블록으로 포장된 골목길을 걸으면서 그는 길 양옆에 있는 오래된 한옥집의 문패를 살폈다. 두어 번 골프장 가는 길에 들른 적이 있는 우병선 의원의 집을 찾는 것은 어렵지 않았다. 세인의 눈을 의식해서인지 오래된 한옥이었으나 대문에 부착된 인터폰은 새것이었다. 그는 인터폰 스위치를 눌렀다. '누구세요?' 하는 여자의 목소리가 들려왔다.

"우 의원님 계십니까?"

"누구시라고 전할까요?"

"백인홍 사장이라고 하십시오."

잠시 사이를 두었다가 여자의 목소리가 다시 들려왔다.

"아직 귀가하시지 않았는데요."

우 의원이 집에 있으면서도 따돌리고 있음이 뻔했다.

"알겠습니다. 그럼 혹시 외부에서 전화라도 주시면 계시는 곳의 전화번호를 알아봐주십시오. 급히 통화할 일이 있어서요. 제가 20분 후에 다시 오겠습니다."

"늦게 귀가하신다고 했는데요."

"괜찮습니다. 이곳에서 그냥 기다리겠습니다."

백인홍은 말을 끝내고 손목시계를 보았다. 11시 25분. 20분 동안 무얼 할까 생각하다 쭉 뻗은 골목길의 거리를 눈으로 재었다. 한번 끝에까지 갔다 오면 족히 100미터는 될 것 같았다. 그는 윗옷을 벗어 대문 앞에 두고 넥타이를 끌러 윗옷 위에 던졌다. 그러고는 100미터를 힘껏 달리기 시작했다. 처음 100미터를 달리면서 그는 앞으로 여자를 믿지 않기로 단단히 결심을 했고, 두 번째 100미터를 달리면서 무슨 짓을 하더라도 이번의 위기에서 탈출해야 한다고 결심했으며, 세 번째 100미터를 달리면서 진성호를 작살내기로 작정했고, 네 번째 100미터를 달리면서는 이성수의 이상주의, 이진범의 낭만주의를 멀리하기로 단단히 마음을 먹었다. 그는 골목길을 왕복 네 번이나 달린 후 숨을 헐떡거리며 우 의원 집의 대문 앞에 주저앉았다. 잠시 숨을 가다듬은 후 그는 자리에서 일어나 와이셔츠와 러닝셔츠를 벗었다. 운동선수 시절 한겨울에 얼음을 깨고 그 속에 들어가 목만 물 위에 내놓고 5분씩 견디어낸 기억을 되살리며, 마음만 먹으면 견딜 만하다고 자신했다.

그는 심호흡을 열댓 번 한 후 다시 달리기 시작했다. 첫 번째 100미터를 달리며 그는 회사를 빨리 키워 정부에서 쉽사리 손을 대지 못하도록 하겠다고 마음먹었고, 두 번째 100미터를 달리며 검찰청과 국세청에 오입을 같이할 정도로 가까운 친구를 만들기로 작정했으며, 세 번째 100미터를 달리면서 변희성을 사장으로 앉히고 자기는 회장으로 물러앉아 범법 행위에 직접 관련이 되지 않도록 해야겠다는 계획을 세웠다. 그는 다시 숨을 헐떡거리며 그 자리에 섰다. 그는 손목시계를 보았다. 인터폰으로 우 의원 부인과 대화한 지 벌써 20분 가까이 지나고 있었다. 그는 러닝셔츠를 집어 얼굴과 상체에 흐르는

땀을 닦고 다시 와이셔츠를 입고 넥타이를 맸다.

"백인홍 사장입니다. 우 의원님께서 연락을 주셨는지요?"

인터폰으로 '여보세요?' 하는 여자의 목소리가 들리자 백인홍이 물었다.

"아직 연락이 없으신데요."

짜증 섞인 목소리가 들려왔다.

"늦은 시간에 죄송합니다. 제 생사가 걸린 문제라 결례를 하고 있습니다. 이해해주십시오. 그럼 20분 후에 다시 오겠습니다."

"오늘 안 들어오실지도 모르겠어요."

"꼭 들어오실 겁니다. 우 의원님께서는 출장이 아니고는 외박은 하신 적이 없으신 줄로 압니다."

백인홍은 어느 좌석에서 우 의원이 한 말을 떠올리곤 넌지시 말을 건넸다.

"이곳 대문 앞에서 그냥 기다리겠습니다."

백인홍이 다시 말하곤 통화를 끝냈다.

백인홍은 이제 그 자리에서 맨손체조를 하기 시작했다. 잠시 후 그는 갑자기 무슨 생각이 떠올랐는지 주위를 두리번거렸다. 아까 골목길 입구에 있었던 상점이 기억이 났다. 그는 골목길 입구로 걸어갔다. 불 꺼진 상점

의 유리문을 두드렸다. 잠시 후 주인인 듯한 여자가 나
왔다.

"누구예요?"

"출출해서 소주 한 병하고 안주 좀 사려고요."

백인홍이 유리문 안쪽의 천을 걷고 서 있는 여주인에
게 허리를 굽실거리며 말했다. 유리문이 열렸다. 그는
상점 안으로 들어가 소주 두 병과 꽁치 통조림 한 개와
생계란 여덟 개를 집었다. 주인 여자가 비닐봉지에 넣어
주었다. 백인홍은 셈을 치렀다.

"아주머니, 죄송하지만 덮을 담요나 이불 파실 것 없
어요?"

백인홍이 그렇게 말하자 주인 여자가 이상하다는 눈초
리를 보냈다.

"숙소에 난로가 고장이 나서 이불이 더 필요해서요.
미안합니다."

백인홍이 머리를 조아렸다.

"파는 이불은 없고 허드레 이불이 있는데 가지고 갔다
가 내일 가져다주세요."

주인 여자가 그렇게 말하곤 안으로 들어갔다. 그사이
백인홍은 꽁치 통조림 뚜껑을 따서 비닐봉지에 다시 넣
었다.

잠시 후 허드레 이불을 한아름 안고 주인 여자가 다시 나왔다.

백인홍이 비닐봉지를 든 손으로 이불을 받아 들고는 다른 손으로 주머니를 뒤져 돈을 선반 위에 놓았다.

"이건 무슨 돈이에요?"

주인 여자가 물었다.

"그냥 가지고 계시다가 이불을 갖고 오면 돌려주세요."

"그럴 필요 없어요. 가지고 가세요."

주인 여자가 돈을 집기도 전에 백인홍은 유리문을 열고 나와 골목 안으로 뛰어갔다.

그는 우 의원 대문 앞 시멘트 바닥 위에 이불을 반으로 접어 깔고 이불 사이로 하체만 들이밀었다. 비닐봉지에서 생계란 두 개를 꺼내 구멍을 내어 흰자와 노른자를 빨아삼켰다. 그만하면 위벽은 코팅이 되리라 믿었다. 소주병을 꺼내 이로 마개를 딴 후 꿀꺽꿀꺽 반 병쯤 마셨다. 위 속이 훈훈해오는 것 같았다. 그는 깡통 속의 꽁치를 엄지와 검지로 끄집어내어 먹었다.

그는 꽁치 맛에 입맛을 다시며 미소를 지었다. 거지 생활도 막상 해보면 생각했던 것만큼 나쁘지 않다는 생각이 들어서였다. 그는 생계란 여섯 개, 소주 한 병 반,

꽁치 안주를 처음과 똑같은 순서로 세 번에 걸쳐 다 먹었다. 기분이 좋아졌다. '별을 지붕 삼아……'라는 어릴 적 부르던 동요가 떠오르자, '이것이야말로 별을 지붕 삼는 격이다' 하고 생각하며 그는 피식 웃었다.

그러고 보니 모든 게 별것 아니라는 생각이 들었다. 젊고 잘생기고 돈 많은 놈을 찾아가는 여자를 탓할 필요도 없고, 기회만 있으면 경쟁자를 조지고 보는 게 장사하는 사람이 살아남는 방법이니 진성호에게 원한을 품을 필요도 없는 것 같았고, 영원한 친구나 적이 없는 정치판에서 살아가야 하는 우 의원을 매정하다고 탓할 이유도 없었다.

세상살이는 아주 간단한 것처럼 보였다. 마음이 아니고 돈으로 살 여자만 가까이하면 되는 거고, 경쟁자에게는 자기를 넘볼 기회를 주지 않으면 되는 거고, 권력이 있는 놈한테는 케이스 바이 케이스로 돈으로 해결하면 되는 것이라는 생각이 들었다. 소주 두 병이 가져다준 취기 덕분인지 백인홍은 갑자기 우병선 의원이 아무것도 아닌 것처럼 생각되었다.

저나 나나 발가벗겨놓으면 불알 두 쪽만 달랑 달려 있고, 나이 먹으면 죽을 것이고, 죽으면 똑같이 한줌의 흙이 될 터, 한줌의 흙이 되고 난 다음에 부나 명예가 무슨 소용이 있겠는가? 에라 모르겠다, 잠이나 자고 보자, 설마하니 얼어 죽기야 하겠냐? 그래도 아버지 덕택에 건강은 남 못지않고, 더구나 젊은 시절 운동으로 단련된 몸이니 이까짓 추위쯤이야 못 견디려고……. 그는 서서히 잠 속으로 빠져들어갔다.

삐거덕 하고 문 열리는 소리에 백인홍은 눈을 번쩍 떴다. 그의 눈에 첫 번째로 들어온 것은 희미한 여명이었고, 그다음에 들어온 것은 우병선 의원의 놀란 표정이었다.

"백 사장……."

우 의원이 문을 열다 말고 한 발짝 문 안으로 물러서며 외마디 소리를 질렀다. 백인홍은 서리가 낀 이불에 잠시 시선을 주었다가 얼굴을 두 손으로 한번 쓸어내린 후 머리에 앉은 서리를 털어냈다. 그는 반으로 접은 이불 속에서 몸을 끌어내면서 옆에 어지럽게 널려 있는 꽁치 통조림 깡통, 소주병, 그리고 계란껍질을 주섬주섬 비닐봉지에 넣었다.

"우 의원님 귀가하시는 걸 기다리다가 깜박 잠이 든 모양입니다."

백인홍은 계면쩍은 미소를 입가에 흘리며 일어서서 이불을 집어들었다.

"언제부터 여기 있었소?"

우 의원이 물었다.

"어제 저녁 11시 조금 넘어서부터입니다."

백인홍은 손목시계를 들여다보았다. 새벽 6시 5분. 6시간 동안 숙면을 했다는 생각이 들자 몸이 가뿐해졌다. 하기야 밀폐된 비행기 내 의자 위에서 몸을 구부리고 자는 게 습관화된 자신에게는 우 의원 집 앞의 시멘트 바닥 위가 어쩌면 편안한 잠자리였을지도 몰랐다.

"언제 들어오셨습니까?"

우 의원은 묵묵부답이었다.

"백 사장, 이러다 큰일 나겠소. 얼어 죽지 않은 게 천만다행이오."

우 의원이 정신을 가다듬고 말했다.

"얼어 죽을 리가 있겠습니까? 할 일이 많은 저 같은 사람이……."

백인홍이 미소 지으며 말했다.

"자, 이리 들어오시오."

우 의원이 백인홍의 팔을 잡고 대문 안으로 이끌었다.

"잠깐만 계십시오. 이불을 저기 상점에 갖다주고 오겠습니다."

"이불은 그냥 두시오. 일하는 아줌마를 시키면 돼요……. 백 사장, 어쩌려고 이런 무모한 짓을 하시오. 지금 20대 청년도 아니고……."

"20대 청년은 아니지만 마음만은 20대 청년에 못지않습니다. 죽는 게 겁나면 이 세상을 어떻게 살아나갈 수 있겠습니까? 그까짓것, 한 번밖에 더 죽겠습니까? 아무리 잘난 놈도 두 번 죽을 수야 없잖습니까?"

백인홍이 이불을 한아름 안고 느긋하게 말했다.

"이불을 거기다 두고 빨리 들어와요."

백인홍은 우 의원에게 이끌려 이불을 바닥에 내려놓은 채 문 안으로 들어갔다.

"그래, 무슨 일로 이러는 거요?"

응접실에서 우 의원이 마주 앉은 백인홍에게 물었다.

"우 의원님, 사람 죽여보셨습니까?"

우 의원이 어리둥절해했다.

"우 의원님, 그럼 사람 한번 살려보셨습니까?"

백인홍이 다시 물었다. 우 의원은 멍하니 백인홍을 쳐다만 보고 있었다.

"우 의원님, 의원님께서 사람을 죽일 수도 있고 살릴 수도 있다면 어느 쪽을 택하시겠습니까?"

"……."

"물론 살리는 쪽이시겠지요?"

백인홍이 물었다. 우 의원은 여전히 침묵을 지켰다.

"지금 의원님은 한 사람을 살릴 수도 있고 죽일 수도 있습니다."

백인홍이 말했다.

"바로 제 목숨이 의원님 손에 달려 있습니다."

백인홍이 덧붙였다. 일하는 아주머니가 인삼차를 가지고 응접실로 들어와 그들 사이의 대화가 잠시 중단되었다. 아주머니가 테이블 위에 차를 놓으면서 거지 몰골을 하고 있는 백인홍을 보고 악취가 풍기는지 상을 찡그렸다. 백인홍이 인삼차를 입으로 가져갔다.

"나에게 할 말이 무언지……?"

우 의원이 차를 들면서 눈을 아래로 내리깔고 중얼거리듯 말했다.

"다른 말씀 드릴 것도 없습니다. 방금 말씀드린 대로 저를 살리시든지 죽이시든지 우 의원님 마음대로 하십시오……. 저를 죽이시더라도 제 가족이 의원님을 야속해하는 것 이외에는 아무 일도 없을 겁니다. 제 가족이란 저희 식구와 저희 회사의 직원을 다 포함해서 말씀드리는 겁니다."

"내가 백 사장을 죽이고 뭐고 할 권리도 없고, 이유도 있을 리 없지 않겠소?"

"의원님께서 그냥 이 일을 모르는 체하고 계시면 저를 죽이는 거와 다름없습니다."

"……."

"만약 의원님께서 저를 살펴주신다면 의원님은 제 생명의 은인이십니다. 생명의 은인께 무슨 일이든 보답 못하겠습니까? 지금 경영하고 있는 조그마한 회사도 제 것이라고 생각하지 않겠습니다. 의원님 것이라고 생각하겠습니다. 의원님, 저는 운동한 사람입니다. 의리 하나만 믿고 이때까지 인생을 살아왔고, 앞으로도 그 점에서는 변화가 없을 겁니다."

백인홍은 말을 끝내고 우 의원의 눈을 응시했다. 우 의원이 잠시 눈을 마주치다 다시 내리깔았다. 백인홍은 자신이 생겼다.

"무슨 일인지는 자세히 모르지만…… 내가 나서서 도울 수 있는 일이 아닌 줄 아는데……."

우 의원이 찻잔을 입에서 떼며 눈을 아래로 내리깐 채 어물어물했다.

"아닙니다. 의원님 말씀 한마디면 해결될 수 있습니다. 지금 상태로는 의원님만이 저를 도와주실 수 있습니다."

잠시 침묵이 흘렀다. 백인홍은 우 의원의 마음이 흔들리는 것을 몸으로 느꼈다. 이때다 싶어 백인홍은 힘껏 밀어붙이기로 마음먹었다.

"의원님, 만약 의원님이 도와주시지 않는다면 저는 이곳을 나가는 즉시 한강 다리로 가 뛰어내리겠습니다. 회사는 제 생명입니다. 회사가 망한 마당에 제가 살아서 뭐하겠습니까? 저는 이때까지 지키지 못할 말은 해본 적이 없습니다."

"뭐 그렇게 과격한 말을 하시오. 아직 혈기왕성한 젊은이가……."

우 의원의 음성에 다소 온화한 기운이 감돌았다.

"의원님, 청와대 사정비서실의 김 비서관에게 전화 한 통화만 해주십시오. 의원님과 의원님 가족에게 제 목숨이 붙어 있는 이상 반드시 은혜를 갚겠습니다."

우 의원이 백인홍을 힐끔 보더니 생각에 잠기는 듯했다.

"의원님, 절대 후회하시지 않으실 겁니다. 두고 보십시오. 의원님께는 물불 가리지 않고 개같이 충성할 사람이 꼭 필요하실 겁니다."

권력자의 퇴임 후에 우 의원이 겪을지도 모를 역경을 백인홍은 은근히 비쳤다.

백인홍은 탁자 위에 있는 전화기를 고양이가 쥐를 보듯 눈을 부릅뜨고 응시했다. 우 의원이 그런 백인홍에게 시선을 주더니 수화기를 들었다. 우 의원이 천천히 버튼을 눌렀다. 일곱 자리 수를 누르는 시간이 한여름의 한나절처럼 길게 느껴졌다. 드디어 일곱 번을 누르고 우 의원이 수화기를 귀로 가져갔다.

"김 비서관 좀 바꿔줘요. 우병선 의원이라고 하세요."

우 의원의 음성이 구세주의 구원의 소리인 양 은은하고 장중하게 들려왔다.

"김 비서관, 너무 일찍 깨우지나 않았는지 모르겠어. 급한 일이 생겨서…….."

잠시 듣고 있다가 우 의원이 말을 이어나갔다.

"조간신문에 난 기사 때문에 전화하는 건데…… 사건에 연루된 사람이 내가 잘 아는 사람이오. 백인홍이라고 백운직물의 사장이지. 수출 열심히 하고 사업밖에 모르는 사람인데 무슨 오해가 생긴 모양이오."

우 의원이 상대방 반응을 잠시 듣고 있었다.

"그런 혐의가 있으면 조사해보면 판명이 나겠지만…… 김 비서관도 알다시피 신문이 떠들면 살아남을 회사가 어디 있겠소. 그렇지 않아도 요즘 여기저기 노조 측의 움직임이 심상치 않은데 고용인이 천 명이나 되는 회사를 조사도 끝나기 전에 여론재판으로 몰고 가면 회사가 문 닫게 될 거고, 그러면 노동자들이 가만히 있겠소?"

우 의원이 말을 마치고 상대방 말을 듣는 사이 백인홍이 우 의원을 보고 고개를 끄덕였다.

"여하튼 검찰청과 국세청에 연락해 회사는 일체 터치하지 말라고 하시오. 지금 그럴 때가 아니오. 결국 각하께 누가 돌아가게 되어 있소."

우 의원이 다시 상대방 말을 듣고 있었다.

"폭행사건은 검찰에서 폭행 건에 한하여 조사하도록 하면 되는 거고, 국세청은 당장 이 사건에서 손을 떼라고 하시오."

우 의원이 목소리를 높였다.

"……음…… 그래요. 김 비서관이 책임지고 해결하시오. 백인홍이라는 사람은 내가 개인적으로 책임을 지겠소."

우 의원이 전화를 끊었다.

백인홍이 자리에서 벌떡 일어나 소파에 앉아 있는 우 의원에게 큰절을 했다.

"의원님, 앞으로 의원님을 아버지처럼 모시겠습니다."

백인홍이 엎드려 말했다.

"아니, 이 사람아, 내가 어디 당신 부친 나이인가?"

우 의원이 너털웃음을 터뜨렸다.

"그럼 의원님을 지금부터 저의 정신적 대부로 모시겠습니다."

"그런 걱정 말고 어디 가서 샤워나 하고 좀 쉬시오."

"대부님 말씀대로 하지요."

백인홍이 고마움을 감추지 못한 얼굴로 소파에서 일어났다. 우 의원이 따라 일어나 현관으로 걸어가며 백인홍의 어깨를 다독거렸다.

"다른 걱정은 말고 사업이나 열심히 하시오. 열심히 사업하는 사람들이 뭐니 뭐니 해도 가장 애국자요. 그 사람들처럼 고용 창출을 하는 사람들이 어디 있소? 정경유착을 해 이것저것 다 손대는 재벌들 말고 중소기업을 하는 건실한 사람들 말이오. 백 사장 같은 중소기업인을 알아주는 날이 있을 거요. 실망하지 말고 열심히 하시오."

백인홍은 현관에서 다시 90도로 허리를 굽혀 인사를 하고 집을 나섰다.

백인홍은 안마 시술소의 카운터 옆에서 전화를 걸고 있었다.

　"혹시 자는데 깨운 거 아니야? 좋은 소식이 있어 전하고 싶어서……."

　백인홍이 술에서 덜 깬 목소리로 전화를 받는 권혁배에게 말했다.

　"어, 괜찮아. 어떻게 되었어?"

　"우 의원 만나고 오는 길이야. 우 의원이 나 있는 데서 사정비서실의 김 비서관에게 전화했어."

　"우 의원이 뭐라고 지시했어?"

　"폭행사건만 조사하도록 하고 회사는 일체 손대지 말라고 했어. 회사가 망하면 노동자 실업 문제도 있고 하다며……."

　"그럼 해결된 거야. 야, 정말 한시름 놨다. 조금도 걱정할 것 없어. …… 폭행사건은 백 사장이 그 폭행당한 수사관에게 사과하면 될 거야. 그 친구 보나마나 박봉에 시달릴 테니까 돈으로 해결해. 별문제 아닐 거야."

　"권 의원, 그건 그렇지 않아. 그자한테 일 원 한 푼도 줄 수 없고 사과할 의향도 전혀 없어. 당당하게 법정에서서 재판을 받을 거야. 그자들이 불법으로 나한테 한 짓을 천하에 폭로할 거야. 오히려 잘됐어. 그까짓 몇 개월 감옥살이 하면 어때. 나도 내 자식들한테 자랑거리가 생긴 셈이지."

백인홍이 단호한 어조로 말했다.

"글쎄…… 백 사장 생각이 정 그렇다면 내가 어떻게 할 수는 없지만…… 세상일이라는 게 좋은 게 좋은 거 아니겠어? 백 사장이 앞으로 사회활동을 하려면 말이야. 직원들이 보는 시선도 곱지 않을 거고……."

"권 의원, 무슨 말을 하는 거야? 앞으로 사회활동하는 데는 오히려 그런 일 한번쯤 겪는 게 나쁘지 않아. 직원들한테도 존경을 받을 거고……. 여하튼 권 의원, 걱정해줘서 고마워. 다시 연락할게."

"백 사장, 그럼 수고해."

백인홍은 전화를 끊고 날렵한 몸놀림으로 탈의실이 있는 층계를 뛰어올랐다.

잠시 후 백인홍은 사우나탕에서 비지땀을 흘리고 있었다. 다시 생각해보아도 우 의원 대문 앞에서 한뎃잠을 잔 자신의 행동이 유효했던 것 같았다. 어디서 그런 아이디어가 불쑥 나왔는지 알 수 없었지만 문 앞에서 자고 있는 자신의 모습이 우 의원의 마음을 움직인 것이 분명했다. 그런 행동이 즉흥적이었거나 우연이었다고는 믿기 어려웠다. 누군가 자신을 돕고 있음이 틀림없다고 그는 결론지었다. 누굴까?

문득 돌아가신 아버지 생각이 났다. 자신이 그토록 저주하고 있는 아버지가 구천에서 아들을 도와주고 있는 것인가? 그러고 보니 자신이 아버지를 저주하는 이유도 뚜렷하지 않았다. 기껏 머리에 떠오르는 게 있다면, 하나밖에 없는 자식을 좀 호되게 다뤘다는 것과 유곽을 운영하면서 여자들을 혹사했다는 정도였다.

그러나, 하고 백인홍은 생각을 계속했다. 아버지가 자신을 엄격하게 다루지 않았더라면 자신이 이번 경우와 같은 위기를 넘길 수 있는 악바리 같은 근성을 가졌을 리가 만무하다는 생각이 들었다. 또한 아버지가 유곽의 여자들에게 잔인했으리라는 자신의 생각에도 의문이 들었다. 그것은 잔인함이라기보다 지혜일지도 몰랐다. 성욕에 빠진 여자들에겐 유곽이 이상적인 직장일 수도 있지 않을까? 백인홍은 의문이 점점 깊어지면서 어느 순간 그것은 여자의 본성을 훤히 알고 있는 아버지의 통찰력이었다는 확신이 섰다.

'김명희를 보아라!'라고 그는 속으로 소리쳤다. 동시에 가빠지는 숨을 헐떡이며 벌떡 일어나 사우나탕 밖으로 나왔다. 샤워기 밑에 서서 찬물을 틀었다. 머리를 뒤로 젖혀 찬물을 얼굴로 받으며, 그는 여자를 믿은 자신의 어리석음이 가져다준 고통이 가슴에서 씻겨지기를 바랐다.

그것은 전혀 예상 밖의 일이 아니었다. 김명희가 경험하지 못한 새로운 세계, 오르가슴이라 불리는 세계를 그녀에게 열어주는 자가 그녀를 완전히 차지하리라고 그는 예상했었다. 그러나 이렇게 빨리, 그것도 진성호란 자가 그녀를 소유할 줄은 꿈에도 상상 못했다. 죽일 연놈들! 물이 떨어지는 소리 속에 그의 부르짖음이 잦아들었다.

잠시 후 그는 욕실 밖으로 나와 복도를 걸어가 독방을 열고 들어갔다. 한쪽에 깔려 있는 이불 위에 몸을 던지며 그는 편안히 잘 수 있는 잠자리의 고마움을, 추위에 떨며 하늘을 지붕 삼아 잠자보지 않은 사람은 결코 모르리라고 생각했다. 노크 소리가 들려왔다. '네' 하고 그가 대답하자 누군가 문을 열고 들어왔다. 팬티만 살짝 가릴 정도로 짧은 원피스를 입은 앳돼 보이는 여자였다.

"오빠, 나 들어가도 돼요?"

그녀가 조금은 어색해하면서 생긋 미소 지으며 말했다. 잠시 어리둥절해 있던 그는 곧 들어오라는 손짓을 했다. 그녀가 원피스를 머리 위로 훌렁 벗었다. 기가 막히게 육감적인 여자의 나신이 드러났다. 팬티를 벗고는 옆으로 살짝 돌아서서 그녀는 그곳에 무엇을 바르는 듯했다.

"뭐 바르는 거야?"

백인홍이 의아해서 물었다.

"젤이에요."

뒤돌아보며 생긋 웃는 그녀의 천진난만한 표정을 대하자 그는 몹시 흥분했다.

그녀가 그의 가운을 펼친 후 그곳에 텍스를 끼고는 그의 위에 엎드려 가슴으로 입을 가져갔다. 그의 젖꼭지를 빨면서 그녀는 흥분한 체 거짓 신음 소리를 내었다. 그녀를 물끄러미 바라보며 백인홍은 웃음 지었다. 그녀는 너무나 젊고, 너무나 육감적이고, 그리고…… 그리고 너무나 순진하고, 너무나 양심적이고, 너무나 아리따웠다. 자신의 몸으로 상대방을 기쁘게 하려는 것 이상의 순진함을 이 세상 어디에서 찾아볼 수 있겠는가? 상대방의 본능적인 욕구를 만족시켜주는 것보다 더이상 양심적인 직업이 이 세상 어디에 있을 수 있겠는가? 자신의 몸을 상품으로 팔려는 여자의 심정처럼 고운 마음을 어느 인간에게서 찾을 수 있겠는가? 백인홍은 혼자 그런 생각을 하다가 입가에 미소를 지으며 그녀를 품속에 으스러질 듯 껴안았다. 곧이어 그는 체위를 바꾸면서 미친 듯 사랑 행위를 시작했고, 그녀는 놀랍게도 멋드러진 신음을 토해냈다. 비록 거짓 신음이라 하더라도, 아니 그것이 거짓 신음이기에 오히려 그녀에게 고마움을 느꼈다. 그는 다시 체위를 바꾸면서 무아경으로 빠져들어갔다.

그 순간만큼 그는 김명희를 완전히 용서하고 철저히 잊어버릴 자신이 있었다. 글쎄…… 앞으로도 그럴 수 있을까? 백인홍은 회의를 품었다. 시간이 흐르면서, 그가 가장 필요치 않을 때 그녀의 환영이 그의 눈앞에 불쑥 나타나 '너는 바보야, 너는 어리석은 자야'라고 소리칠 것임을 그는 어렴풋이 알았다.

11. 개판 시대 : 진성호

– 이진범의 중태 소식.
– 1988년 노태우 정권부터 1998년 김영삼 정권이 끝난 10년 동안은 한국의 경제를 완전히 망가뜨린 '방종의 10년'이었고, 결국 이로써 한국은 1998년 말 IMF 사태에 돌입했다. '국가의 가장 큰 의무는 무역흑자를 통해 외환보유고를 높이는 것'이라는 컨센서스가 중진국 지도자들 사이에 이루어진 것은 바로 이때다. 이들 지도자들을 '1998학번'이라고 부른다.
– 우리 사회엔 인간 사이의 교분을 지나치게 중요시하는 경향이 있다. 사실인즉 인간의 교제는 따지고 보면 상처를 주고 상처를 받는 것에 지나지 않는다. 그래서 인간은 피난처로 이용할 '고독'이라는 성곽이 꼭 필요하다.

어둠이 걷히기 전 새벽녘의 한가한 서울 거리를 달리는 차 안 뒷좌석에 몸을 푹 파묻은 채 눈을 감고 있던 진성호의 입에서 갑자기 신음 소리가 새어나왔다. 자신의 신음 소리에 깜짝 놀라 눈을 뜬 진성호의 시선과 룸미러에 비친 놀란 표정의 기사의 시선이 마주쳤다. 진성호는 일부러 헛기침을 두어 번 하며 자리를 고쳐 앉았다.

진성호는 가슴이 답답해져 차창 문을 반쯤 열었다. 새벽의 한겨울 바람이 차 안을 메웠으나 답답함은 사라지지 않았다. 자신이 이 일을 어떻게 받아들여야 할지 도무지 판단이 서지 않았다. 만약 이성수 교수가 투서자라면, 이성수 교수를 적으로 삼고 복수를 시도해야 할지, 아니면 이성수 교수의 입장에서 보면 아들로서의 당연한 의무인 것으로 받아들여 없었던 일로 잊어버려야 할지, 아니면 이성수 교수의 투서가 아버지 진 회장의 병환과 직접적인 관계가 없다고 자위해야 할지, 결정을 할 수 없었다.

진성호는 어제 오후 미숙 누이의 부탁으로 진호를 어린이 영화관에 데려간 일이 몹시 후회스러웠다. 진호를 보지 않았더라면 진호의 조부 성함이 이경찬이라는 사실이 갑자기 떠오르지 않았을 것이다. 그리고 11년 전에 사망한 이경찬이란 사람이 이성수 교수의 부친인데 대하실업과 경쟁관계에 있는 동종 업종의 회사를 경영하다가 세무사찰을 받아 파산했다는 사실이 상기될 리도 없었다. 또한 이경찬이 대하실업의 사주로 인해 세무사찰을 당한 것이라 믿어 죽기 전까지 원한을 품고 있었다는 정보를, 어제 저녁 당시 두 회사의 관계를 잘 아는 아버지의 친구로부터 전해들을 수도 없었을 것이다. 비록 이 모든 것이 사실이라 하더라도 확인하는 과정에서 미숙 누이가 알게 되면 또다시 깊은 상처를 입으리라는 데 생각이 미치자, 진성호는 이 사실을 당분간 비밀로 하기로 결심했다. 미숙 누이가 어떻게 더이상의 상처를 견딜 수 있겠는가!

"라디오 뉴스 좀 틀어봐."

진성호가 사념에서 빠져나오려고 기사에게 지시했다.

라디오 뉴스가 흘러나왔다.

'14개 정부 투자기관의 장이 대통령으로부터 경고장을 받았습니다. 내사 결과 정부 투자기관의 감사들이 내년 3~4월에 임기가 만료되는 점을 의식, '동유럽 감사 세미나'라는 허위 해외 세미나 일정을 만들어 지난달 10월 26일부터 11월 9일까지 출장비 명목으로 돈을 타내 헝가리 · 유고 · 스위스 · 프랑스 등지로 사치성 외유를 하였음이 확인되었습니다.'

진성호는 허탈하게 웃었다. 무서운 것이 없는 사회에서 너나 할 것 없이 무조건 먹고놀고 보자는 식인 작금의 사태를 통탄했다. 또 다른 뉴스가 들려왔다.

'정부는 내년 1991년도 수출입 전망을 발표했습니다. 수출은 699억 달러, 수입은 765억 달러……'

진성호는 화가 났다. 100억 달러 가까운 무역 흑자를 기록한 나라가 불과 몇 년 사이 70억 달러의 무역 적자를 내는 나라로 전락했다면 누군가 책임을 져야 하는데 책임지는 사람은 아무도 없었다. 무역 적자를 두려워하지 않는 정부와 빚으로 고소득 생활수준을 향유하는 국민이 한심스러웠다. 그야말로 모든 게 개판이었다. 다음으로 사회 관련 뉴스가 나왔다.

'증인들이 보복이 두려워 전부 출정을 기피한 이유로 악명 높은 깡패인 김태촌의 공판이 어제 열리지 못했습니다……'

뭐? 감투 쓴 너희들이 나라를 다스린다고? 이 약아빠진 바보 놈들아!

진성호는 속으로 울분을 터뜨렸다.

'다음으로 해외 뉴스를 전하겠습니다. 지난 19일 워싱턴 덜레스 공항 근처 교포가 경영하는 한 모텔에서 총격 사건이 있었습니다. 흑인 강도는 총탄에 맞아 현장에서 즉사했고, 모텔 경영인 교포 두 사람은 흉기로 머리를 다쳐 중태에 빠져 있습니다.'

차 안에서 라디오 뉴스를 듣던 진성호는 섬뜩함을 느꼈다. 이진범이 워싱턴 덜레스 공항 근처에서 모텔을 경영하고 있다는 사실이 상기되었기 때문이었다. 진성호는 시계를 보며 카폰을 들었다. 뉴욕 지점의 전화번호를 눌렀다. 곧 전화가 연결되었다.

"대하실업 뉴욕 지점입니다."

"나, 진성호 기획실장이오."

"진 실장님, 김 과장입니다."

"다름이 아니라 워싱턴 덜레스 공항 근처에 있는 모텔에서 사고가 있었다는 뉴스를 방금 들었어요. 사고를 당한 교포의 이름과 상태를 알아봐 카폰으로 연락주세요."

"네, 곧 알아보겠습니다."

진성호는 전화를 끊었다. 만약 그자가 이진범이라면 미숙 누이에게 알려주는 것이 좋을지 아닐지 망설여졌다. 다음 순간 진성호는 이 사실을 미숙 누이에게 알려주고, 지점의 직원을 통해 이진범을 도와주어야겠다고 마음먹었다.

진성호는 덕수궁 옆 골목 어귀에 정차한 차에서 내렸다. 주위를 두리번거리며 박수근 수사관이 약속 장소로 정한 커피숍 '고궁'을 희미한 가로등 불빛의 도움을 받아 눈으로 찾았다. 10미터 전방에 조그마한 간판이 보여 그쪽으로 걸어갔다. 진성호는 걸어가면서 엊그제 저녁 백운직물의 장부를 압수해간 국세청이 어제 저녁 장부를 다시 돌려준 이유를 생각해보았다. 백인홍이 그사이 윗선에 손을 썼음이 틀림없었다. 여하튼 박수근을 만나면 정확한 이유를 알 수 있을 것 같았다.

그는 지하로 가는 층계를 내려가 커피숍 문을 열고 안으로 들어섰다. 거의 텅 빈 커피숍 안 중간쯤에 놓인 난로 옆에 앉아 있는 박수근 수사관의 모습이 보였다. 진성호가 그쪽으로 걸어갔다.

"몹시 피로해 뵈는군요. 수사가 여의치 않은 모양이지요?"

진성호가 박수근의 맞은편 자리에 앉으며 말했다. 닷새 동안에 세 번째 만나는 사이였으나 진성호는 초췌한 몰골을 하고 있는 박수근에게 안쓰러움을 느꼈다.

"어젯밤 한숨도 못 잤습니다. 그놈이 어찌나 끈질긴지…… 한마디도 불지 않아요."

"누굽니까?"

"백운직물의 이사인 변희성이라는 자예요."

"다른 중역은 없습니까?"

"최 뭐라는 중역은 어디로 잠적했는지 찾을 수도 없고…… 변희성이라는 자가 폭행사건에 직접 관련되어 있는 자라 불러다놓고 족쳤으나 소용이 없었어요. 참 지독한 놈입니다. 자기는 모르는 일이라고 무조건 딱 잡아떼는 거예요. 그게 비록 사실이라 하더라도 백인홍에게 해를 끼칠 말은 할 수 없다며 오히려 감옥에 빨리 집어넣으라는 거예요."

"시간이 지나면 협조하겠지요. 그건 그렇다 치고 국세
청 조사는 어떻게 돌아가는 겁니까? 어제 저녁 얘기 들
으니 국세청이 백운직물에서 압수한 장부를 돌려주었다
고요……. 무슨 정보를 들었습니까?"

박수근이 허탈한 표정을 지으며 한숨을 내쉬었다.

"아, 그게 또 이상하게 돌아가고 있습니다."

"어떻게요?"

"청와대에서 국세청에 연락하여 회사에는 일체 손대지
말라고 했다는 거예요. 노조 문제도 얽혀 있고 해서 회
사가 문을 닫으면 안 된다는 게 이유인 모양이에요."

"청와대 어디에서 그런 지시가 내려왔답니까?"

진성호가 허리를 고쳐 세우며 물었다.

"사정비서실에서 지시가 내려왔다고 해요."

진성호는 등받이에 몸을 기댄 채 생각에 잠겼다.

"언론에서 더 크게 떠들게 하면 어떨까요?"

잠시 사이를 두었다가 진성호가 물었다.

"별 소용이 없을 거예요. 청와대에서 워낙 강하게 지
시가 내려와 국세청으로서는 어떻게 할 도리가 없다고
하니까요. 시간을 두고 서서히 목을 죄는 방법을 연구해
야겠어요."

잠시 두 사람 사이에 침묵이 흘렀다. 진성호가 속주머니에서 수표가 든 두툼한 봉투를 꺼내 박수근의 윗도리 주머니에 쑤셔 넣었다.

"고생이 너무 많으세요. 수사비로 사용하십시오."

진성호가 말했다.

"이러시지 않아도 되는데…… 어떻게든 백인홍 이놈을 잡아넣을 자신이 있습니다. 당분간 회사는 손을 대지 못하더라도 백인홍 개인만은 혼을 내주겠어요."

"당연히 그래야겠지요. 검찰의 수사관을 폭행하고서도 돌아다닌대서야 말이 됩니까? 사회정의 차원에서도 그냥 두고 볼 수는 없지요."

진성호가 박수근을 훈계하듯 의젓하게 말했다. 그런 진성호의 태도가 기분을 상하게 한 듯 박수근이 상을 찡그렸다.

"백인홍이 회사 비리를 투서질했다면서요?"

박수근이 진성호의 눈을 응시하며 물었다.

"누구한테 들었습니까?"

"그런 정보가 들어왔습니다. 어떤 내용의 비리인지요?"

진성호는 박수근의 눈을 보았다. 참새를 낚아채려는 매의 눈을 하고 있었다.

"그건 사실이 아닙니다. 백인홍은 회사의 비리를 투서한 적이 없습니다. 투서질할 만한 회사의 비리도 없고요……."

박수근은 믿기지 않는다는 표정을 지었다.

"오해하지 마십시오. 백인홍에게 특별한 원한이 없습니다. 저희 회사의 경쟁상대도 아니고요. 단순히 잡놈 행세를 하면서 너무 물을 흐려놓는 게 못마땅해서 그러는 겁니다."

박수근이 야릇한 미소를 입가에 흘렸다. 박수근이 무슨 생각을 하든 상관할 필요가 없다고 진성호는 생각했다. 김명희와 관계가 있는 남자면 누구든 자신이 파괴해야 할 적이라는 것을 박수근이 알 리가 없었다.

"그럼 다시 뵙겠습니다. 도움될 일이 있으면 언제라도 연락주십시오. 최선을 다하겠습니다."

진성호가 자리에서 일어나며 말했다.

"고맙습니다. 일이 진척되는 대로 연락드리겠습니다."

두 사람은 악수를 교환하고 헤어졌다.

12. 약속 : 진규식

- 대표이사가 된 진성호를 보고 세상을 떠나는 진규식.
- 적절한 죽음의 시간에 대해 서양 철학자들은 세 가지 의견을 내놓았다. 첫째, 인간은 애초에 태어나지 말아야 했으므로 일단 태어났으면 빨리 죽는 게 좋다(쇼펜하우어. 1860년 사망). 둘째, 전쟁터에서 죽는 게 가장 좋고, 그다음은 자신의 명예나 후계자에게 도움이 될 때 죽는 것이고, 가장 나쁜 죽음은 자연사다(니체. 1900년 사망). 셋째, '세상은 최선의 방향으로 가게 되어 있으므로 가능한 한 오래 사는 것이 좋다.' 이 세 번째 주장은 컴퓨터 창시의 기반을 다진 라이프니츠(1716년 사망)가 한 말이므로 그의 이론이 가장 맞을 것 같다. 스마트폰 시대가 도래한 21세기 초기부터는 특히 그러하다.

무엇인가가 그의 앞을 뿌옇게 가리고 있었다. 그것이 서서히 흔들리면서 그의 몸을 감쌌다. 그는 기분이 몹시 상쾌해졌다. 그것이 다시 움직이면서 그는 자신이 짙은 안개 속에 있음을 알았다. 몸에 몹시 익숙해진 안개…… 어쩌면 안개가 이토록 상쾌하게 느껴질까?

그의 시선이 멀어져가는 안개를 따라갔다. 엷어지는 안개 사이로 붉은 홍시가 주렁주렁 달린 감나무가 보였다. 감나무 너머로 들판이 이어지면서 뒤쪽으로 험준한 산이 위세당당한 모습을 드러냈고, 산기슭을 따라 뽕나무밭이 산을 배경으로 펼쳐져 있었다. 그것은 자신이 어

린 시절에 뛰어놀던 고향 마을의 뒤켠이었다. 그토록 그
리워하던 고향…… 어쩌면 고향이 이렇게 아름다울 수가
있을까?

뽕나무밭이 서서히 가까워지면서 뽕잎을 따고 있는,
흰 수건을 머리에 쓴 여인의 모습이 보였다. 여인이 힐
끔 뒤를 돌아보았다. 어머니! 그는 목청껏 부르며 어머
니에게 달려가려고 했다. 그러나 오지 말라고 완강히 손
을 내젓는 어머니의 모습이 보여 그는 멈칫했다. 곧 어
머니의 모습이 확대되어 눈앞에 가까이 다가왔다. 그가
손을 내밀어 어머니의 치맛자락을 잡으려는 순간 어머니
는 사라졌고, 그는 눈을 번쩍 떴다.

진규식 회장이 1년 3개월 만에 처음으로 의식이 돌아와
눈을 떴을 때 본 것은 병실의 흰 벽이었다. 흰 벽이 물감으
로 채워야 할 도화지라도 되는 듯 그는 흰 벽만을 한참 동
안 응시하고 있었다. 그러나 시간이 흘러도 그것은 흰 벽
으로 그대로 남아 있을 뿐 아무것으로도 채워지지 않았다.

진 회장은 벽 쪽으로 보냈던 시선을 내려 자신의 발
쪽으로 보냈다. 그는 깜짝 놀랐다. 일찍 세상을 떠난 젊
은 시절의 아내 모습이 그의 눈에 비쳤기 때문이었다.
한쪽 다리를 올려 세운 아내는 생전의 아내답지 않게 올
린 치마 아래로 허벅지를 훤히 드러내놓고 조는 듯이 머

리를 끄덕거리며 두 손으로 자신의 다리를 주무르고 있었다. 여인의 허벅지에 시선이 머무르면서 그는 갑자기 흥분을 느꼈다. 죽은 아내가 그런 성적 매력이 있는 여자라는 사실이 믿어지지 않았다.

이곳이 이승이 아니고 저승이란 말인가? 아무리 저승이라 해도 생전에 한순간도 품위를 잃지 않던 아내가 어떻게 이럴 수가 있나? 진 회장은 의아해하며 여인의 옆모습을 좀더 자세히 보았다. 아내가 아니고 젊은 시절의 아내 모습을 닮은 낯선 여인이었다. 그는 적이 마음이 놓였다.

그는 눈망울을 옆으로 돌렸다. 침대 옆 소파에서 새우처럼 쭈그리고 잠들어 있는 딸의 모습이 보였다. 자신의 눈에 고인 눈물이 뺨을 타고 흘러내리고 있었다. 눈물을 닦으려고 팔을 움직이려 했으나 움직여지지 않았다. 얼굴을 옆으로 돌려 눈물을 시트에 닦으려고 했으나 역시 움직일 수 없었다. 그때 그는 자신의 의지대로 움직일 수 있는 것은 단지 눈망울밖에 없다는 것을 깨우쳤다.

잠자리가 불편해서인지 몸을 뒤척이는 딸의 모습이 보였다. 그는 덜컥 겁이 났다. 그렇지 않아도 불쌍한 딸에게 아버지의 눈물을 보일 수는 없었다. 그러나 딸이 깨어날 때면 눈물 자국이 자신의 뺨에 남아 있지 않기만을 바라는 수밖에 다른 도리가 없었다.

내가 의식을 잃은 지 얼마나 되었을까? 하루? 일주일? 한 달? 그사이 한 달이 지날 수는 없다고 확신했다. 기껏해야 2~3일 정도이리라. 그동안 가족들이 얼마나 애간장을 태웠을까? 진 회장은 눈동자를 돌려 침대 옆 소파에서 자고 있는 딸을 다시 쳐다보았다. 그사이 미숙이의 얼굴이 몹시 여윈 것 같아 마음이 아팠다. 미숙이를 위해서라도 빨리 완쾌되어야겠다고 다짐했다. 아니, 미숙이 때문만이 아니고 이런 상태로 인생의 종말을 맞이할 수는 없다고 다짐했다.

문 여는 소리가 들려왔다. 아! 청각도 회복이 되었구나! 진 회장은 기쁨에 들떠 탄성을 질렀다. 그러나 입은 움직여지지 않았고, 소리도 나오지 않았다. 옆방에서 잠을 잤는지 아내가 방문을 열고 한 손으로 눈을 비비며 들어오는 모습이 곁눈으로 보였다. 아내는 잠시 머뭇거리다가 옆방으로 가서 담요를 들고 나와 침대 곁으로 다가왔다. 진 회장은 아내에게 시각과 청각만 살아난 자신을 보여주고 싶지 않았다. 온전하게 회복된 몸으로, 만약 온전한 회복이 의술로 불가능하다면 의지로라도 가능하게 만들어 아내 앞에 서고 싶었다. 그는 아내가 자신의 의식이 돌아온 것을 눈치채지 못하도록 있는 힘을 다해 떠진 눈을 감으려고 노력했다. 그러나 눈꺼풀은 움직이지 않았고, 아내가 침대 옆 소파에서 자고 있는 미숙에게 담요를 덮어주는 모습이 곁눈질로 보였다. 제발…… 제발…… 눈꺼풀이 눈을 덮어주기를 그는 마음속으로 애원했다. 다행히 눈앞이 암흑으로 바뀌었다. 눈꺼풀도 움직여졌다는 말이 아닌가! 그는 자신이 생겼다.

진 회장은 방금 전 힐끔 본 아내의 모습을 기억하려고 노력했다. 여자의 나이는 못 속이는지 환갑을 4년 앞둔 여자라고는 믿기 어려울 정도로 고왔던 아내가 아침 햇살에 제 나이를 훤히 드러내 보였다. 아니, 환갑이 지난 여자처럼 아내는 그사이 많이 늙어 있었다.

"이제 집에 들어가 쉬세요. 벌써 9시가 되었네요. 별일 없었지요?"

아내의 목소리가 들려왔다.

"네, 별일 없었어요. 그럼 들어가볼게요."

발 쪽에서 여인의 목소리가 들려왔다. 여인이 침대에서 내려오는 소리가 들리고, 곧이어 문소리가 났다. 진 회장은 아쉬움을 느꼈다.

아내가 욕실로 들어가는지 욕실 문 여는 소리가 들리고, 곧이어 물 흐르는 소리가 들려왔다.

그때 '따르릉―' 하고 전화벨 소리가 들려왔다. 소파에서 자고 있던 미숙이 후닥닥 일어나 자신이 누워 있는

침대 옆에 놓여 있는 수화기를 드는 모습이 진 회장의
머릿속에 그려졌다.

"여보세요?"

미숙이의 목소리가 들려왔다.

"오빠예요? 지금 어디서 전화하는 거예요?"

미숙이의 목소리가 다시 들려왔다.

성구가 어디서 전화하는 걸까? 진 회장은 궁금해졌다.

"네, 잘 들려요. 모스크바는 춥지 않아요?"

모스크바라니? 모스크바에는 왜 갔지? 진 회장은 의
문이 생겼다.

"이곳은 다 괜찮아요. 아버지도요……. 1년 넘게 의식
을 못 찾으셨는데 갑자기 회복하실 수 있겠어요? 차차
좋아지시겠지요."

1년 넘게라니? 그럼 내가 1년 넘게 의식을 잃었었단
말인가? 진 회장은 믿어지지 않았다.

"모스크바 영화제 주최 측이 영화를 좋아해요? 상 탈
가능성은 있어 보여요?"

딸이 큰아들과 전화 통화하는 소리가 진 회장의 귀에 들려왔다.

영화라니? 이 미친놈이 골프장도 모자라 이제는 영화에까지 손을 댔나? 미쳐도 단단히 미쳤구나. 어떻게라도 회복이 돼 내 이놈을 당장 회사에서 내쫓든지 해야지. 그냥 이대로 두었다가는 회사가 오래 못 가겠어.

"오늘 오전 비행기로 출발하려고 해요⋯⋯. 네? 오지 말라고요. 왜요?"

미숙이도 모스크바에 가려 했나? 그런데 왜 성구는 오지 말라는 걸까?

"왜 갑자기 성수 씨가 혜정이와 서울로 떠났어요? 성수 씨에게 무슨 일이 일어난 거 아니에요?"

성구와 같이 여행한 것을 보니 성수란 놈이 괜찮아지기는 한 모양이구나. 물론 그래야지, 지 애비도 불행하게 죽었는데⋯⋯.

"알았어요. 오빠는 주주총회 때까지 올 수 있지요? 성호가 물어봐서요."

주주총회? 정말 1년이 지났다는 얘긴가? 진 회장은 혼란스러웠다.

"그곳에 일주일 더 있어야 한다고요?⋯⋯ 그럼 주주총회 때까지 못 오겠군요. 성호한테 뭐라고 전할까요?"

성구 이놈, 이놈이 미쳐도 단단히 미쳤구나. 사장이 주주총회에 참석하지도 않아? 나는 언젠가 맹장수술을 한 다음날 비서에게 업혀서 참석한 일도 있는데……. 주주들이 뭐라고 하겠어? 진 회장은 화가 치밀었다.

　"정말이세요? 정말로 대표이사직 사퇴서를 팩스로 성호에게 보낸단 말이죠? 그럼 회사 경영 일선에서 물러난다는 거예요? 왜요? 무슨 이유인지 지금 설명할 수 없어요?"

　뭐 어쩌고 어째? 회사를 헌신짝처럼 팽개쳐버린다고? 내가 어떻게 일구어놓은 회산데. 눈을 떠야지. 이젠 그냥 두고 볼 수가 없어……. 아니, 이게 어찌된 일이야? 눈이 떠지지 않다니! 제발 눈꺼풀을 올려다오……. 천근만근이 되어버린 무거운 눈꺼풀이라 해도 내 분노를 가두어둘 수 없을 거다. 내 가슴속에 불타는 분노가 폭발하여 내 두 눈에서 치솟는 불꽃이 눈꺼풀을 잿더미로 만들어버릴 게다. 그것이 아무리 두꺼운 철판으로 만들어졌다 해도 용광로 속의 철광석처럼 흐물흐물 녹아버릴 게다. 진 회장은 속으로 울부짖었다.

　"성호는 아직도 어려요. 회사를 경영하기에는 아직 더 경험이 필요하다고요. 아버지도 의식이 계셨다면 제 의견에 동의하실 거예요."

성호? 성호에게 회사를 맡긴다는 것이 성구 놈의 계획인가? 진 회장은 분노가 조금 가라앉음을 느꼈다. 노크 소리가 들려왔다. 곧이어 문 열리는 소리가 났다.

"오빠, 잠깐만 계세요. 성호가 왔어요……. 성호야, 성구 오빠 전화야. 네가 받아봐."

"모스크바에서 전화한 거예요?"

성호의 음성이 들려왔다.

"형님, 저예요. 여행은 어떠세요?"

성구란 놈이 성호에게 무슨 말을 지껄이고 있는지 한참 동안 정적이 흘렀다.

"글쎄요. 너무나 갑작스런 일이라 어떻게 받아들여야 좋을지 모르겠어요……. 아무래도 저는 나이도 어리고 경험도 부족해서 형님이 계셔야 될 것 같은데요."

성호의 말이 들린 후 다시 조용해졌다.

"누님하고 어머니하고 함께 의논해볼게요. 그럼 여행 잘하시고 다시 전화 주세요."

성호의 말에 이어 수화기가 놓이는 소리가 들렸다. 뒤이어 욕실 문이 열리는 소리와 함께 아내의 목소리가 들려왔다.

"성구 전화냐? 잘 있대?"

"네, 잘 있대요."

"왜, 무슨 일이 생긴 거냐? 너희들 표정이 왜 그래?"

"그냥 좀 너무 급작스러운 일이라……."

미숙이의 말이 들려왔다.

"왜, 무슨 일인데? 이 교수한테 무슨 일이라도 일어난 거 아니냐?"

"아니에요. 성구 오빠가 성호에게 회사 경영을 맡기겠다고 해서요……."

진 회장은 아내와 성호가 어떤 반응을 보일지 갑자기 호기심이 생겼다.

"무슨 뚱딴지같은 말이야. 성호는 아직 어려. 그 나이에 어떻게 그런 큰 회사를 맡을 수 있겠어?"

잠시 동안 아무 소리도 들리지 않았다.

"누나, 누나도 어머니와 같은 생각이야?"

"글쎄, 나는 잘 모르겠어. 성호 네 생각은 어때?"

"그럼 누나에게 내 생각을 솔직히 털어놓을게. 듣고서 누나가 어떤 결정을 내리든 그건 누나 자유야. 그리고 기꺼이 누나 말을 따르겠어."

진 회장은 비장한 각오가 배어 있는 듯한 성호의 말을 듣고 있었다. 진 회장 자신이 주권을 행사하지 못하더라도 성구가 대표이사직을 스스로 포기하고 성호를 밀어줄 것이므로 미숙이가 소유한 지분이 뒷받침만 된다면 대표

이사직은 성호에게 돌아갈 것이 확실했다. 성호의 말이 얼마나 설득력이 있을지 진 회장은 자못 흥미롭기까지 했다.

성호의 목소리가 들려왔다. 성호의 목소리에 비장감이 서려 있었다.

"첫째, 나는 내 나이가 절대 어리다고 생각하지 않아. 남자에게 중요한 건 나이가 아니라 의지와 노력이라고 생각해. 둘째, 내가 경험이 충분치 않은 것은 사실이야. 그러나 나쁜 경험은 오히려 없느니만 못하지. 우리나라의 기업은 근본적으로 체질이 변해야 돼. 정경유착과 노동력 착취로 회사를 키우는 때는 이미 지났어. 그런 의미에서 가혹한 경쟁에서 살아남을 수 있는 새로운 형태의 지도력이 필요해. 셋째, 나는 기업을 키우는 데 내 인생 전부를 바치기로 했어. 아버지가 피땀 흘려 이루어놓은 기업을 그냥 이대로 사그라지게 할 순 없어. 나는 전력을 다해 대하실업을 세계무대에서 알아주는 기업으로 키울 자신이 있어. 그런 의미에서 회사 이름도 대하(大河)에서 대해(大海)로 바꿀 거야. 그것이 아버지의 노력에 대한 우리의 보답이야. 넷째, 내가 회사 경영을 책임지지 않으면 형님에게 억지로 다시 맡기든지 전문 경영인을 내세워야 돼. 그런데 형님에게 하기 싫은 일을 하라고 강요하는 것은 형님에게도 좋지 않고, 회사에도 이롭지 않아. 그리고 전문 경영인에게 회사를 맡기기에는 회사의 약점이 너무 많아. 아직까지는 그럴 수 있는 단계가 아니야."

이놈 봐라. 아직 어린앤 줄 알았는데 말하는 게 제법 조리가 있는데. 진 회장은 둘째아들이 기특했다. 아내의 말이 들려왔다.

"아니, 그래도 그런 게 아니다. 성구하고 직접 만나서 얘기한 것도 아니고…… 다른 사람들이 알면 아버지가 병환 중이신데 형제간의 우애라도 상하지 않았나 의심할 거다. 성구가 귀국하면 마음을 바꾸도록 미숙이 네가 설득하도록 해라."

역시 아내다웠다. 아내가 많이 배우지는 못했어도 누구보다 사리에 밝고, 생각하는 것이 깊다는 것을 다시 한 번 확인한 셈이다. 진 회장은 마음이 가벼워졌다.

"어머니, 어머니 생각이 그러시다면 저도 따라야겠지요. 형님 생각이 바뀐다면 당연히 그래야 하고요."

성호의 차분한 목소리가 들려왔다.

"고맙다, 성호야. 우리 성호는 항상 사리에 밝아."

아내의 말이 들려왔다.

"누나, 그럼 이렇게 하자. 형님 생각이 바뀌지 않는다면 그때 내가 맡는 걸로…… 그리고 어머니, 어머니에게 한 가지 약속하겠어요."

성호가 잠시 침묵했다.

"형님이 언제라도, 내년이든지 5년 후든지, 혹은 10년 후에라도 회사를 다시 맡겠다면 기꺼이 그렇게 하도록 하겠다고 아버지 명예를 걸고 약속할 수 있어요."

저놈 보통이 아니구나. 회사를 말아먹을 놈은 아니구나. 암, 그래야지. 그러나 일단 손아귀에 들어오면 내놓을 수 없을걸. 결코 내놓을 놈도 아니고. 진 회장은 감탄했다.

"어머니, 성호 말도 일리가 있어요. 너무 다른 사람 시선을 염려하실 필요는 없어요. 시간이 지나면 다 알게 될 텐데요. 오히려 이럴 때 형제 우애가 돋보인다고 봐요."

미숙이의 말이 들려왔다.

"글쎄…… 미숙이 네가 정 그렇게 생각한다면…… 성호는 아직 가정을 꾸려나가기도 벅찰 텐데……."

이놈이 며늘아기하고 요즘도 사이가 좋지 않나? 내가 쓰러진 지 1년이 지났다면 지금쯤 자식도 있을 텐데. 똑똑한 마누라 두었으면 좀 잘 대해주어야지…… 대학교수 마누라를 아무나 얻는 줄 아나? 요새 여자들이 어떻게 지 어미처럼 양순할 수가 있나? 진 회장은 둘째아들이 불만스러웠다.

"어머니, 제 가정은 걱정하지 마세요. 제가 알아서 할게요. 어머니가 자꾸 그러시니까 집사람이 더 건방져져요."

"내가 걱정 안 할 수가 있냐? 며늘아기는 대학에서 강의를 하고 있잖아. 집에만 있는 다른 여편네와 같을 순 없잖냐?"

"지까짓 게 대학에서 가르치긴 뭘 가르쳐요? 괜히 집안에 붙어 있기 싫으니까 나돌아다니는 거지요."

성호의 투덜거리는 목소리가 들려왔다.

"누가 애비 닮지 않았다고 그럴까봐 성호 쟤는 젊은 애가 왜 저 모양이냐? 어떻게 요새 젊은 애들에게 남편한테 찍소리 못하고 죽어 살라고 할 수 있어? 나처럼 말이다."

아내의 목소리가 들려왔다.

이건 또 무슨 궤변이야? 내가 언제 자기한테 찍소리 못하고 죽어 살라고 했나? 왜 괜히 나까지 끌어넣고 야단이야. 주책없는 여편네! 진 회장은 아내가 못마땅했다.

언제였더라? 아내를 처음 만났을 때가. 진 회장은 기억을 더듬어갔다. 그렇지, 바로 그때였구나. 휴전이 되기 전 1953년 1·4 후퇴 때 힘들게 가지고 간 직조기 다섯

대를 대구시 외곽에 있는 어느 허름한 창고에 설치하고 그곳에서 재기의 발판을 마련했을 때였구나. 밤낮없이 돌아가는 직조기 소리에 파묻혀 정신없이 생산을 독려하던 시절이 떠올랐다. 두 남녀의 모습이 교차되어 그의 눈앞에 아른거렸다. 그곳에서 일하던 직공 중 열여덟 살짜리 아리따운 소녀와 그 소녀에게 마음을 빼앗긴 자신. 그때 이미 두 자식을 둔 유부남이었지. 당시 몇 살이었더라? 그렇지, 30대 중반이었지. 그리고 그들이 함께 겪은 인생살이가 주마등처럼 그의 머릿속을 스쳐갔다.

안쓰러움, 측은함, 그리고 불안감만 가슴속에 불러일으킨 순진한 소녀와의 도둑 사랑……. 자식을 가졌을 때 비로소 느낄 수 있었던, 서로의 사랑이 영원히 이어졌다는 안도감…… 그다음으로 찾아온 갈등의 시기…… 그런 다음의 어정쩡한 결합…… 그리고 마지막으로 찾아온 가정의 안락함. 이 모든 것이 아내의 착한 마음과 인내심이 없이는 불가능했다는 것을 그는 뼈저리게 느꼈다.

"집에 가서 옷 좀 갈아입고 올 건데, 성호는 여기 더

있을 거지?"

아내의 목소리가 진 회장의 귀에 들려왔다.

"네, 더 있다 갈게요. 어머니 먼저 들어가세요."

성호의 목소리가 들린 후 곧이어 아내가 병실을 나가
는지 문이 여닫히는 소리가 들려왔다.

"누나, 놀라지 마. 아무래도 누나에게 얘기해야 할 것
같아서…… 이진범 씨가 미국에서 중태에 빠져 있어. 오
는 길에 라디오 뉴스에서 들었어."

이진범이 누군가? 누군진 모르지만, 이 어리석은 놈
아, 그런 나쁜 소식을 왜 누이한테 전하는 거냐. 진 회장
은 성호를 탓했다.

"어떻게? ……도대체 무슨 일이 일어난 거야?"

"그가 경영하는 모텔에 강도가 들어와 이진범 씨가 강
도를 총을 쏘아 사살하고, 자기는 쇠막대기로 머리를 맞
아 중태에 빠져 있대."

무거운 정적만이 병실을 가득 채웠다. 잠시 후 무거운
정적이 미숙의 흐느낌으로 산산조각이 났다. 진 회장은
가슴이 쪼개지는 아픔을 느꼈다.

미숙, 성호 남매의 목소리가 뒤엉켜 무슨 말인지 모르
는 소리가 들려오더니 이내 다시 정적이 찾아왔다. 정적
인가? 아니면 내 청각이 다시 내 몸에서 떠나고 있나?

진 회장은 온 정신을 집중하여 무슨 소리라도 들으려고 노력했다. 다시 말소리가 희미하게 들려오기 시작했다.

"그이는 어떻게 그렇게 가혹한 운명을 타고났을까?"

미숙의 말이 들려왔다.

"아니야. 그이의 운명이 아니야. 나의 운명이야. 내 운명과 교차했을 때 그이의 운명이 바뀌었을 거야."

미숙의 탄식 섞인 목소리가 다시 들려왔다.

"누나, 그렇게 생각하지 마. 그건 자학이야. 누나는 이때까지 너무 고통만 받아왔어. 더이상 고통을 견딜 힘이 없을 거야."

"아니야, 그렇지 않아. 이건 고통이 아니야. 타고난 운명이야. 나는 이제 운명을 정해진 대로 받아들이는 지혜를 터득했어."

"내가 미국 지점에 지시를 해 이진범 씨가 최고의 의료 혜택을 받을 수 있도록 할게."

"아니야. 가족이 그이 옆에 있어야 되는데, 그렇지 못하니까 나라도 옆에 있어야 돼. 오늘 비행기로 떠날 수 있도록 예약해줘."

미숙아! 무슨 짓이냐? 진호 아빠가 알면 어떡하려고. 진 회장은 속으로 딸을 꾸짖었다.

"성호야, 이 누나를 믿어줘. 앞으로 네가 부끄러워하

는 누나가 되지 않겠다고 약속할게."

잠시 침묵이 흘렀다.

"누나, 그럼 집으로 가자. 오늘 저녁 미국으로 떠나려면 일찍 들어가 쉬어야지."

성호의 목소리가 들려왔다.

"나는 조금 있다 갈게. 떠나기 전 아버지와 둘이 있고 싶어. 말씀드릴 일도 있고."

"그런데 누나가 꼭 가야 해? 내가 가면 안 돼? 내가 가서 최고의 의료 혜택을 받도록 처리할게."

"그게 아니야. 성호야, 내가 그의 곁에 있어야 돼. 모든 게 나 때문이었어. 제발…… 성호야. 제발 누나를 이해해줘."

"알겠어. 누나가 정 그렇다면…… 그럼 나는 먼저 가볼게. 미국 지점에 누나가 간다고 연락해놓겠어."

잠시 후 문 여는 소리가 희미하게 들려왔다. 얼마 만인가? 미숙이와 단둘이 있어본 게. 젊은 시절, 첫 아내가 세상을 떠났을 때 미숙이를 품에 꼭 껴안고 있었던 기억이 떠올랐다. 20년 전? 그동안 무슨 일이 그렇게 바빴기에, 세상에 하나밖에 없는 외동딸과 단둘이 있을 시간이 없었던가? 그동안 무엇을 쫓아다녔나? 돈? 권력? 그것이 무엇이었든 간에 자신은 허상을 쫓아다녔다는 것을 알았다. 공수래공수거…… 자신이 수백 번 사람들 앞에서 지껄인 말이지만 진정한 의미를 이제야 깨달았다는 느낌이 들었다.

다시 일어날 수만 있다면! 그래서 미숙을 데리고 단둘이서 먼 여행을 떠날 수 있다면! 가장 귀중한 것을 바로 옆에다 두고도 보지 못한 눈뜬장님, 얼마든지 행복할 수 있었음에도 행복을 못 본 체한 바보가 바로 나 자신이 아니었을까? 진 회장은 비참한 심정이었다.

'아버지' 하고 미숙이가 부르는 소리가 들려왔다.

"아버지, 저는 아버지에게 항상 불효한 자식이었어요. 이혼을 해 집안의 명예를 더럽혔고, 그 후 무분별한 행동과 무절제한 생활로 아버지의 마음을 괴롭혔어요. 아버지, 죄송해요. 아버지, 저는 오늘 저녁 미국으로 떠나요. 저 때문에 일생을 망친 남자 곁으로 가야 해요. 그이는 지금 생사를 헤매고 있어요. 아버지, 제발 그이를 도와주세요. 그이가 다시 건강을 회복해 정상적인 행복한 생활을 할 수 있도록 도와주세요. 아버지, 저의 마지막 부탁이에요. 그이가 정상으로 돌아온다면 저는 어떤 별도 달게 받겠어요. 그렇지 않다면, 그이가 세상을 등진다면, 저는 숨쉬는 송장으로 회한의 삶을 살 수밖에 없을 거예요. 아버지, 아버지가 도와주시면 그이는 회복할 수 있어요. 꼭 회복해야 해요…… 그이를 위해서요. 그이의 가족을 위해서요. 그리고 누구보다 저를 위해서요…….”

미숙이의 흐느낌이 들려왔다. 오냐, 내가 하느님에게 기도를 해주마. 내가 의식을 영원히 잃어버리더라도 그 사람만은 회복하도록 해달라고 기도해주마. 미숙이의 목소리가 다시 들려왔다.

“아버지께서 그렇게 해주신다고 믿고 제가 아버지께 두 가지 약속을 할게요. 미국에 다녀와서는 제가 살아 숨쉬는 동안 그이를 다시 보지 않겠어요. 그리고 진호 아빠와 재결합하겠어요. 무슨 일이 있어도, 어떤 희생을 감수하고서라도, 어떤 모욕을 당해도 다시는 진호 아빠를 놓치지 않겠어요. 진호 아빠와 진호를 위해서예요. 그리고 저 자신을 위해서요……. 저는 이제부터 행복할 자신이 있어요. 행복이란 갖고 싶어하는 사람에게는 항상 찾아오게 되어 있거든요. 성장하는 아이를 보는 기쁨, 밤이 지나면 아침이 오고 낮이 지나면 어스름이 오는 자연법칙의 경이로움, 계절이 바뀌면서 새 옷으로 단장을 하는 자연의 아름다움, 그리고 세월이 저에게 가져다줄 삶의 지혜로움…….”

진 회장은 눈꺼풀을 올려 딸을 보고 싶었다. 그렇게

말하는 딸의 모습을 자신의 망막에 영원히 각인해두고 싶었다. 그러나 눈꺼풀은 움직여주지 않았고, 의식은 점점 희미해져갔다. 안 돼! 안 돼! 소파에서 새우처럼 자고 있는 불쌍한 미숙이의 모습이 마지막 모습이 되면 안 돼! 진 회장을 악을 썼다. 그러나 마음속으로 악을 쓰면 쓸수록 그의 의식은 그에게서 사라져가고 있었다.

『거품시대』와의 대화

김윤식(서울대학교 국어국문학과 명예교수)

객 : 안녕하십니까? 안경이 더 두꺼워진 것 같군요. 이 확
　　대경은 또 무엇입니까?

주 : 사전 때문입니다. 난시와 원시가 겹쳐 있어서.

객 : 인쇄문화란 아무래도 안경과 관련이 깊겠지요. 오늘
　　날과 같은 영상문화 시대에 대한 선생의 견해는 어떠
　　신지요?

주 : 미국의 극작가 아서 밀러의 견해와 비슷합니다. 색이
　　나 그림의 세계(매체)란 언어 매체에 비하면 단세포
　　적 또는 저차원적이라 할 수 없을까? 말 못하는 갓난
　　아기도 그런 것에 반응하지 않겠는가? 언어(문자)의
　　세계란 훨씬 고급이자 고도의 지적 발달에 관련된 것
　　이 아닐까? 지적이라서 더 훌륭하다는 것이 아니고,
　　범주가 그렇다는 뜻입니다.

객 : 선생의 문학에 대한 집착의 근거로 그 점에서 짐작이
갑니다. 그렇다면 활자로 된 문학에서도 등차가 있지
않을까요? 가령 순문학과 대중문학이라든가, 문단문
학과 신문소설이라든가 등등.

주 : 이런 저런 논의가 있을 수 있겠지요. 신문소설이 활
자문화 쪽에 서 있음만으로도 그 우뚝함이 있지 않을
까? 영상으로 포위된 이 시대에서 말입니다. 그렇다
고 신문소설과 문단소설의 차이가 없다고는 할 수 없
지요. 신문소설이 텍스트 범주라면 문단소설은 작품
범주라 할 수 있습니다. 신문소설에는 반드시 삽화가
있지 않겠는가? 삽화와 또 다른 여백이 있고 그 옆
에는 광고물도, 그리고 정치·생활·건강 등에 대한
기사도 함께 있지 않겠는가? 그러한 일상성(정치성)
과 신문소설이 함께 있음이란 곧 그것이 '열려 있음'
이 아니겠는가? 이 '열려 있음'을 통해 신문소설 속으
로 독자들이 멋대로 들어갔다 나왔다 할 수 있을 뿐
아니라, 삽화만 보고도 그 회분을 다 읽었다고 할 수
있는 일이 벌어집니다. 주인공의 대화 한 토막만 읽
어도 상관없는 노릇. 곧 독자는 소설을 읽되, 그것을
자기 멋대로 읽을 수 있습니다. '열려 있음'이기 때
문. 이를 바르트 식으로 말하면 텍스트의 쾌락이라

부르는 것입니다.

객 : 문단소설이란 '폐쇄된 구조' 곧 작품성으로 규정된다
　　는 뜻입니까? 완결된 구조이기에 독자는 이 완결성에
　　서 자유롭지 못하다는 것. 대체 독자를 제압 · 지배 ·
　　구속하고자 달겨드는 그 작품성이란 무엇입니까?

주 : 완결성이라든가 폐쇄성이란 시작 · 중간 · 끝이 있다
　　는 것. 그러니까 스스로 독립된 사물이라는 것. 다시
　　말해 타자성으로 존재하는 것이지요. 그러기에 작품
　　성은 우리와 맞서고, 우리를 위협하는 것. 우리가 이
　　에 대면할 힘이 모자라면 질 수밖에 없는 것이지요.
　　대결에서 비로소 긴장이 생기는 바, 이 긴장의 자장
　　(磁場)을 두고 독서 행위라 부르는 것입니다. 그 자장
　　에서 생기는 불꽃이 바로 삶의 진실이랄까, 미적 인
　　식이라 부르는 것이 아닐까?

객 : 그렇다면 신문소설이란 이중적이라 할 수 없을까요?
　　연재 도중의 그것은 열려진 구조로서, 이른바 텍스트
　　의 쾌락에 노출되지만 일단 연재가 끝나 단행본으로
　　묶이면 돌연 '작품성'으로 둔갑하는 것이 아니겠습니
　　까. 우리가 알기로 춘원의 「무정」(『매일신보』, 1917년)
　　은 물론 염상섭의 「삼대」(『조선일보』, 1931년), 이기영
　　의 「고향」(『조선일보』, 1933~34년), 벽초의 「임꺽정」

(『조선일보』, 1928~39년) 등등 우리 근대소설의 대표 작이라 부르는 작품들이 모두 본래 신문소설 아닙니까? 당대의 독자가 아닌 그 뒤의 독자들은 이것들을 작품성으로 대할 수밖에 없지요.

주 : 맞습니다. 그러나 그러한 이중성이 보장되는 작품은 아주 예외적이라 할 수 없을까? 방춘해의 「마도의 향불」(『동아일보』, 1932~33년)을 비롯하여 많은 사례를 들 수 있습니다. 그렇더라도 이들 작품은 그 일차적 임무를 훌륭히 수행한 것으로 볼 수 있지요. 당대의 유행에 대한 감각, 풍속에 대한 신기함의 추구, 흥미에 대한 집착, 적당한 반항과 보수적 해결, 그리고 평이한 문장 등을 통해 우리에게 주는 위안이야말로 그것이 맡은 바 몫이었던 것. 풍속성(시사성)이 풍부해야 하고, 대중적 공감을 얻어야 하며, 가정적이어야 하는 것, 이것이 신문소설의 5대 조건 아니겠는가? 일본의 대중작가이자 『문예춘추』의 창업주인 기쿠치 히로시(菊池寬)의 말이 문득 떠오릅니다. "문예 비평가 따위가, 그대가 쓰는 신문소설이 너절하다고 지적해도 작가는 눈썹 하나 까딱할 필요 없다. 그러나 의무 교육을 받은 정도의 독자로부터 그대의 문장이 너무 어렵다고 항의를 받으면 그대는 응당 솜씨

없음을 부끄러워해야 한다"라는.

객 : 그러한 텍스트로서의 평가는 특정 신문소설의 연재
가 진행되는 동안 이루어지는 것이라 보아야 되겠군
요. 적어도 중도하차하지 않았다면 말입니다. 독자
의 항의라든가 인기도에 따라 중단되기도 연장되기
도 할 것입니다. 이로써 그 임무는 다 한 셈 아닙니
까? 연재가 끝나고 이를 단행본으로 묶었을 때, 선생
의 논법으로 하면 작품성으로 따지는 일이 비로소 가
능해지겠지요. 요컨대, 일단 성공한 작품을 다른 시
각에서 검토한다는 것 아닙니까?

주 : 작품으로 읽는 일이 그것. 처음 · 중간 · 끝이 있음으
로써 비로소 완결성이 검토될 수 있지요. 처음이란
무엇인가? 그 앞에 절대로 무엇이 와서는 안 되며 그
뒤에 절대로 무엇이 와야 하는 것. 중간이란 무엇인
가? 그 앞에 절대로 무엇이 와야 하며 그 뒤에도 절
대로 무엇이 와야 하는 것. 끝이란 무엇인가? 그 앞
에 절대로 무엇이 와야 하며 그 뒤에 절대로 무엇이
와서는 안 되는 것. 아리스토텔레스의 「시학」이 발견
한 최대의 원리가 이 점이 아닐까? 플롯과 필연성의
개념이 그것. 이 필연성이 성격이라든가 주제(사상)
에 직접 또는 간접으로 연결되어 있고, 따라서 작품

의 시원(始原)이 반드시 문제점으로 가로놓이게 되지요. 뿐만 아니라 문학사적 질서도 커다란 힘으로 간섭해 들어오는 것입니다.

객 : 이제 겨우 『거품시대』를 논의할 거점이랄까 통로가 보이는군요. 『거품시대』를 작품으로 읽을 때 제일 난감한 것이 문학사적 질서 감각이랄까 어떤 관습과의 이질감이 아닐까요? 소재상으로 보아 특히 그러하지요. 재벌 소설이나 기업가 소설이라 불러도 될지 모르겠으나, 좌우간 이러한 소재란 우리 문학의 주류랄까 중심부라는 사회적 소재(요약된 소재가 곧 주제)이든가 아니면 개인의 운명(內省)에 관한 것으로 요약될 수 있습니다. 기업 또는 재벌을 소재로 한 작품은 거의 없었지요. 이유는 일목요연한 것. 작품의 경우 작가란 그 작품의 시원인 까닭이지요.

주 : 좋은 지적이군요. 작품 또한 작가의 시원이기도 하겠지요. 지금껏 우리 문학에선 작가란 지식인 범주였다 할 것입니다. 이광수 · 채만식은 물론 이상이라든가 최명익이 그러하였고, 김동리도 이호철도 손창섭도 그러했지요. 이문구도 황석영도 오정희도 그러하지 않았던가? 지식인이란 무엇인가? 권력층이나 기업 측에 고용되어 생계를 유지하면서도 '진실(지식의 한

부분)'을 지키고 선양하는 계층을 일컫는 것. 만일 그 권력층이나 기업 측이 부정을 저지른다면 어떻게 해야 할까? 고발하거나 저항하면 생계에 위협이 오고, 묵살하면 '진실'에서 멀어지지 않을 수 없는 것. 이러지도 저러지도 못하는 자리에서 울리는 소리, 몸부림치기가 우리 문학의 한쪽 기둥이었지요. 1980년대에 접어들어 근로자들의 글쓰기도 시도되었고, 그 점에서 지식인이 아닌 시각에서의 소설의 가능성이 없지는 않았으나, 일시적인 현상이 아니었을까? 여전히 지식인의 시각에 흡수되고 만 것이 아니었을까? 한편 내성 소설이란 것도 지식인의 전유물이 아니겠는가? 요컨대 지식인은 근로계층(생산수단을 갖지 않은 자)도, 생산수단의 소유자인 부르주아지도 아닌 계층이지요.

객 : 르포 범주가 아닌 한, 진짜 노동자 소설도 진짜 부르주아 소설도 나오기가 어렵다, 그러니까 지식인의 시각에서 본 노동 소설, 부르주아 소설밖에 접할 수 없다, 라고 할 때 아마도 이 말 속엔 선생의 지론인 체험(기억)과 소설의 불가분리설이 깃들여 있겠지요. 이른바 '순금 부분'이라는 것 말입니다.

주 : 소설이란 서사시나 희곡과는 달리 '시간'이 개입된

예술 형태라는 것. 부르주아(시민 사회)의 욕망 체계에 대응된다는 것. 그러기에 기억 속에서만 완벽하게 성립된다는 것을 염두에 둔다면, 르포라든가 남의 대리 감정을 적어낼 수 없지요. 도금한 무쇠냐, 순금 부분이냐의 비유가 이에서 말미암는 것입니다.

객 : 『거품시대』의 소재상의 강점이 인정된다는 뜻이겠군요. 지식인 일변도의 우리 소설계에 기업소설이라는 것이 작가 홍상화 씨에 의해 가능해졌다 함은 『거품시대』 속에 선생께서 말하는 그 순금 부분이 어느 수준에서 깃들여 있다는 의미가 아니겠습니까? 어떤 부분이 그러할까 하는 점이 궁금합니다.

주 : 이 작품에서 먼저 우리가 할 일은 거품부터 걷어내는 작업이 아닐까? '거품 경제'라는 말이 먼저 있지 않았던가? 흑자 수출로 세계 경제를 제패할 듯하던 일본 경제도 알고 보니 거품 경제였던 것. 달러 결제 속의 허풍에 지나지 않았다고 스스로 비명을 지른 바 있음은 모두가 아는 일. 그 영향 아래서 어떤 면에서는 허풍을 떨던 우리 경제도 거품스럽지 않았던가?

객 : 거품 경제라는 비유보다 '거품시대'라는 것이 우리에겐 좀더 직접적이었다는 말씀이군요. '시대'란 역사적 개념이니까. 그 시대를 지난 처지에서 바라본다는

점에서 특히 그러하지요. 군사 독재가 이끌어가던 경제이자 정치였지만 일단 그것이 어느 수준에서 종결된 마당이기에 거품스러움은 당연히도 풍자의 대상일 수밖에 없는 법. 거품이 걷힌 시점에서 거품스런 시대를 바라본다면, 그 시대를 산 사람들 본인들은 어느 시대의 인간처럼 비극적이겠지만, 밖에서 바라보는 사람의 처지에서 보면 영락없이 희극적이지요. 『거품시대』의 제일차적 작품 성격이 이로써 규정되겠군요.

주 : 거품이 이제 조금 걷힌 셈입니다. 제1~2부가 1988년 봄, 그러니까 88 서울올림픽 개최를 몇 달 앞둔 시점에서 비롯하여 제3~4부는 1989년의 가을, 제5부는 1990년의 겨울 아닙니까? 약 3년간의 시대가 배경이지요. 제6공화국 전성기지요. 이 기간 속의 가장 거품스런 곳이 어디일까? 곳곳이겠지요. 그중에서 비교적 시대적이자 대중적인 곳이 정치판이 아니겠는가? 그다음 순번이 경제 분야일 터. 정경유착이 경제의 실상이라면 이 두 가지의 동시적 수용상을 보여줌이란 제일가는 시대적 · 대중적 흥미 영역이라 할 수 없겠는가?

객 : 그 대중성의 핵심이라 할 정경유착 중 경제 쪽의 거

품스러움을 소재로 삼았음이 이 작품의 대중성 확보의 근거이자 그 최강점이다. 다시 말해 정경유착 속 경제 쪽의 거품스러운 성격이 군사 독재에서 특권적으로 증폭되었다는 것이군요.

객 : 그렇다면 좀더 거품을 걷어내볼까요. 조금 앞에서 '순금스러운 부분'이라 하지 않았습니까? 작가가 제일 잘 아는 부분이 이에 해당되는 것입니다. 정경유착 속의 경제에 대해 체험적 수준에서 갖고 있는 기억이란 무엇인가를 묻는 일이 이에 관여됩니다. 작가 홍상화 씨가 갖고 있는 기억이 그것이지요. 문득 선생께서 입버릇처럼 말하는, '기억이 나다'라는 명제. '체험이야말로 작가의 자질이다'라는 명제를 떠올립니다. 좀더 자세히 말해볼까요. 『거품시대』가 아무나 쓸 수 있는 소설이 아니라는 것, 대중성의 최상위에 속하는 정경유착의 한국적 현상을 다룰 수 있다 함은 홍씨만이 가진 '자질'이 아닐 수 없다는 것. 맞습니까?

주 : 맞습니다. 1988~90년까지(햇수로는 세 해이나 실제로는 약 2년 8개월 동안)란 시대상으로는 6공화국에 지나지 않습니다. 그렇지만 작가 홍씨에게 있어 거품스런 시대 인식이란 이런 숫자상의 것이 아니지요. 주

인공 진성구 · 이진범 · 백인홍 · 권혁배 등의 나이에 관련됩니다. 38세에서 40세에 걸쳐 있지 않겠는가? 인생의 황금기에 해당하는 나이. 이 황금기에 이른 핵심 인물들의 삶의 방식이란 무엇인가? 이 물음에서 작가 홍씨만큼 유력한 존재를 찾기는 어렵습니다.

객 : 선생께선 설마 이 작품에 나오는 중소기업인이든 대기업인이든 그들의 생태랄까 경영방식이랄까 사고방식 등의 전문성을 문제삼고 있지는 않겠지요. 제1부 시작부터 무수히 되풀이되는 비자금 조성 방식 같은 것.

가령 중소기업 수준인 청천물산 사장 이진범의 비자금 조성 방식은 수출용으로 들여온 원자재를 시중에 내다 파는 짓이었지요. 대 · 소기업을 막론하고 이 짓 안 해먹은 기업이 있었던가? 대기업인 대하실업의 경우는 어떠한가? 창업주 진규식 회장의 눈이 시퍼렇게 살아 있는 마당이기에 그 아들인 진성구가 아비 몰래 해치우는 거액의 비자금 조성 방식은 하청업체의 도급 입찰에서 감쪽같이 뜯어내는 수법이더군요. 세무사찰이다 뭐다 하는 일들의 진행 과정이라든가, 진씨 집안의 혼사를 통한 정치권과의 관계 구축, 여당 거물 정치가나 청와대의 경호실 떨거지들과의 접촉 등등이란 선생의 지적대로 지식인 소설 위주의 우리 소설계에서는 과연 낯선 장면들이지요. 그렇기는 하나 그게 어쨌다는 것입니까? 그런 소재란 부지런하기만 하면 세무서 직원으로부터도 들을 수 있지 않습니까? 르포 작가라면 누구나 할 수 있는 것. 또 그런 지식이란 이미 세상이 다 아는 것 아닙니까? 작가 홍씨가 기업가 출신이라는 것과 이 문제는 별개라 볼 수는 없을까요?

주 : 그렇지 않아요. 작품의 시원이 작가이며, 작가의 시원 역시 작품입니다. 쓰고 싶은 것을 쓰는 작가는 없는 법. 다만 그가 '쓸 수 있는 것'을 쓸 따름입니다. 쓸 수 있는 것이란 자기만이 제일 잘 아는 체험(기억)의 영역뿐. 그때 그가 제일 잘 쓸 수 있지요. 여기서 "제일 잘 안다"에는 설명이 없을 수 없는데, 기업 관계에 대한 체험이나 기억이야 작가 홍씨보다 몇 배로 더 풍부한 기업인이 수두룩하겠지만 적어도 문학판에서는 홍씨가 제1인자라는 뜻입니다. 그렇다면 홍씨만이 제일 잘할 수 있는 체험(기억)이란 무엇인가? 이것은 문학적 물음입니다. 곧, 누구나 상식으로 아는 저 비자금 조성 방식이라든가 골프장의 사교술, 또는 한결같은 계집질하기 등등이 이 작품에서는 생

리화되어 있다는 사실이 그것입니다. 지식의 수준이 아니라 생리화되었음이란 새삼 무엇인가?

객 : 선생이 말하는 그 생리화란 곧 인간 속성의 하나로 다루어지고 있다는 뜻이군요. 지식의 수준이라면 단호할 수도 있고 회의적일 수도 있으나, 생리적 수준이라면 운명적일 수밖에 없다는 식.

주 : 아, 운명이란 말이 너무 일찍 나와버렸군요.

객 : 유부남 이진범이 폴 마송을 마시며 진 회장 외동딸 진미숙을 죽도록 사랑하는 일이라든가(그는 누구보다 두 딸과 아내를 사랑하는 가장이 아니었던가?), 진씨 집안의 막내아들인 젊은 진성호가 배다른 형이자 사장인 진성구를 물리치고 자신이 사장이 되고자 하는 야망은 논리적인 측면이라기보다는 생리적이라 할 것입니다. 부에 대한 타오르는 욕망이란 인간 본성 속의 일부라는 사실.

주 : 지배욕의 일종이라는 것 아니겠습니까? 섹스도 부도 권력도 다 생리적 욕구로 인식되고 있습니다. 이 작품의 결말은 진씨 집안의 창업주 진 회장의 임종 장면 아닙니까? 가족 앞에서 진성호가 네 가지 논리적인 주장을 내세웠는데, 이게 논리이기보다는 생리인 것이지요. 실상 진성호는 지금 이 회사 경영에 물불

346

가리지 않고 달려들지 않고는 설 자리가 없습니다. 너절한 교수의 딸을 아내로 맞이하지 않았던가? 왜? 그 교수라는 자의 인척이 권력층의 핵심이었던 까닭이지요. 그런데 그 교수의 딸이란 어떠했던가? 남편을 우습게 알고 자기 일에 빠져 미친개처럼 뛰어다니고 있지 않겠는가? 진성호가 자기 형 진성구처럼 또는 이진범이나 백인홍처럼, 모델인 김명희를 두고 계집질에 나아갈 것은 불 보듯 훤한 사실이겠지요.

객 : 르포 작가도 아니고, 지식인 소설도 아니라는 점이 작가 홍씨 및 『거품시대』의 문학적 성격을 결정하고 있다는 선생의 견해가 설득력을 가지려면 좀더 논의가 있어야 될 것 같습니다.

주 : 그렇군요. 먼저 등장인물들부터 볼까요? 주역들의 나이가 38세로 소설이 시작되지요. 이진범이 맨 먼저 등장. 재벌급인 대하실업에 근무하다 독립하여 섬유 하청업체를 차렸으나 대하실업의 진씨 집안 외동딸이자 이혼녀인 진미숙을 숨겨둔 여인으로 삼았기에 지금 곤궁에 빠져 있지 않습니까? 진성구 사장이 이를 알고 보복을 하고 있기 때문.

진성구는 어떠한가? 대하실업 2세이자 사장이 아니겠는가? 그의 경영 솜씨는 독창성이나 야심이 없고 그저 아비의 그늘 밑에 있는 범속한 재능의 소유자. 배우 이혜정과 내연의 관계. 이상하게도 가정 관계의 언급이 없음. 이진범의 경우 그토록 두 딸과 아내에 대한 사랑이 강조되었음과는 지나치게 대조적. 그의 범속성은 여동생 미숙을 사랑한다는 그 한 가지 이유로 이진범을 파산시키고자 덤비는 것에서 잘 드러남.

백인홍. 백운직물 사장. 아비가 세운 회사의 2세인 셈. 야구선수 출신으로 투쟁적이며 이진범과 친구 사이. 그의 부친은 유곽 경영자로 상놈 중의 상놈. 잡스러우나 의리에 강한 사내. 상대방을 이기기 위해 상대방이 토해낸 오물을 먹어치우기도 하고, 수사관의 코뼈를 작살내기도 하고, 권력층 우 의원의 대문 앞에서 이불을 펴놓고 밤샘하기도 하는 위인. 엘리베이터걸 김명희와 내연의 관계.

진성호. 28세. 미국에서 공부. 진성구의 이복동생. 미국서 요란한 공부로 박사학위를 딴 여자를 아내로 맞음. 정략적 결혼의 사례.

황무석. 대하실업의 부장에서 이사로 승진. 이진범의 대학 선배.

진규식. 대하실업의 회장. 창립주.

진미숙. 진 회장의 외동딸. 진 회장과 라이벌 관계

였던 섬유회사의 사장 아들인 이성수와 결혼. 아들 하나 낳고 이혼. 이진범과 연인 관계. 주체성 없는 인물.

이성수. 진미숙의 전남편. 경제학 교수. 술독에 빠져 파락호로 전락. 그의 부친은 진규식의 밀고로 회사가 파산되자 그 충격으로 사망. 이 사실을 안 뒤에 이혼.

권혁배. 운동권 출신. 야당 국회의원. 투사형이나 의리파. 이진범의 고등학교 동창이자 백인홍과 가까운 친구 사이.

객 : 이상 9명이 처음부터 끝까지 등장하는 인물들이지요. 이들에게서 공통된 요소가 무엇이라 보시는지요?

주 : 38세의 주역들은 이진범 · 권혁배 · 백인홍 · 진성구 · 이성수 등이 아니겠는가? 이 중 사업에 관여한 축은 3명이지요. 사업하는 이들의 공통점은 창의성의 부족으로 요약될 수 있지 않을까? 주어진 환경에 잘 길들여지는 유형이지요. 낭만주의자라고나 할까? 그들이 한결같이 숨겨둔 여인을 갖고 있음이 그 증거. 그들은 현실 속에서 결코 만족할 수 없고, 뭔가 먼 것에 대한 동경에 알게 모르게 빠져 있지요. 이 막연한 그리움이란 무엇인가?

객 : 선생께선 그것을 에로스(동경)라 부르고 싶겠군요. 인간에게 보다 선한 것, 보다 아름다운 것, 보다 좋은 것으로 향하고자 하는 심성이 있다는 것. 그러니까 이진범 · 진성구 · 백인홍 · 이성수들이 모두 이 범주에 든다는 것.

주 : 작가의 분신들이지요. 그들은 생리적으로 그러합니다. 이 에로스적인 것이 『거품시대』의 저류에 깔려 있기에 거품이 걷혀도 읽힐 수 있습니다.

객 : 에로스적인 것에서 벗어난 인물도 있지 않습니까?

주 : 아, 그렇군요. 황무석 이사. 그는 불패(不敗)의 인물. 차라리 괴물이라고나 할까? 온갖 권모술수로 대하실업 부장에서 이사로 승진하여 빈틈없이 살아가고 있지요.

객 : 유일하게 살아 있는 인물이라고 선생은 지적하고 싶은 것 아닙니까? 작가 홍씨도 감히 요리하지 못한 인물이라고 말입니다.

주 : 그렇군요. 가난한 집안에서 태어난 그는 야간학교를 다녔고, 악착같이 살아오지 않았던가? 20평짜리 아파트에 산다는 죄로 아들이 학교에서 급식 대상자로 분류되었을 때의 그의 분노……. 이종사촌 형으로 하여금 대하실업을 모함하는 투서질을 하게 만들고도

혼자 거뜬히 견딜 수 있었지요.

객 : 이진범도 조금 별나지 않습니까?

주 : 매력적인 인물이지요. 권혁배 의원을 대동한 관세청
장과의 대질신문에서, 장부 탈취 사건에 대해 딱 잡
아떼어야 함에도 불구하고 사실대로 실토하기. 이 점
이야말로 이진범의 일생일대의 실수가 아니었던가?
그 때문에 그는 공소시효 7년의 현행범으로 수배 대
상이 되자 미국으로 도망쳐 그곳에서 어렵게 생활을
꾸려가다가 흑인을 쏘고, 그 흑인에게 머리가 깨어져
야 했던 것. 이 결정적인 실수가 바로 이진범의 매력
이 아니겠는가?

객 : 인간다운 결점이다, 독하지 못하다, 천격이 아니다,
마음 여린 낭만주의자다, 그런 말을 선생께선 하고
싶은 거지요?

주 : ……

객 : 또 나아가, 그토록 가족을 사랑하면서도(그의 처가 그
토록 순진한 바보냐고 제가 비판하면 선생께선 성내시겠
지요) 진미숙에게 빠져들어 정신을 못 차리고. 말하
자면 철부지라고나 할까?

주 : 족보는 어떠한가? 이진범만 없군요. 백인홍의 선친
은 유곽 경영자였지요. 잡스러운 생활인으로 규정되

겠지요. 재벌 진 사장의 선대는 어떠할까? 도둑이었지요. 해방이 되었을 때 일본인 공장의 방직기를 도둑질하다가 이럭저럭 회사를 꾸리고. 또 라이벌인 이성수의 선친을 밀고한 집안. 상스러운 생활인이라고나 할까? 정신 파탄자 이성수의 선대는 사업가이나 진규식의 밀고로 세무사찰에 의해 1년 만에 분사(憤死)했으니까. 마음 여린 생활인이라고나 할까?

객 : 그러고 보니, 모두 변변찮군요. 우리의 기업인이나 재벌이란, 조금만 거슬러 올라가면 이런 상스럽거나 잡스러운 터전에 지나지 않군요. 이진범만 족보가 없네요.

주 : 그가 사업가가 아닌 증거이겠지요. 작가는 다만 진씨 집안 여인과의 관계 모색을 위해 이진범을 부각시켰다고 볼 것입니다.

객 : 문제는 거품시대의 그 거품을 걷어내고 맑아진 그 밑바닥 들여다보기에 있지 않습니까? 그 밑바닥의 청명한 물줄기를 보여주는 것이 비평이 맡은 바 몫일 테니까. 이제부터 선생의 발언이 기대되는 차례입니다.

주 : 그보다 먼저 한두 가지 지적해둘 것이 있습니다. 이 5부작에서 소도구로 활용되는 것이 휴대폰이나 카폰

이라는 점이 그 하나. 카페와 호텔이 만남의 장소라는 점이 그 다른 하나. 셋째는 추리적 성격으로 일관해 있다는 것. 이 중 추리적 기법이란, 작가의 지나친 논리 조작에서 말미암았던 것. 그만큼 빈틈없이 구성해 보이겠다는 욕심에서 나온 것이겠으나, 그 논리가 너무 세부적인 것에만 집착되고 있지는 않은지. 이 세 가지가 이 작품을 추상적인 쪽으로 끌고 가는 약점으로 보입니다.

객 : 그렇다면 이 약점을 뛰어넘고도 남을 장점은 과연 무엇인가? 그러니까 문학적인 초원 지대랄까 그런 것은 어디인가라는 점이 궁금해집니다. 작가 홍씨는 언젠가 겸허하게도 '세태심리소설'에 지나지 않는다고 말해놓지 않았겠습니까? 세태심리를 그린 소설이라면 단 1회의 읽기로 족하겠지요. 세태심리로도 환원되지 않는 그 무엇이 없다면······.

주 : 연극 대본 〈박정희의 죽음〉과 영화 〈젊은 대령의 죽음〉 속에 그 해답이 있습니다.

객 : ······.

주 : 실상 이 5부작의 구성으로 보면 제1~2부가 이진범과 진미숙의 절망으로 수렴되지 않습니까? 미국으로 도망치지 않으면 안 될 현행범으로서의 이진범과 동

맥을 끊어 자결하고자 한 진미숙의 절망이 중심부라 할 수 있습니다. 나머지 사람들은 한껏 여유로운 인간 군상이지요. 벼랑 위에 선 사람들이야말로 주인공에 값하는 것. 매력의 근원이지요. 이 절망하는 두 매력적 인물을 절망에서 구출할 수 있는 방도란 무엇인가? 여기까지 물을 때 그러니까……

객 : 미학적 인식의 근거가 그 물음 속에 있다는 것입니까?

주 : 맞습니다. 절망을 이기는 방법, 구원의 빛 찾기, 거기에 미학적 인식의 근거가 있는 것이죠. 제3~4부에서 비로소 그 근거 하나가 중심점으로 구축됩니다. 희곡 〈박정희의 죽음〉이 그것. 김재규의 총에 맞아 죽어가는 박정희의 '독백의 마지막' 한 대목만 조금 볼까요.

가여운 아들아! 그러나 역사가 아무리 변덕스럽고 잔인하다 하더라도 이 사실만은 부정하지 못할 것이다. 조국의 헐벗은 산을 푸르게 만들었고, 조국의 농촌에서 초가 지붕을 몰아냈으며, 조국의 농민들에게서 보릿고개라는 단어를 영원히 지워버렸다는 사실을……. 언젠가 때가 되면, 그때가 언제가 될지는 몰라도, 나의 아집이, 나의 집념이, 나의 잔인함이 풍요로움의 원천이 되었다고 이해하는 사람이 등장할 것이다. 그때가 되면, 내 아들아, 아버지·어머니를 흉탄에 빼앗기고 고아가 되어버린 너의 고통도 한가닥 흐뭇한 추억으로 회상할 수 있게 될 것이다. 불쌍한 아들아! 이 말을 내가 너에게 남기는 마지막 말로 받아다오. 너를 누구보다 사랑하는 아비가 용서를 빈다는 말을.

아! '모래실'의 가난이 그립구나! 그곳의 가난은 나를 이토록 외롭게 내버려두지는 않았다.(제3부)

객 : 〈박정희의 죽음〉이라는 연극 대본이 진미숙을 구출했다 함은 그러니까 상징적인 것이군요. 거품시대의 시원을 찾아가면 거기 박정희가 있고, 그가 자란 가난한 농촌 모래실이 있고, 그 속에서 이를 악물고 자란 소년 박정희가 있었다. 이 차돌멩이스런 소년의 원한이 조국의 근대화를 가져왔고, 그 부작용으로 약간의 거품스런 현상이 5공화국·6공화국에까지 뻗어 백귀야행의 풍속도를 낳았다. 그 희생자가 이진범과 진미숙이었다…….

주 : 어찌 그 희생자가 이진범과 진미숙뿐이랴! 천격인 백

인홍도, 건달 국회의원 권혁배도, 그리고 주인공격인 진씨 집안의 적자 진성구 사장 역시 희생자라 할 수 없을까? 거품을 뒤집어쓰고 살고 있었기에.

객 : 거품의 시원이 박정희에 있고, 모래실의 가난에까지 소급될 수 있기에 이 거품의 희생자를 구출하는 길도 박정희에 있어야 하는 법. 진미숙을 구출한 것이 희곡 〈박정희의 죽음〉이었음은 논리적으로도 당연한 귀결이지요. 이 희곡을 진미숙의 전남편이자 경제학 교수였던 파락호 이성수가 썼다는 것은 중요하지 않겠지요? 그는 허깨비거나 투명인간이니까.

주 : 그렇습니다. 아무리 잘 따져보아도 경제학자 이성수가 희곡을 덜렁 써낼 수 있을까? 예술(희곡)이란 전문가 영역의 소산, 곧 미학의 개입으로써만 가능한 것이기에.

객 : 그렇다면, 영화 〈젊은 대령의 죽음〉은 어떻게 설명됩니까? 선생의 논법대로 하면 이 작품에서 이진범과 진미숙 다음으로 절망 상태에 빠진 사람은 누구인가부터 알아내야 되겠군요.

주 : 맞습니다. 이진범과 진미숙 다음으로 절망에 빠진 인물은 진성구 사장입니다. 백인홍은 속이 단단하기로 누구에게 비할 바 없으며, 권혁배 역시 마찬가지. 젊

은 진성호 실장은 대하실업을 한입에 먹어치울 만큼 정력적인 애송이이며, 서민 감각의 교활한 황무석 이사는 불가사리가 아니겠는가? 이진범과 진미숙 다음으로 마음 여린 인물은 진성구뿐이지요. 그는 서서히 무너져내리고 있는데, '허무'가 그의 의식 속에 서서히 스며든 까닭입니다.

> "남자의 인생은 4등분할 수 있을 것 같아. 처음 20년 동안은 삶의 능력을 얻기 위한 훈련 기간이고, 다음 20년은 경제적 자립을 위한 준비 단계이고, 그다음 20년은 살고 싶은 인생을 사는 기간이고. 마지막 20년은 가까운 사람들과 자연을 만끽하며 자연 속에서 인생을 정리하는 시기라 할 수 있어."(제5부)

이것이 바로 허무의 침입이지요. 그의 마음이 여린 탓. 인생이 내부에서 무너져내리는 징조이지요. 아비 덕에 억지로 땅 짚고 헤엄치며 살다 보니 모든 것이 시들해졌다는 것 아니겠는가?

객 : 인생을 단일한 선(線)으로 보는 시각에서 보면 가소로운 구분 방식이군요. 인생이 4등분된다는 논법은

5등분, 9등분도 될 수 있다는 것 아닙니까? 처음부터 뜻을 세우고 평생을 일관하는 인생 코스의 처지에서 보면 진성구의 4등분론은 목적 없이 출발한 너절한 인생이라 할 수 없을까요?

주 : 글쎄요. 이 문제는 워낙 각자의 신념에 관한 부분이라서 제가 비판할 성질이 아니겠지요. 일직선으로 백 미터 경주식으로 살다 가는 인생도 제겐 훌륭해 보이며, 4등분 · 5등분해서 살아가는 인생도 그럴법해 보이니까.

객 : …….

주 : 문제는, 누가 절망에 보다 깊이 빠졌느냐에 있지 않겠는가? 젊었을 적부터 똑똑하지도 영악하지도 못하면서 재벌 맏아들로 그만한 배경에 알맞은 역할을 몸에 익혀온 진성구란 인물은 스스로 뚜렷한 삶의 목적(立志)이 없었던 위인. 이런 위인이 나이 40세에 이르자 기묘한 4등분 논리를 세워 무너져내리고 있지 않겠는가? 작가는 그를 여배우 이혜정에게 빠지게 함으로써 그를 구출(합리화)하고자 꾀하고 있습니다. 작가는 그의 가족 사항에 대해 언급하고 있지 않지요. 의도적이겠지요. 그는 가정과 담쌓은 인물, 그러니까 현실성 없는 인물로 설정해놓고 있습니다. 이

점에서 보면 이진범이 훨씬 현실적이지요.

객 : 여배우 이혜정에게 빠졌고, 그것의 합리화가 영화에의 몰입이다. 이것이 곧 구원이다. 그런 뜻입니까?

영화 〈젊은 대령의 죽음〉의 주인공은 박정희의 시해자 김재규의 비서인 박흥주 대령 아닙니까? 박 대령의 사나이다운 성품과 군인정신에 감동했다 함은 새삼 무엇인가? 기껏해야 이혜정에게 빠져든 자신의 허무 치유용이 아니고 무엇이겠습니까?

주 : 그런 문제 제기는 우리의 논의에서 조금 빗나가는군요. 제 논점은 절망한 자의 구원 방식에 있지요. 그것이 문학적 과제인 까닭. 거품을 걷어내고 그 밑바닥에 놓인 맑은 옹달샘이랄까 그런 물줄기 찾기 말입니다. '모래실'의 그 맑은 물줄기.

이진범과 진미숙의 절망의 구제가 미적 인식으로 가능하다는 것. 그것이 문학적 주제라는 것. 희곡 〈박정희의 죽음〉이 그 몫을 해내었다는 것.

여기까지가 제3~4부의 중심부에 놓인 참주제 아니겠는가?

제5부의 중심부에 놓인 미학적 과제란 무엇인가? 영화 〈젊은 대령의 죽음〉 아니겠는가? 그 시나리오를 이번에도 이성수가 썼지요. 그야 누가 썼든 상관없는

일. 이성수란 파락호에 지나지 않으며 따라서 유령
이거나 투명인간으로 존재하고 있으니까. 제5부에서
무너져내리는 인물은 진성구 사장뿐이지요. 영화라
는 이름의 미적 인식만이 진성구를 구원할 수 있었다
는 것이 이 작품의 문학적 성과가 아니겠는가?

객 : '영원히 여성적인 것이 우리를 인도한다(Das Ewig-
Weibliche zieht uns hinan)'라는 파우스트(괴테)의 명제
로 수렴되는 것입니까?

주 : 글쎄요. 그보다는……. 영화가 지닌 현대적 감각이겠
군요.

객 : 거품이 이제 조금 걷힌 느낌입니다.

주 : 그렇지만 맥주에는 거품이 없으면 안 되지요. 인생에
있어서도.

객 : 참, 그렇기도 하군요.

「거품시대」 등장인물도 (제5부)

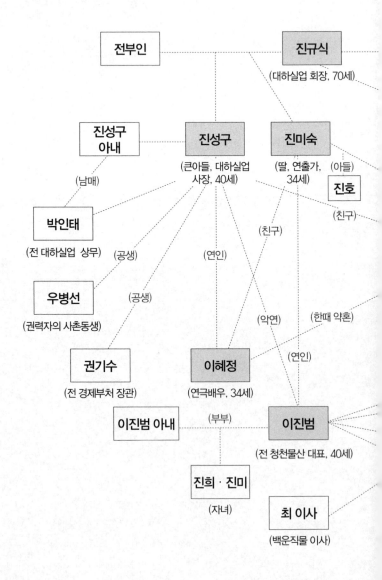

전부인 .... **진규식**
(대하실업 회장, 70세)

진성구 아내 .... **진성구** .... **진미숙**
(큰아들, 대하실업   (딸, 연출가,
사장, 40세)   34세)
                                                (아들)
                                              진호

(남매)

박인태
(전 대하실업 상무)   (친구)

(공생)   (친구)

우병선
(권력자의 사촌동생)   (공생)   (한때 약혼)

                          (악연)
                                                (연인)
권기수
(전 경제부처 장관)   **이혜정**
                          (연극배우, 34세)

이진범 아내 .... (부부) .... **이진범**
                                          (전 청천물산 대표, 40세)

진희 · 진미
(자녀)

최 이사
(백운직물 이사)

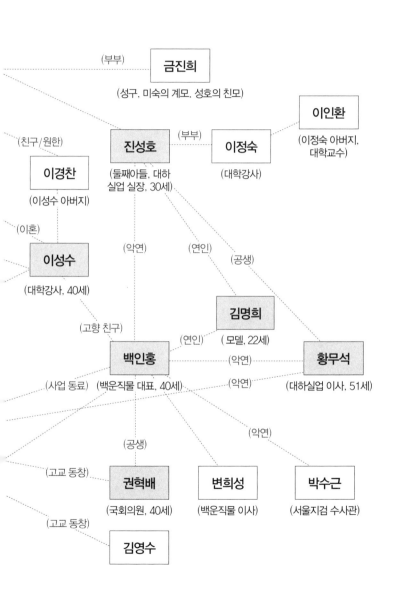

(부부) **금진희**
(성구, 미숙의 계모. 성호의 친모)

이인환
(이정숙 아버지, 대학교수)

(친구/원한)
이경찬
(이성수 아버지)

진성호 (부부) **이정숙**
(둘째아들, 대하
실업 실장, 30세) (대학강사)

(이혼)
이성수
(대학강사, 40세)

(악연) (연인) (공생)

김명희
(모델, 22세)

(고향 친구)

백인홍 (연인) (악연)

황무석
(대하실업 이사, 51세)

(사업 동료) (백운직물 대표, 40세) (악연)

(악연)

(공생)

권혁배
(국회의원, 40세)

변희성
(백운직물 이사)

박수근
(서울지검 수사관)

(고교 동창)

(고교 동창)

김영수

한국문학사 작은책 시리즈 12

거품시대 ❺

초판 1쇄 인쇄 2017년 5월 20일
초판 1쇄 발행 2017년 5월 30일

지은이 홍상화
펴낸이 홍정완
펴낸곳 한국문학사

편집 이은영 홍주완 이상실
영업 한지은
관리 황아롱
디자인 심현영

04151 서울시 마포구 독막로 281(대흥동) 한국문학빌딩 5층

전화 706-8541~3(편집부), 706-8545(영업부) | **팩스** 706-8544
이메일 hkmh73@hanmail.net
블로그 http://blog.naver.com/hkmh1973
출판등록 1979년 8월 3일 제300-1979-24호

ISBN 978-89-87527-58-1 04810
978-89-87527-53-6 (세트)

파본은 구입하신 서점이나 본사에서 교환하여 드립니다.